노고단老姑壇

❸

노고단 老姑壇 ❸

발행일	2021년 8월 30일

지은이	권혁태		
펴낸이	손형국		
펴낸곳	(주)북랩		
편집인	선일영	편집	정두철, 배진용, 김현아, 박준, 장하영
디자인	이현수, 한수희, 김윤주, 허지혜	제작	박기성, 황동현, 구성우, 권태련
마케팅	김회란, 박진관		
출판등록	2004. 12. 1(제2012-000051호)		
주소	서울특별시 금천구 가산디지털 1로 168, 우림라이온스밸리 B동 B113~114호, C동 B101호		
홈페이지	www.book.co.kr		
전화번호	(02)2026-5777	팩스	(02)2026-5747

ISBN	979-11-6539-929-0 04810 (종이책)	979-11-6539-930-6 05810 (전자책)
	979-11-6539-924-5 04810 (세트)	

(주)북랩 성공출판의 파트너

북랩 홈페이지와 패밀리 사이트에서 다양한 출판 솔루션을 만나 보세요!

홈페이지 book.co.kr • **블로그** blog.naver.com/essaybook • **출판문의** book@book.co.kr

작가 연락처 문의 ▶ ask.book.co.kr

작가 연락처는 개인정보이므로 북랩에서 알려드릴 수 없습니다.

권혁태
대하소설

3

노고단

老姑壇

북랩 book Lab

차
/
례

18
——
해
방

인영에게 징용장이 배달되었다. 이대길이 화가 나 안절부절못하며 방 안에서 서성거린다. 인철이 감옥에 들어간 것도 화가 치밀어 홧병이 날 지경인데, 갑자기 생각지도 못했던 인영에게도 징용장이 배달되고 보니 어이가 없다. 아무리 화를 가라앉히려 해도 안달이 나서 가만히 앉아 있을 수가 없다. 장남 인철을 간수하지 못한 아비의 잘못도 있지만, 일본 놈들에 대한 반감이 솟구친다. 후지하라를 떠올리면 떠올릴수록 복수심으로 가득해진다. 일본 놈들이 이씨 집안의 씨를 말릴 참인가 보다. 아들 셋을 일본 놈들에게 다 뺏기게 생겼다. 그동안 일본 놈들에게 할 만큼 했는데, 모든 것이 무용지물이 되어 버린 형국이다. 후지하라의 비위를 맞추기 위해 의용소방대 기금을 시작으로, 쌀은 또 얼마나 많이 공출했는지 가늠하기조차 어렵다. 이 지역에서 제일 많은 실적을 올려 줬다. 그것도 모자라 놋그릇은 또 얼마나 많은 양을 공출해 줬는지? 이제 와서 또 아들까지 징용으로 끌고 가겠다니, 배신도 이런 배신은 없다. 이제 남은 아들은 인석과 어린 인호뿐이다. 이왕 이렇게 벌어진 일이지만, 인영이만큼은 안 된다. 어떻게 해서라도 인영이 징용장은 철회시켜야 한다. 인철이도 어떻게 해서라도 빨리 감옥에서 나오게 해야 한다. 이대로 가만히 앉아 있다가는 아들 세 명을 모두 잃을 판이다. 이대길이 바쁘게 집을 나선다. 당장 면장실로 달려간다. 면장에게라도 억울함을 얘기해서 도움을 요청해야 한다. 물론 면장도 한통속이긴 하지만, 면장을 통해 군수에게라도 연줄이 닿게 해 봐야 한다. 뒷돈이 필요하면 억만금을 끌어대서라도 아들들을 구해 내야 한다. 인철이 석방을 위해서 변호사를 만나고 면회도 가 봐야 한다.

　면회를 하기 위하여 이대길이 대기하고 있다. 철창문이 열리자 죄수복을 입은 인철이 손이 묶인 채 면회실에 들어온다. 인철이 칸막이 앞에 선다. 이대길도 칸막이 가까이에 얼굴을 들이댄다. 인철을 뚫어져라 바라본다. 인철의 얼굴은 상처투성이다. 고문으로 인한 상처가 아직 아물지 않은 모습이다. 몸도 초췌해졌다. 그 모습을 바라보는 이대길은 억장이 무너진다.

"몸은 괜찮냐?"

"견딜 만합니다."

"니가, 고상이 많구나."

"아닙니다. 아버님…."

인철은 아버지를 볼 면목이 없다. 대답을 하면서도 고개를 숙인다. 아무리 나라를 위한다는 의협심에서 벌인 일이지만, 부모에게는 불효를 한 셈이다.

"몸을 보니 많이 상했구나. 어쨌든 아무 걱정 말고 몸 관리를 잘 해야 한다. 너와 명일이의 석방을 위해서 변호사를 만나 봤다. 변호사 얘기를 들어 보니 사람을 죽인 게 아니라서, 웬만하면 곧 석방된다고 하더라. 너무 걱정허지 말라고 하더라."

"예."

"필요한 거 있으면 얘기해라. 돈 넣어 줄 테니까."

"예."

"식구들은 별일 없으니까, 어쨌든 너 몸이나 잘 간수하기 바란다."

"예."

인철은 이대길의 물음에 대답을 하지만, 아버지에게 걱정을 끼쳐 드려 볼 면목이 없다. 이대길은 인철 때문에 인영이에게 징용장이 날아왔다는 얘기는 차마 꺼내지 못한다. 무조건 감옥에서 인철이 별 탈 없이 잘 견뎌 주기만을 바랄 뿐이다. 인철이 불안해하지 않도록 걱정하지 말라는 얘기만 해 주고 싶을 뿐이다. 잠깐의 면회가 끝난다. 간수가 인철이 곁으로 다가온다. 인철이 이대길에게 허리를 굽혀 인사를 한다. 간수가 다가와 인철을 호위한다. 손이 묶인 채로 다시 안으로 들어가고, 철문은 닫혀 버린다. 이대길은 아들 인철의 뒷모습을 안타까운 눈으로 바라볼 뿐이다.

인영이 뒷동산에 올라와 앉아 있다. 언덕 아래 새로 지은 집을 바라보며 담배 연기를 내뿜는다. 한숨이 저절로 나온다. 징용장이 배달되고부터는 일이 손에 잡히지 않는다. 새로 지은 집으로 분가한지 얼마 되지도 않았다. 아무리 생각해 봐도 징용을 피할 수 있는 방법은 없다. 억울하기만 할 뿐이다. 아버지가 백방으로 애를 쓰고 있다는 것을 알고는 있지만, 인철 형이 저지른 제재소 화재 사건에 대한 보복으로 온 징용장이라서 피할 수도 없는 일이다. 그래서 더 답답하기만 하다. 이제 와서 인철이 형을 원망할 수도 없는 노릇이다. 이미 엎질러진 물이다. 그래도 그렇지, 일본 놈들도 사람들일 텐데, 장가까지 가서 처자식이 있는 사람까지 징용으로 보낸다는 것에 화가 날 뿐이다. 인수 형도 징병으로 끌려가서 소식이 없다. 어디에 있는지조차 모른다. 징용으로 가면 가족들과 생이별을 해야 하고, 집으로 돌아올 날을 기약할 수도 없는 일이 아닌가? 아무리 생각해도 억울하고 분하기만 하다. 일본 놈들에게 징용으로 끌려가는 일은 너무나도 억울한 일이다. 징용을 피할 수 있는 무슨 방법이 없을까? 지리산 속으로 도망을 쳐 버릴까? 지리산 속으로 도망을 치면 그 피해가 가족들에게 돌아올 텐데…. 이제 징용으로 갈 날도 얼마 남지 않았다.

후지하라가 발령이 났다. 악랄하게 공출을 독려하더니, 업적 평가에서 좋은 점수를 받았다. 상부로부터 상을 받은 후에 발령이 난 것이라 후지하라는 기분 좋게 구례를 떠났다. 후지하라가 떠나자 이대길은 구명 운동을 활발하게 벌인다. 인철과 명일의 구명을 위해 바쁘게 돌아다닌다. 이런 시국에 기부금을 희사하고, 관리들에게 뒷돈을 챙겨 주는 데에도 소홀히 하지 않는다. 어떤 수단을 써서라도 인철을 빨리 구해 내야만 한다.

철거덩.

육중한 감옥 철창문이 요란한 소리를 내며 열린다. 강한 햇살에 얼굴을 찡그리며 손으로 얼굴을 가린다. 이인철과 이명일이 감옥 문을 나선다.

만식이 천은사 계곡 도벌 현장을 습격하고, 총을 쏘며 추격해 오는 일본 경찰들을 따돌렸다. 지리산 깊숙한 계곡에 숨어 지내다가 지리산 곳곳을 배회한다. 장터목을 지나 지리산 천왕봉에 서 있다. 지리산 가장 높은 곳에서 바라보는 광경은 황홀하기까지 하다. 사방팔방으로 둘러싸인 산봉우리들의 향연이 펼쳐진다. 아스라이 수많은 영봉들이 끝없이 펼쳐진 모습이 장관이다. 천왕봉에서 내려와 다시 심원마을로 숨어들어 농사꾼으로 변신했다. 약초를 캐고 농사일을 거들면서 숨어 지내고 있다. 말린 약초와 산나물을 팔러 남원장에 가는 날이다. 남원장을 다녀오려면 아침 일찍 서둘러야 한다. 장에 갈 채비를 하는 만식의 기분이 들떠 있다. 바깥세상에는 그동안 무슨 일이 있었는지, 궁금하기만 하다. 얼마만의 외출인가? 깊은 산중에서 숨어 지내다 보니 바깥세상 소식과는 단절되어 있었다. 산을 내려오자 오일장으로 향하는 사람들과 마주친다. 오일장으로 향하는 발걸음이 분주하다. 일행들 모두가 짐을 머리에 이고, 등짐을 메고 장에 가는 사람들이다. 만식도 등짐을 메고 그 대열에 합류하여 길을 걷는다. 영락없이 약초를 팔러 가는 장사꾼 모습이다. 새벽에 출발했는데 어느새 해는 중천에 떴다. 조금만 더 가면 남원장이다. 장에 가는 사람들이 점점 더 많이 눈에 띈다. 예정보다 일찍 남원장에 도착했다. 짐을 풀고, 지고 온 약초와 산나물도 모두 팔아 치웠다. 홀가분한 기분으로 남원장을 구경한다. 오일장은 시끌벅적하다. 남원장터는 장을 보러 나온 사람들로 북새통이다. 사람들이 모여 수군거린다. 사람들 틈으로 만식은 정보를 얻기 위하여 귀를 기울인다. 쉬쉬하면서도 발 없는 말은 소문에 소문을 실어 나른다.

최근에 일본 본토에서 돌아온 사람들에 의하면 일본 본토는 연합군의 폭격으로 점점 무너지고 있다는 소문이다. 연합군 비행기의 폭격으로 일본에서는 살 수가 없어 조선으로 돌아온 사람이 부지기수란다. 매일 같이 폭격을 피하느라 방공호로 달려가는 일이 하루에도 수없이 반복되고 있다. 폭격으로 사람들도 죽어 나가고, 공장들이 불에 타고 있다. 수많은 조선 동포들이 폭격을 피해서 관부연락선을 타고 조선으로 돌아오고 있다고 한다. 히로시마와 나가사키에 원자폭탄이 터져 수십만 명이 한꺼번에 죽었다는 소문이다. 이제 일본 놈들이 망하는 것은 시간문제라고 한다. 라디오에서는 매일 일본군의 승전보 소식만 전하고 있다는데, 누구 말이 맞는지 모르는 일이지만 민심이 흉흉하다.

시장에서 멀지 않은 곳에 광한루가 있다. 남원에 광한루가 유명하다는 소리를 들었는데 구경이나 해야겠다는 생각에 발길을 돌린다. 이몽룡과 춘향이가 신분을 초월한 사랑을 속삭였다던 광한루에 도착한다. 처녀들이 광한루에서 한가로이 그네를 탄다. 그네를 타면서 댕기 머리가 허공에 휘날린다. 그야말로 멋스런 풍경이다. 광한루는 지리산에서 내려온 하천이 광한루를 휘감고 흐른다. 남원이야말로 통일신라 시대에 9주 5소경 중의 전주 남원경으로 여길 만큼 빼어난 곳이었다. 남원에 속해 있던 광의면 땅도 현재는 구례군으로 편입됐지만, 옛날에는 광의면 땅도 남원이었다. 더군다나 남원은 판소리 「춘향가」의 본고장이 아니던가? 남원 사람이라면 막걸리 한 잔을 목에 축이고, 판소리 한 대목쯤은 귀와 입에 익은 듯 술술, 목청껏 할 수 있는 곳이다. 장날이면 어디선가 「춘향가」 한 대목이 흘러나오는 곳이다. 「춘향가」의 판소리 한 대목을 듣기 위해 장날이면 사람들이 몰려든다. 광한루에서는 판소리가 울려 퍼진다. 장에 왔던 사람들이 판소리를 듣고 광한루로 모여든다. 모두가 「춘향가」 소리에 빠져든다.

이리 오너라 업고 놀자 사랑 사랑 사랑 내 사랑이야 사랑이로구나 내 사랑이야 이이이 내 사랑이로다 아마도 내 사랑아 네가 무엇을 먹을랴느냐 둥글둥글 수박 웃봉지 떼띠리고 강능 백청을 다르르 부어 씰랑 발라 버리고 붉은 점 흡벅 떠 반간 진수로 먹으랴느냐 아니 그것도 나는 싫소 그러면 무엇을 먹으랴느냐 당동지(짜리몽땅) 지루지(길쭉한) 허니 외가지 단참외 먹으랴느냐 아니 그것도 나는 실헝 아마도 내 사랑아 포도를 주랴 앵도를 주랴 귤병사탕의 외화당을 주랴 아마도 내 사랑 시금털털 개살구 작은 이 도령 스느디 먹으랴느냐 저리 가거라 뒷태를 보자 이리 오너라 앞태를 보자 아장아장 걸어라 걷는 태를 보자 빵긋 웃어라 잇속을 보자 아마도 내 사랑아…

춘향과 이몽룡의 사랑놀음에 덩실덩실 어깨춤을 함께 춘다. 판소리의 마력에 빠져 함박웃음을 지으며 모든 시름도 함께 날려 버린다.

남원장에 다시 돌아와 산으로 가져갈 짐을 챙긴다. 소금 가마니를 등에 짊어졌다. 서둘러 지리산을 향해 다시 오른다. 해가 떨어지기 전에 심원마을로 되돌아가려면 서둘러야 한다. 심원마을로 향한다. 험한 산길을 오르고 또 오른다. 해가 지고 어둑해질 때쯤에야 심원 마을에 겨우 도착한다.

남원장을 다녀온 만식이 잠자리에 누웠다. 남원장에서 들었던 소문을 떠올린다. 일본 본토가 공격을 당하고 있고, 일본에 갔던 사람들이 돌아오고 있다는데…. 집을 떠나온 지도 반년이 훨씬 넘었다. 요봉재만 넘으면 산동면이고, 산동에서 고향 집까지는 멀지 않은 거리다. 고향 집에 한번 다녀와야겠다는 다짐을 해 본다. 날이 밝자 만식이 농사꾼처럼 옷매무새를 점검한다. 들에 일하러 나갔다가 돌아오는 사람처럼 모자를 푹 눌러쓴다.

"요 질(길)로 쭉 따라서 올라가다 보면 요봉재가 나온당깨로. 그 재를 넘으면 산동 하위마을이 나올 꺼그만요. 다른 질로 들어서면 질을 잃기 십상이고 경사가 너무 가파라서 재를 넘기가 힘들꺼그만요. 요기 심원땅도 구례 산동땅 잉깨로 위안리마을로 치면 요기 심원마을과는 이웃 동네 셈 치면 되는 거랑깨요."

"그동안 신세 많이 졌그만이라. 광의 연파리에 한번 오면, 우리 집에 꼭 들렀다 가시오. 신세졌던 것을 생각하면 은혜를 꼭 갚아야 쓰것그만이라."

"원. 별말씸을 다 하시네. 길이 험헌깨로 조심히 살펴 가씨요."

심원마을을 나와 몇 개의 고갯길을 넘어선다. 요봉재를 향해 산을 오른다. 심원과 산동을 오가는 길목이다. 구불구불 가파른 산길을 따라 걷는다. 산길을 걷다가 쉬고 또 걷다가 쉬기를 반복한다. 고개 정상에 섰다. 산동골이 한눈에 들어온다. 한숨 돌린 후 내려가는 길을 서두른다. 올라올 때와 마찬가지로 구불구불 산길을 따라 내려간다. 하위마을에 도착한다. 상관을 지나고, 탑동을 거쳐 한천을 지나고 금성재로 향한다. 금성재에 올라서서 땀을 훔친다. 구만리마을이 가까워지자 주위를 경계한다. 혹시 아는 사람을 만날까 봐 조심하는 것이다. 그동안 도망자로 지내 왔는데, 사람들에게 발각되어 신고라도 당하면 큰 낭패다. 무슨 수를 써서라도 들키지 말아야 한다. 들키기라도 하면 다시 심원으로 줄행랑을 쳐야 한다. 금성재에서 날이 어두워지고 밤이 깊어지기를 기다린다. 밤이 깊어서야 연파리 장터 골목에 도착한다. 인기척이 없는 장터 골목이다. 다리 건너편 마을도 밤이 깊어 조용하다. 인기척이 없음을 확인하고 다리를 재빠르게 건넌다. 집 근처에 도착한다. 집 주위를 어슬렁거린다. 혹시나 무슨 일이 있을지 몰라 탐색을 하는 것이다. 담 너머로 보이는 집 안은 고요하다. 초저녁인데 방 안에 불이 꺼지고 조용하다. 아이들과 아내가 잠들었는지 인기척이 없다. 사립문을 가만히 흔든다. 사립문이 잠겨 있다. 주위를 둘러본 후 아무런 인기척이 없자 순간적으로 담을 훌쩍 뛰어넘는다. 방문 앞에 다다른다. 방문을 가만히 흔든다. 문이 안으로 잠겨 있다. 방문이 잠겨 있음을 확인한 후 다시 방문을 세게 흔든다.

달그락달그락.

소리가 요란하게 계속 울린다. 방문 흔들어 대는 소리에 잠에 곯

아떨어졌던 남원댁이 깜짝 놀라 일어난다.

"누구요?"

긴장된 목소리다. 깊은 밤중에 방문을 흔드는 소리에 긴장을 놓을 수가 없다. 남원댁의 소리에 만식이 즉각 반응한다.

"나요, 나."

남원댁이 남편의 목소리를 알아차린다. 얼마만에 듣는 소리인가? 그동안 소식이 없어 살았는지 죽었는지, 얼마나 마음 졸이고 있었던가? 궁금해서 소식 오기만을 기다리고 있던 차다. 잠결에 남편의 목소리에 후다닥 일어난다. 남원댁의 가슴이 뛰기 시작한다. 이게 꿈인가 생시인가? 잠가 뒀던 문고리를 빼고 방문을 급하게 연다. 방문을 열자마자 만식이 방 안으로 급하게 들어선다. 신발을 양손에 들었다. 누가 왔다는 소문이 안 나게 하기 위하여 신발을 손에 들고 들어온 것이다. 만식이 남원댁을 꽉 끌어안고 서로를 쓰다듬는다. 남편이 살아 돌아온 것이다. 끌어안았던 두 팔을 놓지 못한다. 한참을 꺼안고 있다가 떨어진다. 떨어져 얼굴을 쳐다봐도 깜깜해서 확인할 수가 없다.

"워메! 시방 이게 웬일이다요? 이게 꿈이당가요? 생시당가요?"

남원댁이 울먹인다. 너무 갑작스런 일이라 놀란 가슴이 진정되지 않는다. 믿을 수 없는 일이다. 자나깨나 남편 생각이었다. 어디서 끼니는 거르지 않는지, 어디에서 어떻게 지내고 있는지, 뭔 놈의 세상이 이런 세상이 있단 말인가? 부부가 생이별을 했으니 말이다. 기별도 없던 남편이 갑자기 돌아왔다.

"그래. 그동안 집안엔 별일 없었능가?"

만식이 먼저 집안의 안부를 묻는다.

"그럼요. 당신은 별고 없었나요? 어째 기별도 없이 갑자기…."

남원댁도 마음을 진정시키고 안부를 묻는다. 캄캄한 밤중이라 얼굴을 볼 수는 없지만 서로의 안부를 묻고 반갑고 기쁜 마음을 진정시킨다.

"무소식이 희소식이란 말이 있지 않소. 내가 다시 집으로 몸 성히 돌아왔으니 다행으로 생각하면 되오. 많은 사람들이 전쟁터로 끌려가는 판국이잖소. 내 천천히 얘기하리다."

"아이고. 내 정신 좀 보소. 얼릉 호롱불을 켜야 되는디…."

남원댁이 불을 켜기 위해 서두른다. 방바닥을 더듬는다.

"불을 켜면 안 되네."

만식이 불을 켜려는 남원댁을 제지한다. 밤중에 누가 왔다는 표시를 내면 안 될 일이다.

"밤중에 누가 다녀갔다는 표시를 내면 안 되네. 자네도 알다시피 내가 집에 왔다는 표시를 절대로 해서는 안 되네. 그러니 오늘 밤에는 그냥 이대로 있어야 되네. 알겠능가?"

"알겠그만이라. 나는 그 생각을 못 하고… 그동안 어디서, 어떻게 지냈당가요?"

남원댁은 남편이 그동안 어디서 지냈는지 궁금하다.

"애들은 별일 없는가?"

"야. 애들은 별일 없이 잘 크고 있구만이라."

"그나저나 그동안 내가 집에 없는 동안 자네가 고상이 많았네. 내가 차차 얘기해 줄 테니 오늘 밤은 그냥 요대로 조용히 보내세. 내일 날이 밝거든 찌그, 오포대집 인철이 친구에게 아무도 모르게 살째기 기별이나 하게. 아무도 모르게 해야 하네. 나는 여차하면 또 도망을 가야 하니까. 내가 집에 온 걸 아무에게도 말해서는 안 되네.”

만식이 남원댁에게 신신당부를 한다. 사람들에게 들켜서는 안 되는 일이란 걸 강조한다.

“야.”

그동안의 일이 궁금해서 자꾸 물으려 하는 남원댁을 안심시킨다. 그동안의 일을 이야기하려면 밤이 새도록 이야기해도 모자랄 판인데… 만식도 다음으로 미룬다.

인철에게서 즉각 기별이 왔다. 밤에 당장 만나자는 기별이다. 밤이 되자 인철이 만나자던 장정지 당산나무로 나간다. 캄캄한 밤이다. 당산나무 주위에는 사람의 인기척이 없다. 개구리 울음소리와 풀벌레 소리만 요란하다. 당산나무에 만식이 먼저 도착한다. 주위를 먼저 살핀다. 때마침 당산나무를 향하여 사람이 걸어오는 인기척이 들린다. 순간적으로 만식은 몸을 숨긴다. 당산나무 가까이 사람의 형체가 점점 다가온다. 당산나무 주위를 뚫어져라 처다보던 만식의 눈에 인철의 모습을 확인한다. 인철이 혼자서 당산나무를 향해 걸어오는 모습이 보인다. 인철이 당산나무 아래에 도착하자 만식이도 당산나무 아래로 걸어간다.

“만식아!”
“인철아!”

서로를 부르는 소리는 기대와 환희에 찬 목소리다. 인철과 만식이 서로를 확인한다. 부둥켜안고 서로를 쓰다듬는다.

"와, 만식이가 살아 돌아왔구나!"

"내가 뭐 전쟁터에 갔나? 잠시 피하러 도망갔다 왔지. 그래 별일 없었나?"

"그래, 잘했다. 언제 돌아왔는데? 그동안 어디로 피해 있었는데? 아픈 데는 없고?"

"아무도, 나를 알아볼 수 없는 남원으로 일단 피신했지. 남원도 안전한 곳이 못 돼서, 달궁계곡을 따라 계속 산속으로 올라갔지. 달궁계곡의 마지막 마을이 심원이더라고. 그야말로 첩첩산중 속에 화전민들이 서너 가구가 모여 사는 곳이더라고. 인적이 드문 곳이라서 심원이란 곳으로 숨어 들어갔지. 화전민들이 사는 곳인데, 심원도 깊은 산중이지만 일단은 거기서 지내다가, 여차하면 지리산 속 더 깊은 곳으로 피하려고 했는데, 심원은 조용하더라고. 그야말로 첩첩산중이라 맘먹고 찾지 않으면 찾을 수 없는 곳이야. 심원을 찾으러 갔다가, 오히려 산속에서 길을 잃기 십상이지. 그만큼 깊은 산중이거든. 남원에서 들어가려면 아주 먼 길이야. 들어갈 때는 남원 쪽에서 들어갔는데, 나중에 알고 보니 산동 쪽에서 더 가깝더라고. 산동 위안리 쪽에서 재를 넘어가자면 남원보다는 많이 가까운 거리더라고. 거기서 약초를 캐고, 농사일을 거들다 보니 그럭저럭 반년이 훌쩍 지나 버렸네. 세월이 참 빠르기도 하지."

"그런 곳이 있었어? 그래. 잘했다. 징용을 잘 피한 거야. 그동안 많은 사람들이 징병이나 징용으로 계속 잡혀갔어. 아직도 징병이나 징용장을 받고, 출두 명령 날짜만 기다리는 사람들이 부지기수라

하더라고. 일본이 망하는 날만 기다리고 있는데도 아직은 쉽게 망하질 않고 있으니, 답답할 노릇이다."

"너는 별일 없었나?"

"별일? 나야 별일 많았지…."

인철이 느리게 말투를 바꾸며 일이 많았음을 암시한다.

"너 말투를 보니 별일이 많았나 보구나."

"그러게 말이야. 나도 감옥에 있다가 나온 지 얼마 안 됐어."

"감옥에? 무슨 일이 있었나?"

만식이 갑자기 궁금해진다. 무슨 일이 일어난 걸까? 감옥까지 갔다 왔다니 궁금해서 기다릴 수가 없다. 인철이가 그냥 대수롭지 않게 말하지만, 그럴리 없다.

"무슨 일이 없을 수가 없지. 너 없는 동안에 거사를 치렀지."

"거사를 치렀다고?"

"천안골 벌목장을 박살 내고, 제재소를 불태워 버렸잖아. 박진만을 병신을 만들어 버렸지."

인철이 신나는 듯 얘기한다.

"뭐라고?"

만식이가 놀란 얼굴로 인철을 쳐다본다.

"천은골 벌목장을 박살 냈다고?"

"그래, 천은사 스님들이 천안골 벌목장을 박살을 냈고, 우리는 제재소를 박살 내 버렸다니까!"

"나도 천은골 벌목장을 박살 냈는데?"

"만식이 네가, 천은골 벌목장을?"

"그래! 지리산 속에 숨어 있는 사람들에게 기별이 와서, 때는 요때다 하고 천은사 수도암으로 갔었지. 그곳에서 스님들에게 무술을 배운 후에 천은골 벌목장을 박살을 내고, 지리산 깊은 곳으로 도망을 쳤었지. 속이 다 후련하더라고."

"그랬구나. 나는 천은골 벌목장은 천은사와 화엄사 스님들이 박살낸 줄로만 알았는데, 지리산에 숨어든 사람들까지 힘을 보탰구나."

"벌목장을 박살 내고, 지리산 속으로 깊숙하게 숨었지만, 일본 경찰이 산속 깊은 곳까지 추격해 오는 바람에 많은 사람들이 일본 경찰의 총에 맞아 죽었지."

"그랬구나."

"제재소는 어떻게 되었는데?"

"강진태 씨와 작전을 짰지. 야밤에 명일이와 내가 담을 넘어서 박진만을 처치하려고 했다가 상해만 입혔어."

"듣기만 해도 통쾌하구나. 박진만 그놈이 얼마나 거만하게 굴었냐고. 제재소를 차려 놓고, 후지하라에게 빌붙어서 잘 해 먹고 있다는 거 이 고을 사람이라면 누구나 다 아는 사실이지. 그래서 성공했어?"

"그럼. 제재소에 불을 질러 버렸지."

"야, 제재소에 불을 질러 버렸다니, 내 속이 다 후련하다. 일본 놈들이 천안골 나무들을 몽땅 베어 갈 것처럼 하더니… 결국은 사단을 낸 거로구먼. 잘했다. 잘했어. 말만 들어도 내 속이 뻥 뚫리는 기분이다. 그래서 그 일 때문에 모두 감옥에 갔다 온 거야?"

"악랄한 후지하라에게 취조를 당하고, 사건 전모가 들통나는 바람에 모두 잡혀서 감옥에 갔다가 왔지. 나와 명일이는 석방이 됐는데, 강진태 씨는 아직 감옥에 있어 걱정이다. 몸이 성해야 할 텐데…. 주동자인 강진태 씨와 진목 스님 외에는 형이 많이 감형돼서 모두 석방됐는데, 강진태 씨와 진목 스님은 대단한 사람들이야. 고문이 심했을 텐데도 끝까지 본인들이 모두 주동한 거라고 해서 함께 했던 사람들은 크게 다치지 않았지. 그분들이 걱정이다."

"그랬구나. 그래도 석방이 돼서 다행이다만… 어디 아픈 데는 없고?"

"말도 마라. 얼마나 고문을 악랄하게 하는지… 전에 아프던 곳도 있었고, 몸이 많이 상해 버려서 이제는 크게 힘쓰는 일은 어려울 것 같아."

"그 정도야? 너는 전에도 만주에서 총에 맞은 상처가 덜 아물었을 텐데."

"그러긴 한데. 그렇다고 죽을 만큼은 아직 아니니까. 요양을 하면 차차 좋아지겠지. 다행히도 몸이 안 좋아 징용으로 붙들려 가지 않은 것만도 다행으로 여겨야지."

"그래. 다행이다. 몸조심해야지."

"그런데, 문제가 생겼어."

"무슨 문제?"

"내가 감옥에 있는 동안에, 동생 인영이에게 징용장이 나와 버렸어. 다 내탓이야."

"너 탓이라니?"

"내가 제재소 화재 사건 가담자로, 감옥에 가 있는 동안에, 보복성으로 후지하라 그놈이 인영이에게 징용장을 보내 버린 거야."

"진짜? 참말로 악랄하다, 악랄해. 후지하라 그놈은 그러고도 남을 놈이야. 천벌을 받을 놈!"

그 소리를 듣자, 만식이 화가 솟구친다.

"그러게 말이다. 힘없는 조선 사람들이 어떻게 할 수가 없는 일이지. 너에게 징용장이 날아온 것도 보복성이나 마찬가지였잖아. 처자식이 있거나 말거나 인정사정없었잖아. 장가 가서 분가를 해서 살고 있는 인영에게도 인정사정없이 징용장이 날라온 거야."

"큰일이구나. 걱정이 많겠다."

"그렇지. 아버님이 징용을 보내지 않으려고 백방으로 알아보고는 있지만… 나 때문에 벌어진 일이라서 몸 둘 바를 모르겠다니까. 인영이한테 미안하기만 하다니까. 이제 인영이 징용으로 갈 날이 얼마 남지도 않았는데 걱정이다. 이참에 지리산으로 도망가라고 할까?"

"그래, 그거 좋은 생각이다. 나랑 같이 지리산으로 가자고 해 볼까?"

"그래, 그렇게라도 해야 할까 봐. 일본 놈들 좋으라고 징용을 보낼수는 없잖아. 이건 너무 억울하기도 하고. 이참에 네가 좀 도와줘야 할 것 같구나."

"그렇게, 지리산으로 가게 되면 나랑 같이 가면 될 거야. 걱정하지 마라. 인영이에게 너무 미안해하지 마라. 제재소 사건이 너 하나 잘 먹고 잘 살자고 벌인 일이 아니잖아. 어쨌든 이 나라를 위해서 한 일이잖아."

"아직도 징병이니 징용으로 날짜를 잡아 논 사람들이 많나 봐… 너도 잡히면 무조건 징집된다고 보면 돼. 조심해야 할 거야. 너도 마을 사람들에게 얼굴을 보여 주면 안 돼. 숨어 지내야 한다니까. 여차하면 다시 산속으로 피할 수 있는 만반의 대비를 해야 할 거야."

"그래야지. 당분간은 숨어 지내든지, 다시 산속으로 피하든지 해야지."

"우리 인수를 생각하면, 아직도 일본 놈들에 대한 분노가 가라앉지 않아."

"그럴 테지. 너희 가족들을 대표해서 징병으로 잡혀간 거잖아."

"그렇지. 나와 우리 형제들을 대신해서 대표로 잡혀간 셈이지. 그래서 마음이 늘 괴롭다. 인수에게 미안하기만 하고, 내가 갔어야 할 자리인데… 인수가 자주 꿈에 나타나기도 하고…"

"그러겠다… 너무 상심해하지 마라. 남아 있는 사람들이라도 잘 견뎌 내야지."

"그래야겠지."

"남원장에 나가 보니, 일본 본토가 원자폭탄 공격을 받았다고 그러던데, 일본이 곧 망한다는 소문이 막 나돌던데, 그게 사실인가?"

만식은 아직도 믿기지 않는지, 인철에게 확인해 보고 싶은 것이다.

"그래. 히로시마와 나가사키에 원자폭탄이 투하돼서 일본 본토가 폭삭했다는 소식은 들었어. 원자폭탄이 폭발할 때마다 수십만 명이 그 자리에서 불타 죽고, 도시 전체가 쑥대밭이 되었다고 하더라고. 원자폭탄의 위력은 대단한가 봐. 일본도 별수 없을 거야. 이번에는 천황이 있는 황궁에 원자폭탄이 터질 거라는 소문도 들리고… 그래서 일본이 망할 거라는 소문이 계속 나돌고 있기는 해. 방송에서는 연일 일본군의 승전보만 알리고 있는데… 순 거짓말이야. 내가 듣는 단파방송에서는 일본이 아주 불리하게 돌아가고 있어. 동남아

시아에서 연합군이 승리하고 일본은 패하고 있다는 소식이야. 미군이 동남아 섬을 하나씩 점령했다는 소식이 들려오고, 곧 일본 본토에도 미군이 상륙한다는 소문이 들리고 있거든…. 본토에 원자폭탄이 계속 터질 텐데, 그때까지 일본이 버틸 수 있을까? 아직은 일본이 버티고 있는 상황이지만, 오래 못 갈 것 같아. 참 주재소 소장으로 있던 후지하라 그놈 있지?"

"그래. 그 악랄한 놈. 그놈 생각만 해도 이가 갈린다. 내가 도망간 후에 후지하라가 나를 찾으려고 난리가 났을 텐데, 안 봐도 뻔하지."

"맞아. 네가 도망을 친 후에 너를 찾으려고 혈안이 됐지. 널 찾아내려고 느그 마누라만 닦달했다 하더라고. 느그 마누라가 주재소에 몇 번씩이나 불려 갔다더라고. 내가 감옥에서 나와 보니까, 얼마 전에 후지하라가 다른 곳으로 전근을 갔다고 하더라고. 어디로 갔는지 알 수는 없고, 어쨌든 우리와는 악연이었지. 악명 높았던 후지하라는 떠났지만… 아직은 조심을 해야 할 거야. 후임자가 왔을 텐데, 아직도 전쟁통이라서 조선인들을 징병, 징용으로 몰아넣으려고 혈안이 되어 있어."

찌는 무더위는 계속된다. 해가 지고 밤이 되었는데도 무더위는 식을 줄 모른다. 더위에 잠을 이룰 수가 없다. 밤이 깊어 간다. 아무도 없는 곳에서 인철이 혼자 단파방송을 듣는다. 늦은 밤이지만 인철이 라디오에 귀를 기울인다. 가물가물 소리가 들릴락말락한다.

찌지지직 찌지찌….

잡음과 함께 소리가 잡혔다 끊어졌다 반복하면서도 간간이 라디오 소리가 들린다. 잘 들리지 않는 라디오 소리를 들으려고 귀를 가까이 대 본다. 단파방송이다. VOA. 보이스 오브 아메리카. 일본이 포츠담선언에 무조건 수락한다는 내용이다. 인철이 그 소리를 듣고 귀를 의심한다. 잘못 들은 건가? 인철의 눈이 크게 떠진다. 순간적으로 잘못 들은 것은 아닌지 다시 귀를 라디오에 바짝 댄다. 반복해서 흘러나오는 포츠담선언 수락 방송을 제대로 듣는다. 분명히 일본의 포츠담선언 수락 내용이다. 연합군의 승전보를 알리는 내용이다.

"와!"

인철이 몸을 벌떡 일으킨다. 가슴이 뛰기 시작한다. 이 기쁨을 주체할 길이 없는 순간이다. 이거 일본이 항복한다면, 그렇다면 우리나라는 해방이 아닌가? 일본 본토는 연합군의 공습으로 점점 쑥대밭이 되어 가고 있다는 소식은 계속 들어왔다. 언젠가는 항복할 거라는 기대를 가지고 있었지만, 이렇게 빠르게 항복하다니 믿을 수가 없다. 드디어 일본이 패망한다. 이 벅찬 감동, 이 기쁨을 주체할 길이 없다. 히로시마와 나가사키에 원자폭탄을 맞은 일본이 더는 버틸 수가 없는 모양이다. 일본의 포츠담선언 수락이야말로 무조건 항복을 한다는 내용이 아닌가? 기세등등하던 일본이 이제는 완전히 무릎을 꿇는다. 히로시마에 이어 나가사키에 무시무시한 원자폭탄이 투하됐는데도 별 반응이 없던 일본이 이제야 항복을 한다는 소리다. 뛸 듯이 기쁜 이 소식을 사람들에게 알려야 한다. 소식을 혼자 들었으니 어떻게 해야 할지 고민이다. 방문을 열고 밖으로 나온다. 집 안의 모두는 깊은 잠에 빠져 있다. 밤하늘은 별빛만 무수히 반짝거린다. 세상은 고요 속에 묻혀 있다. 안방 쪽으로 고개를 돌린다. 안방 쪽도 인기척이 없이 조용하기는 마찬가지다. 이대로 앉아 있을 수 없는 일이다. 밤이 늦었지만 항복 소식을 사람들에게 알려야 한다. 숨어 지내는 만식에게 먼저 알려야 한다. 늦은 밤이지만 굳게 닫혀 있는 대문을 열고 밖으로 나간다.

"야! 밤늦게 뭔 일이라도 있는 거야?"

만식이 잠을 자다 말고, 투덜거리며 걸어 나온다.

"그래! 내가 오죽하면 자고 있는 너를 깨우겠냐?"

"그래 무슨 일인데?"

"드디어 일본이 항복했어!"

"항복이라고?"

"그래! 드디어 항복이야! 너도 이제는 안심하고 다리 쭉 뻗고 자도 된다니까. 다시 산속으로 도망가지 않아도 된다니까! 일본이 항복했다고!"

인철의 목소리는 들떠 있다. 만식은 잠이 덜 깬 상태로, 인철의 부름에 나왔지만, 일본의 항복이란 말에 잠이 확 달아난다.

"내가 방금 단파방송을 들었는데, 일본이 포츠담선언을 무조건 수락한다는 방송이 나왔어!"

"그래? 포츠담선언에서 뭐라고 했는데?"

"포츠담선언에서 미국, 영국, 중국 수뇌들이 모여 공동 선언문을 발표한 후에, 소련도 회담에 합류한 거야. 그 항목 중에 일본 군대의 무조건 항복이 담겨 있었어. 카이로선언에서 명시되었던 우리나라의 독립을 무조건 실행해야 하는 거야. 우리나라가 완전 독립이 된다는 내용이지. 일본 군대를 무장 해제하고, 무조건 항복하라고 요구한 건데 그놈들이 받아들이겠어? 우리나라도 집어삼켰지, 만주 땅과 중국 본토에도 상륙해 있잖아. 게다가 러일전쟁으로 뺏은 섬까지 포기하라니, 연합군에게 항복하는 게 쉽지 않았겠지. 일본 놈들이 포츠담선언 조건을 반대해 왔기 때문에, 일본이 항복할 때까지 연합군의 공습은 계속됐고. 원자폭탄이 히로시마와 나가사키에 투하되어, 수많은 인명이 희생당하고 재산까지 파괴당하더니, 잔뜩 겁을 먹은 거지. 이러다가는 일본 본토 전체가 잿더미가 될까 봐 무조건 항복을 하게 된 거야. 지놈들이 별수 있겠어? 항복해야지. 무조건 항복할 때까지 원자폭탄이 계속 투하될 텐데…. 항복하지 않고 버티다간 일본 본토가 몰살당할 수 있다는 위협을 느낀 거지."

"그렇구나. 원자폭탄이 그렇게 무서운 거야?"

만식은 징용을 피해 도망갔다가 돌아온 지 얼마 되지 않았는데, 해방이 된다니 기쁘기만 하다. 이제는 한시름 던 셈이다.

"그렇다니까. 우리야 소문만 들었지 잘 모르잖아. 신문을 보니까 도시 전체가 일순간에 잿더미가 되어 버렸다니까. 한꺼번에 수십만 명이 죽어 나갔다고 하더라고. 엄청난가 봐! 어쨌거나 포츠담선언을 무조건 수락한다면 일본 군대는 무장 해제가 될 것이고, 중요한 것은 우리나라가 이제 해방이 되는 거라니까!"

"아, 그토록 악랄했던 일본이 드디어 망하는가 보구나. 옛말에 죄지은 놈은 편하게 다리 쭉 뻗고 못 잔다고 했었지…. 놈들도 천벌을 받을 때가 된 거지. 날이 새면 당장 무슨 조치가 있겠는 걸!"

"나도 집에 돌아와 보니, 아내가 며칠 전에 점방에 필요한 물건을 받으러 순천을 다녀왔다는데, 일본인 상점들이 문을 닫았다고 하더라고…. 그 말을 대수롭지 않게 들었는데, 지금 생각해 보니, 그놈들에게는 본토에 원자폭탄 폭격이 계속된다는 소식이 전달되었나 보구나."

만식이 고개를 끄덕인다.

"일본 놈들이 항복하고 패전국이 된다니, 믿겨지지가 않는데? 이런 날이 오긴 오는구나!"

인철과 만식이 기뻐서 어쩔 줄을 모른다.

"며칠 전에 정기훈이 일본에서 돌아왔는데, 일본 본토는 폭격으로 인해 아수라장이라는 얘길 들었는데, 일본 놈들이 이렇게 빨리 항복할 줄은 몰랐지."

"그랬구나."

"히로시마와 나가사키에 원자폭탄이 투하됐다는 얘기는 들었지. 지놈들도 별수 있겠어? 언젠가 일본이 항복할 거라 예상했지만 드디어 올 것이 왔구나."

사람들이 술렁거리기 시작한다. 일본이 곧 망할 거라는 이야기는 오고 갔지만 쉬쉬하고 있었던 것이다. 일본 사람들끼리는 은밀히 정보를 주고받으며 일본으로 돌아갈 채비를 하기도 하고, 이미 일본으로 들어간 사람도 있었다.

인철이 안방으로 들어선다.

"밤새 별일 없으셨나요?"

"오냐."

인철의 아침 문안 인사하는 모습이 들떠 있다. 이대길이 인철의 얼굴을 쳐다본다.

"아버님, 우리나라가 해방이 됐습니다. 우리 인영이 징용 안 가도 됩니다."

다짜고짜 해방이라니, 이대길이 놀라는 표정을 짓는다.

"해방이라니? 우리 인영이가 징용을 안 가도 된다는 게, 그게 무슨 소리냐?"

"아버지! 해방이 됐다니까요!"

"해방이라고?"

"제가 어젯밤에 단파방송을 들었는데, 일본이 포츠담선언을 무조건 수락한다는 내용입니다."

"거… 뭔, 뭔 소린지… 찬찬히 얘기해 보거라."

이대길이 놀라면서 자초지종을 듣고 싶은 모습이다.

"연합군이 요 며칠 사이에 히로시마와 나가사키에 원자폭탄을 투하했다는데, 수십만 명이 죽어 나갔다는 소문 들었잖아요. 원자폭탄이 본토에 계속 투하되면 일본 전체가 몰살당할까 봐, 일본이 무조건 항복을 한 겁니다. 포츠담선언의 수락이야말로 연합군에게 무조건 항복한다는 내용입니다. 그렇게 되면 일본이 지배하고 있던, 모든 국가들이 해방이 되는 겁니다. 우리나라도 일본으로부터 해방이 되는 거죠. 어젯밤에 단파방송에서 그런 내용이 나왔다고요."

이대길의 얼굴이 환해진다.

8월 15일이다. 정오에 일본 천황의 방송이 예정되어 있다.

"만식아. 정오에 일본 천황의 특별방송이 있다는 거야. 거기서 무슨 중대 발표가 있을 거야. 기대해 보자고!"

"그래? 무슨 방송을 하는 걸까?"

"천황의 중대 발표라니까. 기다려 봐야지."

정오 가까이 라디오 앞에 사람들이 모인다. 이인철, 정만식, 정기훈, 이인영, 이명일까지 모였다. 서로 오랜만에 보는 얼굴들이라 반갑게 악수를 나눈다. 라디오에 귀를 기울인다. 라디오에서는 일본 천황의 떨리는 듯한 육성이 흘러나온다. 생전 처음 들어 보는 천황의 목소리다.

"칭 후카쿠 세카이노 다이세이도 데이코쿠노 겐죠우도니 칸가미, 히죠우노 소치오 못데 지쿄구오 슈우슈우센도 홋시, 고고니 츄우료 우나루 난지신민니 쯔구. 칭와 데이코쿠 세이후오시데 베이에이시소 시고쿠니 타이시 소노 쿄우도우 센겐오 쥬타쿠수루 무네 쯔우코쿠 세시메타리(짐은 깊이 세계의 형세와 제국의 현상에 비추어 보아 특단의 조치로서 시국을 수습하려고 하여, 이에 충성스럽고 선량한 그대 백성에게 고한다. 짐은 제국 정부로 하여금 4국—미국, 영국, 중국, 소련—에 대해 그 공동선언을 수락한다는 뜻을 통고하게 했다)…."

일본 천황의 목소리를 들으면서 모두 눈이 휘둥그레진다. 동시에 서로를 쳐다본다. 믿을 수 없는 일이다. 이게 꿈인지 생시인지, 믿을 수 없다. 천황이 직접 항복 방송을 하다니? 생각지도 못했던 항복 방송이다. 순간적으로 일본이 항복하면 우리나라는 해방? 그렇다 해방이다. 해방. 아, 이제 우리나라는 해방이다. 해방. 그 얼마나 기다리고 기다렸던 해방인가? 갑작스런 항복 방송으로 인해 어리둥절하긴 하지만, 인철과 만식은 다시 한번 서로의 얼굴을 쳐다본다. 순간적으로 서로 얼싸안는다. 기훈과 명일, 인영도 서로 얼싸안는다. 가슴이 벅차오른다. 북받쳐 오르는 눈물과 함께 서로를 부둥켜안는다. 눈물이 주르르 흐른다.

"만세! 만세! 만세! 만세! 만세…"

만세를 함께 목청껏 외치며 얼싸안는다. 한참 동안 만세를 부른 후 정신을 가다듬는다.

후지무라, 미야카와, 야스다, 히마리… 일본 사람들도 천황의 방송을 듣는다. 라디오 앞에 무릎을 꿇었다. 천황의 목소리가 나오는 옥음방송玉音放送이 아닌가? 천황의 목소리를 듣기만 해도 무릎을 꿇는다. 라디오에서 천황의 목소리가 끝나자 땅바닥에 엎드려 통곡을 한다. 고개를 떨군 채 통곡을 하면서 한참 동안 일어날 줄을 모른다. 일본 사람들에겐 하늘이 무너지는 날이다. 천황 폐하로부터 항복 방송을 들었으니 말이다. 이 무슨 날벼락이란 말인가? 마른하늘에 천둥 번개가 쳐도 유분수지, 어째서 이런 일이 벌어진단 말인가? 세상에 영원한 것은 없다. 하늘 높은 줄 모르고 희희낙락하던 시절은 다 어디로 갔단 말인가? 천하를 다 소유할 것만 같았던 그 위세는 다 어디로 사라졌단 말인가?

항복 방송이 끝났는데도 화가 치민다. 기쁘기도 하고 감격스럽기도 하지만, 아쉬움과 분노가 다시 밀려든다.

"뭐라고? 적은 새로운 폭탄을 사용하여 번번이 무고한 백성을 살상한다고? 나, 참. 누가 누굴 살상해 왔는데 지놈들도 당해 봐야지! 안 그래!"

"그래, 나도 들었어. 나도 그 부분에서 화가 났어. 지놈들이 우릴 얼마나 짓밟고 때려잡았는데, 이제 와서는 지놈들의 무고한 백성들을 죽인다고 호들갑이야."

"히로시마와 나가사키가 원자폭탄으로 순식간에 쑥대밭이 되었고, 도쿄와 다른 도시에도 원자폭탄이 계속 떨어질 거라는 소문이 자자했다는데, 천황도 별수 없었나 보지? 왜, 좀 더 버텨 보지 그랬을까? 좀 더 버텨서 일본 전역에 원자폭탄 맛을 봤어야지! 동경에 원자폭탄 맛을 제대로 보여 줘야 하는데, 벌써 항복이래?"

기훈은 해방이 된다는 기쁨에 기분이 좋았다가 시무룩해 있다.

"기훈아, 너는 표정이 왜 그래?"

"일본 놈들을 생각하면 원자폭탄이 동경에라도 떨어졌으면 하는 맘이야. 천황 그놈이 죽어야 속이 시원하겠는데… 그래야만 마음속 깊이 응어리진 한이 풀릴 것 같아. 하지만… 한편으로는 일본 곳곳에 살고 있는 우리 동포들이 맘에 걸려서 그래. 히로시마와 나가사키에서도 우리 동포들이 많이 피해를 봤을 텐데…"

일본에서 살다가 돌아온 기훈은 기쁘고 감격스럽지만 걱정이 앞섰다.

"그래 기훈이 맘 알겠다. 십분 이해해. 기훈아! 그래도 어쩌냐? 우리 동포들이 걱정되지만, 우리나라가 살고 봐야지. 일본이 망하는 거잖아?"

"우리는 어떻게 되는 거야?"

"어떻게 되긴! 일본이 항복했으니까 우리나라는 해방이 되는 거지!"

"이 사실을 사람들에게 알려야지?"

"그럼, 빨리 알려야지!"

"그래, 밖으로 나가 보자고!"

일행이 인철의 집에서 함께 나온다. 일본 천황의 항복 방송이 라디오를 통해 나왔는데도 몇몇 사람들만 들은 내용이라서 사람들은 예전처럼 조용하기만 하다. 요란스러워야 할 판인데 이상하리만큼 사람들은 조용하다. 천황이 방송한 소리를 못 들은 탓도 있겠지만, 너무나도 갑작스럽게 벌어진 일이라서 무덤덤할 뿐이다.

"해방이 됐어요, 해방이요."

"아, 갑자기 뭔 소리여?"

"방금 일본 천황이 항복한다는 방송을 했어요!"

"진짜여?"

"그렇다니까요!"

드디어 해방이다. 해방이 된 순간인데도 사람들은 믿기지 않는 눈치다. 어리둥절할 뿐이다. 이렇게 갑자기 해방이 될 줄은 꿈도 못 꾸었던 일이다.

"만세! 만세! 만세! 만세! 만세⋯."

"해방이다! 해방!"

면사무소 앞 광장으로 만세를 부르며 달려 나간다. 광장 앞으로 사람들이 점점 모여든다. 만세 소리는 점점 커진다.

청년들이 망치를 들고 신사로 우르르 몰려간다. 학교 인근에 버티고 있는 신사는 개미 새끼 한 마리 얼씬거리지 않는다. 신사는 스산함을 간직한 채 홀로 외롭게 서 있다. 수십, 수백 명이 줄지어 머리를 조아리던 신사참배의 행렬은 보이지 않는다. 대나무의 바스락거리는 소리만이 신사 주변을 맴돌고 있다. 청년들의 시야에 신사가 점점 다가온다. 그렇게 크고 위엄 있게 보이던 신사가 점점 작아 보인다. 아이들도 그 뒤를 따른다. 인철과 인영, 명일, 만식과 정기훈, 김민기와 학교 선생들…. 청년들에겐 거칠 것이 없다. 신사에 도착하자마자 힘이 솟구친다. 아무도 그들을 말릴 수가 없다. 모두 상기된 얼굴로 망치와 돌멩이를 들고 신사를 부수기 시작한다. 그동안 일본 놈들에게 쌓였던 울분이 한꺼번에 쏟아진다.

"와! 와! 와!"

함성소리와 함께 신사로 달려든다.

퍽퍽 퍽퍽…. 우당탕탕!

순식간에 신사 안의 기물이 파괴된다. 겁낼 것도 없다. 무서움도 사라졌다. 일본에 대한 적개심만 남아 있다. 그동안 쌓였던 울분을 토해 내는 것이다. 지금 청년들은 일본을 때려 부수는 것이다. 누구 눈치를 볼 것도 없다. 세상은 순식간에 변해 버렸다. 소문을 듣고 연파리 청년들이 뒤따라서 우르르 몰려든다. 망치로 신사를 내리친다. 거칠 것이 없다. 원수를 돌로 치는 격이라 망치질은 하면 할수록 힘이 솟아난다. 돌과 망치에 의해 신사의 벽이 와르르 무너져 내린다. 신사가 넘어지며 그동안 울분에 쌓였던 한이 함께 쏟아진다. 신사를 부수는데 아무도 말리는 사람은 없다. 영원무궁할 것 같던 신사는 청년들에 의하여 힘없이 무너져 간다. 세상에 영원한 것은 없다. 인간이 만들어 놓고, 신성시 여긴 의미는 무엇이었던가? 인위적인 것이 무너져 내리는 건 순식간이다. 자발적인 것이 아니라, 타의에 의해 이루어진 것이라면 더더욱 그렇다. 원한이 맺혀 있던 거라면 철저히 무너져 내린다. 일제가 그토록 신성시 여기던 신사, 존엄하기까지 했던 신사, 으스스 위엄이 있었던 신사가 아니었던가? 건물 안에 놓여 있는 물건들은 순식간에 바닥에 패대기쳐졌다. 무너진 신사 앞에서 만세를 부른다.

"만세! 만세! 만세! 만세! 만세…"

신사 앞마당에 불길이 솟아오른다. 신사에서 떼어 낸 집기를 모아서 불을 태운다. 집기를 가져다가 불길 속으로 던진다. 일장기를 불속으로 던진다. 일장기가 활활 타오르는 불길 속으로 순식간에 사그라져 버린다.

해방은 뜨거운 태양이 작열하는 가운데 만세 소리와 함께 찾아왔다. 아무런 준비가 없는 상태지만 맨손으로 만세를 부른다. 몇몇 어른들의 만세 소리에 영문도 모르는 아이들이 달린다. 아이들을 따라 개도 함께 달린다. 해방의 기쁨에 감격한 사람들은 거리로 쏟아져 나왔다. 면사무소와 주재소가 있는 광장으로 사람들이 모여들었다. 입소문으로 세상은 온통 만세 소리로 뒤범벅이 되어 간다. 일본 사람들은 무릎을 꿇고 땅을 치며 통곡을 하지만, 조선 사람들은 만세를 부른다.

"만세! 만세! 만세! 만세! 만세…"

목이 터져라 부른다. 그 얼마나 기다렸던 해방인가? 목숨 걸고 이 나라 독립을 위해 피 흘린 백성들의 수고가 헛되지 않았구나. 일본 놈들이 민족을 말살하기 위해 저질렀던 엄청난 고통 속에서 수십 년간 핍박을 받아 왔던 조선 사람들에게 해방이라니, 가슴 벅찬 기쁨과 울음이 함께 터져 나왔다. 만세 소리에 해방의 감격은 조선 팔도강산이 춤을 춘다.

강진태가 감옥 문을 나선다. 햇살이 눈부시다.

밤이 되자 강진태가 운영하는 양조장으로 사람들이 모인다. 어둠 속에 사람들이 속속 도착한다. 양조장에 들어서자 막걸리 익는 냄새가 코를 찌른다. 대궐집에 들어서자 어른 허리춤 높이만큼의 큼지막한 술독이 수십 개 진열되어 있다. 마당 한쪽, 마구에는 말 두 마리가 매어져 있다. 말 구르마(수레)로 면 전체 마을 곳곳에 술을 실어 나른다.

"형님!"

"어서 오게!"

인철이 강진태를 부르며 빠른 걸음으로 다가가 포옹을 한다.

"형님! 고생 많으셨습니다."

"고생은…."

"몸은 괜찮으신가요?"

"그래. 괜찮네."

인철은 감옥에서 고생했을 강진태를 생각하면 안타깝다. 해방이 돼 이렇게 다시 만날 수 있어서 천만다행이다. 고문이 심했을 텐데,

그래도 겉으로 봐선 멀쩡한 걸 보니 몸이 괜찮은 듯 보인다. 고문에 못 이겨 감옥에서 죽어 나간 사람들이 얼마나 많았던가? 해방이 됐으니 강진태의 기세가 말투에서 더 당당하게 느껴진다. 신간회 간부로 활동했던 강진태는 사회주의에도 심취하여 활동적으로 일을 했고, 감옥에도 여러 번 다녀왔다. 이 나라 독립을 위해서라면 위험을 무릅쓰고서라도 궂은일에 앞장섰던 사람이다. 강진태에게 해방은 남달랐다. 주어진 운명대로 살지 못하는 성격은 가만히 있지를 못하게 만들었다. 그동안 일본 놈들과 싸우기 위해 신간회를 조직하였으나, 그 일로 옥고를 치렀던 일들이 주마등처럼 스쳐간다. 천안골 도벌을 막기 위하여 스님들과 함께 벌목장을 쑥대밭으로 만들고, 제재소에 불을 질렀던 일, 경찰서에 끌려가 자백하라고 고문에 시달렸던 일이 생생하다. 양조장을 하면서 일본 순사들에게 표시 나지 않게, 어쩔 수 없이 자금을 내놓으면서, 뒤로는 비밀리에 독립자금을 대 주었다. 가슴이 조마조마했던 지난 일들이 한꺼번에 밀려온다.

만식과 정기훈, 이인영, 이명일, 김민기도 속속 도착한다.

"어서들 오게!"

강진태가 반갑게 맞이한다. 유산댁도 강진태 옆에 서서 반갑게 인사를 한다.

"어, 기훈이도 왔구먼. 그래 일본에 있다더니 언제 왔는가?"

"아저씨, 그동안 별일 없으셨나요? 몸은 괜찮으십니까?"

기훈이도 강진태가 감옥에서 풀려났다는 소문을 들었는지라 안부를 묻는 것이다.

"그래, 괜찮네. 걱정해 줘서 고맙네. 일본에서 고생이 많았지?"

"뭘요, 일본 전역에 매일매일 시도 때도 없이 폭격이 하도 심해서, 거기 있다가는 폭격에 모두 죽게 생겨서, 고향으로 서둘러 돌아왔습니다."

"그래, 잘했네. 일찍 들어오지 않았으면, 원자폭탄에 일본 전체가 불바다가 되고, 이역만리에서 개죽음을 당했을 텐데 잘했구먼. 잘 들어왔어."

"그러게 말입니다. 저야 일찌감치 들어왔지만, 일본에 남아 있는 우리 동포들이 불쌍합니다. 히로시마나 나가사키에 살던 우리 동포들이 원자폭탄 피해를 입었을 텐데 말입니다."

강진태는 세계 정세를 어느 정도 알고 있지만, 그동안 일본 본토의 정세가 궁금했다.

"자네들이 달려가서 신사를 때려 부쉈다는 소식은 들었네. 모두들 고생이 많았네. 역시 자네들이야!"

연파리 청년들이 신사를 부쉈다는 얘기를 들었을 때, 속이 후련하다 못해 술이라도 한잔 사 주고 싶은 마음뿐이었다. 얼마나 통쾌했을까? 원한에 사무친 일본 신사가 아니었던가?

"우리가 형님을 대신해서 돌과 망치로 신사를 몽땅 때려부숴 버렸습니다. 얼마나 통쾌한지 모릅니다."

"그래, 모두들 고생 많았네. 자네들 이곳에 모여 줘서 고맙네. 일본이 드디어 항복을 했다네. 이 얼마나 기쁜 일인가? 오늘 지역 유지들이 모임을 가졌다네. 해방의 감격에 모두가 얼싸안고 울었그만. 그동안 나라 잃은 설움에 얼마나 한이 맺혀 있던지 모두가 덩실덩실 춤이라도 추고 싶은 심정이었어. 해방 기념회를 학교에서 면민 전체가 모여 거창하게 하기로 했다네. 각 부락별로 농악대도 울리고, 가장행렬을 할 수 있는 부락은 재량껏 치장하여 해방의 기쁨을 보여 주자고 했다네. 젊은 사람들은 소인극 무대로 한껏 치장해 보는 것도 남다른 감격을 느낄 수가 있을 듯싶네. 다들 그때 그 추억 속으로 빠져들 걸세. 그때 사용했던 복장과 소품이랑 다 꺼내서 준비를 해 보게."

누군가 나서서 준비를 해야 할 일이다. 강진태가 나서서 일을 시킬 만한 젊은 사람들을 불러 모았다.

"그럼, 그렇게 해 볼까요?"

만식이 나선다.

"그래, 그래. 준비 잘해 보라고. 연파리는 특색 있는 동네 아닌가? 다른 동네에서는 준비할 수 없는 가장행렬을 만들어 보세. 내일이 기대되네. 다들 해방의 감격에 들떠 있어서 읍내 상황을 둘러봤는데, 아직은 다들 조용하더군. 내일은 구례 전체가 면별로 해방 기념식과 만세를 부를 걸세. 군민 전체 행사는 당장 어려울 것 같아. 오늘 밤에 여러 곳에서 태극기를 만들고 있을 걸세. 우리도 밤새 태극기를 만들어야 해서 이렇게 모이라고 했네. 내일 기념식에 참석하는 사람들에게 태극기를 나눠 주고 만세를 함께 불러야 하지 않겠는가?"

"예!"

모인 사람들 모두가 해방 기념식에 들떠 있다.

"그럼요. 만세 한번 제대로 불러야지요."

이구동성으로 한목소리를 낸다. 태극기를 만들기 시작한다. 종이를 준비하고, 종이를 자르고, 자른 종이에 물감을 칠하기 시작한다.

다 그린 태극기는 풀칠을 하여 대나무에 붙인다. 밤이 깊도록 태극기 만드는 일은 계속된다. 모두가 힘들어하는 기색이 전혀 없다. 신나는 일이다. 동각에도 사람들이 모였다. 대청마루에 빙 둘러앉아 송기섭 이장의 주도하에 태극기를 만드느라 사람들의 손놀림이 분주하다. 송기섭이 바쁘게 움직이며 태극기를 만드는 일을 진행한다. 사람들의 얼굴이 모두 환하다.

　괘갱맹맹 치키치키 갱갱갱갱… 괘갱맹맹 치키치키….
　농악 소리가 학교 운동장에 울려 퍼진다. 농악 소리는 사람들의 마음까지 들뜨게 한다. 농악 소리를 가끔 듣지만 지금처럼 신나고, 몸을 들썩이게 하는 농악 소리는 없었다. 모두가 농악 소리에 몸이 춤사위 판으로 금방이라도 바뀔 것만 같다. 학교로 면민 전체가 모여든다. 사람들은 모두가 기쁨의 얼굴이다.
　"만세! 만세! 만세! 만세…."
　해방 기념식을 하기 위해 학교 운동장에 면민 전체가 모였다. 남녀노소를 불문하고 학교가 세워진 이래 최고로 많은 사람들이 모였다. 학교는 발 디딜 틈이 없을 정도로 사람들로 가득 찼다. 해방의 기쁨으로 오늘만은 일손을 놓고 학교로 모였다. 각 가정에 숨겨 두었던 태극기도 들고 나왔다. 부락별로 만든 태극기를 들고 모였다. 밤새워 만들었던 태극기를 들고 나가 사람들에게 나누어 준다. 강진태는 해방이 되어서 누구보다도 기쁜 일이라며 기꺼이 인심을 쓰고 있다. 술도가에 있는 막걸리를 모두 가져왔다. 그만큼 나라를 위하고 지역을 위하는 일에 둘째가라면 서러울 만큼 앞장서 왔던 인물이다. 학교 여기저기에는 천막을 치고 임시 주막이 만들어졌다. 가마솥에서는 술국이 펄펄 끓는다. 술국을 퍼 나르느라 분주하다. 술국을 안주 삼아 면민 전체가 주막에서 술잔을 주고받는다.

꽹과리를 울리며 마을별로 해방 기념 가장행렬이 시작되었다. 소인극을 했던 단원들은 연극 무대 복장을 흉내 낸다. 다른 마을에서는 병신으로 분장하기도 하고, 각설이 행색으로 온통 얼굴에 분칠을 하였다. 형형색색의 치장을 하였다. 부락별로 농악대를 이끌고 나왔다. 농악 소리는 흥을 돋우는데 일등 공신이다. 너나 할 것 없이 모두가 흥에 겨워 덩실덩실 춤을 춘다.

띵 뚜둥 뚱 띠딩 띵 띵….

한복을 곱게 차려입은 화진과 진옥이 무대에서 가야금을 뜯는다. 청중들이 숨죽이고 가야금 소리에 흠뻑 빠진다. 송죽관에서나 들을 수 있던 가야금 소리가 학교 운동장에 울려 퍼지자 면민들의 귀가 호강을 하고 있는 셈이다.

꿈아, 꿈아 무정한 꿈아

오시는 님을 보내는 꿈아

오시는 님을 보내지를 말고

잠든 나를 깨워 주오

언제나 알뜰한 임을 만나서

긴밤 짜르게 샐(거나 헤)

내 정은 청산이요

님의 정은 녹수로구나

녹수야 흐르건만

청산이야 변할소냐

아마도 녹수가 청산을 못 잊어

휘휘 감돌아 돌(거나 헤)

연당호 밝은 달 아래

채련하는 아이들아

십리장강 배를 띄우고

물결이 곱다고 말어라

그물에 잠든 용이 깨고 보며는

풍파일까 염려로(구나 헤)

　가야금 연주에 이어서 육자배기 가락을 흥나게 뽑아낸다. 남도 가락의 장단에 덩실덩실 흥이 저절로 난다. 운동장 곳곳에서는 주민들이 자리에서 일어나 장단에 맞춰 춤을 춘다. 각 마을별로 가장행렬이 시작된다. 면민 전체가 학교에 모여 해방 기념식을 거행한다.
　"만세! 만세! 만세! 만세…"
　만세 소리와 함께 해방 축하 기념식이 끝났어도, 임시 주막에서는 주거니 받거니 넘치는 술잔에 웃음소리가 계속된다. 서로 어울리며 부르는 노랫소리도 계속된다.

아리아리랑 쓰리 쓰리랑 아라리가 났네

아리랑 음음음 아라리가 났네

문경새재는 왠 고갠가

구부야 구부구부가 눈물이 난다

아리아리랑 쓰리 쓰리랑 아라리가 났네

아리랑 음음음 아라리가 났네…

날 좀 보소 날 좀 보소 날 좀 보소

동지섣달 꽃본 듯이 날 좀 보소

아리아리랑 쓰리쓰리랑 아라리가 났네

아리랑 고개로 날 넘겨 주소

　모두가 신이 나 덩실덩실 춤을 추며 노래를 한다. 학교 행사가 끝
나고 연파리 농악대는 다시 연파부락으로 향한다. 그 뒤를 마을 사
람들이 흥에 겨워 따른다. 어른들, 아이들, 동네 사람들 모두가 나와
서 흥겨운 춤판에 동참한다. 마을 곳곳을 돌아다니며 농악대가 지
나간다. 농악대가 지나가는 곳마다 술상이 거나하게 나온다. 모두
가 기쁨에 겨워 먹을 것을 내와 먹고 마시고 흥겨움을 나누며 하나
가 되어 간다. 막걸리 한잔으로도 모두가 즐거워한다. 인석도 만세
대열에 흥이 났다. 농악대에 소고를 들고 뛰기 시작한다. 흥을 주체
할 수가 없다. 몸이 불편해도 소고를 들고 뛰고 또 뛴다. 계속되는
술자리에 인사불성이 되어 버렸다. 사람들이 술에 취해 축 늘어진
인석이를 업어서 집에 데려다 놨다. 이 광경을 이대길이 먼발치에서
못마땅한 듯 쳐다본다. 인석이 오늘 하루도 사고를 안 치고 넘어가
려나 걱정하던 차다. 술에 취해 인사불성이 되긴 했지만 집 안에 들

어왔으니 안심이다.

　무더운 날씨인데도 후지무라, 미야카와, 야스다, 히마리… 일본인들의 발길이 바빠졌다. 기모노 옷을 입고, 나막신을 신은 발길이 종종걸음이다. 무슨 일인지 하나둘씩 야스다 점방으로 들어간다. 일본이 망했으니, 일본으로 갈 채비를 하는 것이다.
　히마리가 사람을 시켜 정원에 있던 목련나무를 뽑는다. 뽑은 나무 밑둥을 가마니로 덮어씌웠다. 그리고 새뜸 오포대 집으로 배달시킨다. 경자가 미요코네 집에 들렀을 때 탐스럽게 핀 백목련에 넋이 빠졌던 걸 기억한다. 경자에게 히마리가 남긴 선물이다. 미요코네 식구들이 일본으로 도망갈 채비를 하느라 더욱더 분주하다. 짐을 챙긴 미요코네 가족 일행이 서둘러 떠난다. 히마리가 눈물을 훔치며 뒤를 돌아다본다.

　인호가 미요코네 집으로 향하여 달린다. 대문이 굳게 잠겼다. 대문을 흔들어 본다. 아무 인기척이 없다. 점방 문도 굳게 닫혀 있다. 일본이 망했다는데, 미요코는 어떻게 됐을까? 어디로 갔을까? 미요코는 나에게 왜 아무런 연락도 없이 떠났을까? 인호는 미요코 집 대문 앞에 쪼그리고 앉아 있다. 미요코가 걱정이 된다. 미요코를 기다린다.
　"이놈아! 정신 차려! 그 집은 쫄딱 망해 뿌러서 일본으로 도망을 가 버렸당께로."
　일본이 망하다니… 인호는 정신이 혼미하다. 어머니의 얘기가 귀로 들어오지 않는다.

"미요코는 일본으로 도망갔당깨로… 이제 미요코는 돌아올 수가 없당깨로."

인호는 그 소리를 믿을 수가 없다. 미요코가 일본으로 도망가다니? 믿기지 않는 일이다. 해방이라니? 무슨 이런 일이 있당가? 인호는 아무리 이해를 하려고 해도 이해가 안 간다. 해방이 됐다고 어른들이 기뻐 만세를 부르지만, 인호는 오로지 미요코 생각뿐이다. 미요코와 서시천을 쏘다니고, 뚝방에서 자전거를 타고 놀던 일을 회상한다. 미요코와 작별 인사는 못 했지만, 해방과 함께 인호는 미요코를 잃어 버렸다.

경자가 뒤뜰로 향한다. 집안 남자들을 시켜서 구덩이를 판다. 백목련나무를 뒤뜰에 심는다. 심어 놓은 나무를 바라본다. 히마리가 소중히 여기던 백목련이었는데… 히마리가 이런 생각을 하다니…. 경자는 나무를 바라보며 히마리를 떠올린다.

구례에도 건국준비위원회가 결성되었다. 매천의 아들이 위원장이 되었고, 조직부, 농민부, 총무부, 선전부, 문화부, 재정부장이 임명되었다. 강진태도 부장에 임명되었다. 과거에 신간회 활동을 하였던 인물들이 대거 발탁되었고, 사회주의 활동을 해 오던 사람들도 대부분 임명되었다. 강진태가 바쁘게 움직인다. 해방된 기쁨에 한마음으로 모두가 독립된 국가를 만들기 위한 순수한 열정에 꿈틀거린다. 위원들 모두 희생정신을 발휘하여 위원회에 참여한 것이다. 위원들

중에는 일제에 항거하다가 감옥에 가서 엄청난 고통을 겪은 사람도 있다. 독립을 위해서라면 목숨도 내놓을 만큼 각종 사회 활동에 기꺼이 참여했던 사람들이다.

용호정에 사람들이 북적거린다. 해방 후 처음으로 모이는 자리여서인지 사람들이 많이 모였다. 시조창 소리가 용호정에 울려 퍼진다.

"일—소—비—하—처—엉…"

매천의 「매梅」라는 시조창 소리가 유창하게 흐른다.

"형님, 해방이 됐는데 저와 함께 일을 같이 해 보시죠?"

강진태가 이대길에게 함께 일하자고 제의한다. 이대길은 대답을 피한다. 해방이 된 마당에 나서기가 망설여지는 것이다. 이대길이 먼저 나서서 일을 벌이는 성미는 아니다.

"글쎄…"

이대길은 확답을 미룬다.

"형님 같은 사람들이 나서 줘야, 나라를 바로 세우는 일에 차질이 없을 성싶습니다."

"아닐세. 자네 같은 사람이야 신식 문물도 묵었고, 나 같은 사람이야 나이도 있고…"

"형님 같은 사람들이 함께해 줘야 제가 힘이 납니다."

"위원장과 부장들이 다 임명됐다고 하지 않았나? 내가 나서지는 못하지만 자네 하는 일에 도와는 줌세. 열심히 해 보게."

"우선 급하니까 명목상으로 위원장을 비롯하여 부장들에게 직책이 맡겨졌지만, 본격적으로 활동을 하려면 많은 사람들의 도움이 필요합니다. 형님이 그렇게 사양하시니, 제가 더 이상 할 말은 없습니다만…"

강진태가 이대길에게 같이 일을 해 보자고, 도와달라고 요청을 하지만 이대길은 한발 물러선다. 나라를 잃은 상황에서는 일본 놈들과 싸우기 위해 너나없이 나라를 찾는 일에 발 벗고 나섰지만, 지금은 해방이 됐으니 좀 더 지켜보자는 속셈이다. 강진태야 성미가 급하고, 일을 한번 시작하면 물불을 가리지 않는 성미라는 걸 안다. 일본 놈들과 싸우는 것도 제일 앞장섰고, 사회주의 활동도 가장 앞장섰던 사람이다.

이대길이 누마루 난간에 서 있다. 습관적으로 대문을 뚫어져라 쳐다본다. 그러다가 중방들을 쳐다본다. 넓은 중방들과 신작로가 한눈에 들어온다. 아들 인수가 대문을 열고 "아버지!" 하면서 달려올 법도 하련만, 돌이켜 생각하면 할수록 인수를 징병 보낸 일이 두고두고 후회된다. 그 당시에는 어떻게 달리 방도를 취할 수도 없었다. 후지하라 그놈만 아니었더라면…. 이제 와서 그놈을 원망해 본들 소용이 없는 일이다. 인수는 도대체 어디로 갔는지 편지 한 장 없다. 깜깜무소식이니 더 답답할 노릇이다. 해방이 되어 징병과 징용으로 간 사람들이 하나둘 돌아오고 있다는데… 인수는 왜 소식이 없는지, 모든 책임이 애비에게 있는 것만 같아 괴롭다. 갑자기 머리가 띵해진다. 순간 몸을 휘청거린다. 누마루 난간을 붙잡는다. 난간을 붙잡고 한참을 서 있다.

"대문 걸어잠그지 말게."

"예."

해가 떨어지고 밤이 되자, 절골댁이 김 서방을 불러 놓고 하는 소리다. 해방이 되어 가슴 벅찬 기쁨에 목이 터져라 불렀던 만세 소리도 이제는 들릴 듯 말 듯 메아리가 되었다. 멍하니 중방들을 쳐다본다. 절골댁도 일이 손에 안 잡힌다. 밤이 깊어 잠자리에 누워도 절골댁은 잠이 오지 않는다. 계속 잠을 이루지 못하고 뒤척인다. 동네에서 개 짖는 소리가 들려온다. 개 짖는 소리가 점점 크게 난다. 절골댁이 벌떡 일어나 앉는다. 밤늦게 누군가 오고 있는 건 아닌가, 한밤중에도 방문을 열고 마루로 나선다. 마루 난간에 서서 대문을 뚫어져라 바라본다. 대문이 열리지는 않는지 확인하고 다시 방 안으로 들어와 잠자리에 눕는다.

날이 밝았다. 밤사이에 누가 오지는 않았는지 궁금해서 견딜 수가 없다. 절골댁은 이제나저제나 수시로 대문 열리는 소리에 온통 귀를 기울인다. 대문 여는 소리만 나도 얼른 마루로 나간다. 먼 산을 바라보다가 중방들을 바라보며 한숨을 쉰다. 집안사람들에게 안 들키려고 해도 무의식중에 마루로 나가 서성거린다. 집안사람들도 절골댁과 마주치지 않으려고 멀찌감치 거리를 두고 고개를 숙이고 최대한 빨리 지나치려 한다. 서로 얼굴을 마주 보지 않은 채 묵례 인사만 하고 빠르게 지나친다. 절골댁에게 무안함을 주지 않기 위해서다.

며칠 전에는 징용으로 끌려갔다던 아래 골목 성씨 집의 아들이 돌아왔다는 소식이 들려온다. 그 집 아들은 징병으로 갔던 것이 아니라, 징용으로 끌려가서 일본 북해도 탄광에서 일을 하다가 무사히 돌아왔다는 소식이다. 그 소식이 들려오고부터는, 아들 인수가 금방이라도 돌아올 것만 같다. 이제나저제나 매일 대문으로 들락거리는 사람만 있으면 인수가 아닌가 하여 온 귀가 대문 쪽으로 쏠려 있다. 죽었는지 살았는지 도통 소식이 없으니 절골댁은 더더욱 초조하기만 하다. 징병이나 징용으로 끌려갔던 사람 중에는 고향으로 돌아온 사람보다 돌아오지 못했거나 감감무소식인 사람들이 훨씬 더 많다. 절골댁은 누가 돌아왔다는 소문만 들리면 열 일을 제쳐두고 그 집을 방문하여 그간의 소식을 듣는다. 혹여나 인수 소식을 들을까 해서다. 편지라도 한 장 있으면 부모 속이 이렇게 답답하지는 않을 텐데…. 조상님도 참으로 무심하시지…. 절골댁은 깊은 한숨을 내뱉는다.

북해도까지 징용으로 끌려갔던 새뜸샘 아래 골목 성 씨 집에 술판이 벌어졌다. 아들 성수환이 돌아온 기쁨으로 도갯집에서 막걸리 한 말을 시켰다. 이웃들에게 대접을 한다. 절골댁이 소문을 듣고 새뜸샘으로 향한다.

새뜸샘에 동네 여자들이 모여 두레박을 끌어올린다.

"저 집은 얼마나 좋을꼬?"

"그러게 말이여! 징용에 나간 자식이 안 죽고 돌아왔으니, 말할 것도 없것지라!"

"그랑깨 말이여, 그동안 부모는 얼마나 애간장을 태웠을께라."

"근데 저 새뜸 오롯대집 아들은 아직 안 돌아왔다제?"

"그러게 말이여. 그 부모 맴은 얼마나 애리겠어."

"그집 아들은 일본 군인으로 끌려갔다고 했제?"

"맞당깨로, 군인으로 갔다고 들었는디… 그나이나, 그집 부모는 아들 생각에 얼마나 속이 뭉그러졌을꼬…"

"일본 놈들은 천벌을 받을 놈들 아닌가벼. 안 그려? 해방이 됐으면 이제 고향으로 보내 줘야 할 거 아니냔 말이여!"

"그러게 말이시, 그 일본 놈들은 천벌을 받아도 열두 번은 더 받을 것이그마."

"그런디, 아직까지 안 돌아오면… 어디 전쟁터에서 죽은 거 아니여?"

"금매 말이여, 돌아올 사람은 모도 다 돌아오는디, 아직까지 안 돌아온 거 봉깨로 죽었을는지도 모르지."

"저, 방정맞을 소리…"

주위를 둘러보며 손을 입으로 가져간다.

"아, 그럴 수도 있다는 얘기지."

서로 조심스럽게 얘기를 한다.

"어디 점이라도 한번 쳐 보았당가?"

"부잣집이니까 베멘히(당연히) 안 쳐 봤겠어?"

"점이 다 맞히간디?"

"그래도, 아직 소식이 없는 것 봉깨로 죽었는지 살았는지, 속 시원히 점이라도 한번 쳐 봐야지. 앙 그래?"

절골댁이 새뜸샘 쪽으로 다가온다. 여자들이 서로에게 눈치를 주며 말문을 닫는다. 절골댁이 새뜸샘에 도착하자, 여자들이 절골댁에게 고개를 숙여 인사를 건넨다. 절골댁도 여자들에게 묵례를 한다.

담장 너머에서 웃음소리가 들려온다. 여자들은 성 씨 집 쪽으로 고개를 돌린다. 성 씨 집에는 왁자지껄 거나하게 술판이 벌어졌다.

"하 하 하 하…."

여자들은 서로에게 눈치를 주며 물동이를 이고 서둘러 자리를 뜬다. 절골댁이 샘에 도착하여 담장 너머로 성 씨 집을 들여다본다. 사람들이 웃고 떠드는 소리가 들려온다. 그 집 담장을 기웃거려본다. 마당에서는 동네 사람들이 웅성거리며 막걸리 잔이 오고 간다. 전쟁에 나갔다가 살아 돌아온 아들 자랑에 웃음소리가 흘러나온다. 절골댁이 담장 너머에서 들려오는 소리를 듣다가, 왁자지껄한 소리를 뒤로한 채 집으로 터벅터벅 발길을 돌린다.

흉흉한 소식이 들린다. 수십만, 수백만 사람들이 관부연락선을 타기 위하여 항구로 몰려들었다. 항구는 인산인해를 이루어 발 디딜 틈도 없다. 시모노세키항과 조선을 오가는 연락선은 하루에 두세 편에 불과하여 연락선을 탈 수가 없다. 연락선으로 귀환 동포들을 다 실어 나를 수가 없어 화물선이 투입되었다. 그런데 일본에서 출발하여 부산항으로 오던 우키시마 화물선이 바다 한가운데서 폭발했다는 것이다. 화물선에는 사천여 명의 동포들이 타고 있었지만, 그중에서 몇 명만 구조되고 나머지는 바다에 빠져 죽었다는 것이다. 그 소문을 들은 절골댁은 걱정이다. 그 배에 인수가 타고 있지는 않았는지, 어느 전선에서 아직도 귀국을 못 하고 있는지, 전쟁 중에 쥐도 새도 모르게 죽었는지 별별 생각이 다 든다.

만주로 갔던 장만수가 대문을 열고 들어선다. 이대길과 인사를 나누고 방 안에 마주 앉았다.

"그래, 얼마 만인가?"

"10년 만에 돌아왔습니더!"

"그동안 고상이 많았네."

"어데예!"

"그래, 만주에서는 고상이 많았제?"

"아, 말도 마십시오. 만주에서 해방을 맞았다 아입니꺼. 만주에서도 '대한민국 만세!'를 부르고 해방에 들떠 얼마나 많은 사람들이 길거리로 뛰쳐나왔던지, 말도 마이소. 사람, 사람이… 그렇게 많은 조선 사람들이 모인 건 처음이라예. 그리고 해방이 돼서 만세를 부른 것도 잠깐이라예. 우리도 해방이 돼서 어떻게 할지 고민이었던 거라예. 만주에서 계속 눌러앉아 살아도 되는지, 고향 땅에 다시 돌아와야 하는지 고민하고 있었어라예. 국적이 어떻게 될지 지켜만 보고 기다리고 있었어라예. 해방이 돼도 국적이 제일 중요한 게 아닙니까? 일본 놈들이 망하자마자 하나둘씩 도망을 가자, 이번에는 떼국(중국) 놈들이 우리 조선 사람들을 느그 나라로 돌아가라 안 합니꺼. 중국에 나와 있는 조선 사람들도 어데 한둘이 아니고 수십만, 수백만 아입니꺼. 개중에는 어느 정도 자리를 잡은 사람들도 있고, 땅을 많이 개간하여 묵고 살 만해졌는데 해방이 되었잖습니꺼. 일본 놈들은 해방되기 전부터 슬슬 하나둘씩 없어지더니 몽땅 도망갔뿌렀어예. 그렇잖으면 일본 사람들이 떼놈들에게 맞아 안 죽겠습니꺼? 일본 놈들에게 얼마나 당했는지 떼놈들이 시비를 걸기 시작하지 않습니껴? 그래서 우리 조선 사람들도 맨날 모여서 어떻게 해야 좋을지 이야기했는기라예. 그 만주 벌판이 옛날 옛적부터 원래는 우리나라 땅 아니었는기요? 발해의 해동성국이 원래부터 조선 땅인 것은 다 아는 역사 아닙니까? 아, 그래서 일본 놈들이 그걸 알고 제일 먼저 조선을 침략하고, 만주를 먼저 점령한 거 아닙니까? 역사를 짚어 가자면 만주 땅은 원래부터 조선 땅이었단 말입니다. 아, 그래서 수백만 명의 조선 사람들이 이주한 거 아닙니껴? 이참에 우리 조선 땅이니까 우리가 자리를 잡고 있어야 된다는 거였습니더. 그래서 우리도 원래 우리 땅이니 이제부터는 우리 땅 할란다 하고, 버텨 보자고 했죠. 일본 놈들이 도망간 후에는, 떼국 놈들과 조선 사람들이 패거리가 되어 맨날 싸우게 된 겁니다. 나중에는 사람들끼리 싸우다가 떼놈들이 몰려다니며 조선 사람들에게 몰매를 가하고, 사람을 죽이기도 한다는 소문이 파다해서, 어데 무서워서 살 수가 있어야지예. 피땀 흘려서 개간한 농토며, 숭궈 논 곡식이 얼마나 아깝습니까. 그래서 버티고 있었지만, 하루하루가 불안해서 못 살겠는 기라예. 제일 중요한 것이 국적이었는데, 조선 사람들이 원래부터 조선 땅이었다고 우겨서 될 일이 아니잖습니까. 떼놈들 말로는 만주 땅은 조선 시대에도 중국 것이 되었다 안 합니까. 만주에서도 내 나라 내 땅이라고 우길 수 없는 처량한 국제 고아가 될 상싶은 거라예. 사람들이 하나둘씩 보따리를 싸기 시작 안 합니까. 고향도 있는 몸인데, 타향이 아무리 좋은들 고향만 하겠습니까? 수구초심首丘初心이라 안 합니까? 여우도 죽을 때는 머리를 자기가 살던 굴을 향해 돌린다 아닝기요. 모도 고향이 있는데, 며칠을 고심하다가 그냥 마 두 눈 딱

감고 돌아와 뿌렀습니더."

고향 얘기를 하다가 장만수도 한숨 쉬어 간다.

"그래 잘 생각했네."

"아, 떼놈들도 즈그 나라 땅이라고 텃세를 부리는데 점점 심해지더라고예. 막무가내 아닙니껴. 그래서 여러 식구가 모여서 밤에 트럭을 타고 야반도주를 하지 않았습니껴. 거기서 오래 있었다간에는 맞아 죽게 생겼습디더. 맨날 싸워 대니 견딜 수가 있어야지요. 아, 그래도 내 고향으로 와야 안 합니까? 일본 놈들이 보기 싫어서 만주로 갔었잖습니까? 아, 글쎄 만주로 갔더니, 거기에도 일본 놈들이 쫙 깔려 있는 기라예. 공출에 시달리긴 했지만, 그리 심하지는 않아 수확한 곡식으로 묵고살 만했습니더. 땅이 얼마나 비옥한지 시커먼 땅에 잡곡을 심기만 하면 수확이 제법 토실토실하게 잘 여물었습니다. 콩도 여기 콩 같지 않고, 알이 통통하고 굵게 여문 기라예. 조선 콩에 비하면 만주 콩은 엄청시리 큽니다. 땅이 좋고 일모작만 하니까 그런다고 했싸튼디…"

엄지손가락을 들어 올리며 콩이 엄지손가락만 하다는 표시를 한다.

"옥수수도 땅이 좋아서 그런지, 알이 굵은 게 여기 꺼하고 비교가 안 되는 기라예. 땅심이 좋아서 그런 것 같더라고예. 옥수수알도 어른 손톱보다도 더 크다 아입니껴. 밭벼를 심어도 수확이 제법이었지예. 밭벼와 잡곡과 감자만 심어 묵던 곳에 개간을 새로 하고, 수로를 정비하여 쌀농사도 제법 자리를 잡아 놨다 아입니까. 조선 사람들이 만주에 정착하면서 논에 수로를 정비하고 쌀농사 짓는 법을 모두 가르쳤다 아입니껴. 만주에 있는 중국 사람들은 우리 조선 사람들에게 엎드려 수백 번도 더 절을 하지 않았습니껴. 조선 사람 아니었으면 굶어 죽기 딱 좋은 추운 곳 아닙니껴. 황무지 허허벌판을 조선 사람들이 모두 일군 거라예. 쌀을 구경도 못 한 사람들에게 쌀농사를 갤켜 줬다 아입니까. 저수지와 농수로를 만들어 물길을 내는 농사 혁명이 일어난 겁니다. 추운 지방에 쌀농사를 지어 쌀밥을 맛보게 했다 아입니까. 조선 사람들 대단한 건 알아줘야 합니다. 그라고 해방이 되어서 조선 땅으로 돌아오는 사람들이 어찌나 많은지. 놀랐다니까요. 일제 압정에 못 이겨 만주로 나갔던 동포들이 한꺼번에 돌아오는 기라예. 아따! 뭔 놈의 사람들이 그렇게도 많은지, 열차를 몇 번 놓치고 몇 날 며칠을 역전에서 기다렸다 아닌기요. 열차를 겨우 탔는데 꼼짝달싹 못하고 대소변도 참아 가면서 안 왔는기요? 열차는 귀환 동포들로 아수라장입니다. 우째우째 경성역에 도착했는데 경성역에서 내린 감회는 말로 표현 못 합니다. 환영 인파랑 함께 어울려 만세를 부르니 감격하여 눈물이 절로 안 난기요. 해방된 조선이야말로 진짜로 내 나라다 싶은 겁니다. 경성역에 내리니 며칠 후에 어디 운동장에 모여서 환영 대회를 한다고 기다리고 하더라고예. 그래서 며칠 있어 보니, 있을 데가 아닌 기라예. 피난민들을 모아 놓고 음식을 배식하는데, 워낙 사람이 많고 길거리에는 걸식을 하는 동냥치들이 넘쳐난다 아입니까? 경성에 계속 있다가는 굶어 죽기 딱 십상인 기라예. 그래서 우리는 마 바로 기차를 타고 내려와 버렸습니다."

"그래 잘했네. 고상 많았네. 아, 고향이 제일 좋제?"

장만수의 이야기에 이대길은 고개를 끄덕인다.

"그래, 어디 거처는 정했는가?"

"어데요, 차차 알아봐야지요. 화개골로 다시 가야 안 합니껴. 화전 일궈 놨던 곳으로 다시 갈랍니다. 아, 산 사람 입에 거미줄 치겠습니까?"

"애들도 그동안 많이 컸겠네?"

"예, 가시내가 일곱 살에 데리고 들어갔는데… 벌써 열일곱 아입니까."

"그렁가? 그럼 식솔들은 어데 있는가?"

"아, 읍내에 잠시 쉬고 있으라 하고 광의로 올라왔습니다."

장만수를 보내고 난 후에 이대길은 장만수의 딸아이에 관심이 간다. 순간적으로 인석이를 떠올린다. 그놈을 빨리 인연을 맺어 주어야 할 텐데… 인석이 혼인을 챙긴다. 추운 날 술을 먹고 한데 잠을 자는 바람에 한쪽 팔이 불편해져 정상적이지 못한 아이지만, 혼인을 시켜야 정신을 차릴 성싶었다. 그놈의 속에 뭐가 들었는지 도대체 알 수가 없는 노릇이다. 툭하면 술을 과하게 먹고, 싸움질이나 하고, 아무리 타일러도 그 허한 속마음을 다스릴 수가 없는 노릇이다. 빨리 사람을 맺어 주어 정신을 차리고 제 식솔들을 챙기게 하고 싶은 게다. 기회를 보고 있던 차에 장만수의 딸 얘기에 부쩍 관심이 간다.

"자네 고향이 구례인데, 구례에서 어찌됐든 간에 살 곳을 알아봐야 되지 않겠는가? 화개로 갈 계획이면, 우리 질매제 산판에 집이 비었는데, 거기서 지내는 게 어떻겠는가?"

이대길은 어떻게 해서라도 장만수가 멀리 화개까지 가지 않았으면

하는 바람이다. 일본 경찰들을 피해서 화개골에서 화전민 생활을 했다고 하니 측은한 마음이 든다. 이제는 해방이 돼서 일본 경찰도 없어진 마당에 눈치 보지 않아도 되는 세상이 되었잖은가? 이대길은 장만수에게 질매제 산판 움막에서 지내면서 산을 돌보기만을 바라며 권한다. 장만수 딸이 얼마나 컸는지 무척 궁금하다.

양복을 곱게 차려입은 남형석과 양장으로 멋을 낸 부인 아케미와 딸 미라가 고향 집에 도착한다. 고향 집은 텅 비어 있다. 일본 놈들에게 유기제품 모두를 강제 공출로 빼앗긴 후에 횟병으로 부모님 모두 돌아가신 뒤라서 집 안은 텅텅 비어 있다. 유기를 만들던 공장도 텅 비어 있다. 강진태가 집을 나서다가 집 앞 건너편 유기공장에 사람의 인기척을 느낀다. 비어 있어야 할 집 안에 누가 왔는지 궁금하다. 유기공장 안채를 들여다본다. 빈집에 사람 모습이 보인다. 집 안에서 서성거리는 남형석을 발견한다. 말쑥하게 신사복을 입고 가방을 든 남형석을 강진태가 알 듯 말 듯 기억을 더듬어 내며 겨우 알아본다.

"이 집에 누가 왔는가?"

강진태가 대문 앞에서 집 안을 향하여 소리를 낸다. 남형석이 대문간에서 나는 소리를 듣고 고개를 돌리자, 길 건너편 집에 사는 양조장집 강진태를 발견한다. 남형석이 급하게 대문 쪽으로 걸어 나온다. 강진태도 대문 쪽으로 걸어 나오는 모습이 남형석임을 확인한다.

"형님!"

"아니, 자네 남형석이 아닌가?"

강진태가 남형석을 알아본다.

"형님, 오랜만입니다. 그동안 별일 없었습니까?"

"그래. 형석이! 이게 얼마만인가? 자네가 먼저 아는 체를 안 했다면 몰라볼 뻔했네 그려."

"형님은 늙지도 않고 그대로이신데요!"

"그렁가? 자네, 오랜만에 고향에 돌아왔그만그려."

"예. 십여 년 만에 돌아왔습니다."

"세월이 벌써 그렇게 됐나? 자네도 나이가 이제 들어 보이네. 어디서 아는 체 안 하면 어디 알아나 보겠는가? 해방이 돼서 많은 동포들이 고국으로 돌아오고 있지만, 자네가 돌아오리라고는 생각도 못 하고 있었네. 자네 부모님도 모두 돌아가시고, 자네한테 연락도 안 돼서 어디서 살았는지 죽었는지 궁금했었네."

"저 같은 불효자야 입이 열 개라도 할 말이 없습니다. 부모님 돌아가신 걸 나중에야 알았습니다만…. 그때는 너무 늦어 버렸고, 고향에 돌아올 형편이 못 됐습니다. 해방이 됐으니까 고국으로 돌아와야지요. 이참에 고향에서 살아 보려고 모든 걸 정리하고 돌아왔습니다. 새 세상이 됐으니 고향에서 자리를 잡아 봐야죠."

"어쨌든 반갑네. 자네 부모님들이 돌아가시고 집이 비어 있던 차에 자네가 왔으니 이제야 집안에 활기가 돌겠구먼."

"그렇습니다."

"옛날에 한창 사업이 번성할 때는 일꾼들도 많았고, 삼남 일대에서 제일 유명한 놋그릇 공장이었는데…. 그럼 식구들이랑 같이 나왔나?"

"예, 마누라랑 딸내미가 하나 있는데 같이 나왔습니다."

"그런가? 어쨌든 잘 됐네. 우리 집과 가까이 있어서 이제 자주 보게 되겠구먼."

각 부락별 동각에서도 야학이 열렸다. 조선 글을 모르는 사람들을 위해서 야학이 시작됐다. 일제 핍박에 시달리며 한글을 배울 기회조차 없었던 사람들에게 문맹 퇴치를 위한 야학은 꼭 필요한 일이었다. 낮에는 일을 해야 하므로 밤에 야학이 시작된다. 학교를 다닌 아이들이야 일제 강점기에는 조선어 대신 일본말을 배웠고, 해방이 된 후에는 학교에서 한글을 가르치니까 한글을 배울 수 있다. 학교를 못 간 아이들에게도 한글을 가르치자는 의견이 모아졌다. 배움을 놓친 아이들과 보통학교를 못 간 아이들, 어른들, 상투를 틀고 갓까지 쓴 노인들, 특히 결혼한 부녀자들까지 야학에 나오도록 독려했다. 세상이 바뀌었으니 모두 조선 글을 배워야 한다는 것이다. 집안일에 고단하지만 조선 글을 깨우쳐 주는 것은 해방 이후에 조선인으로서의 자부심을 갖게 하자는 취지다. 조선 글을 가르침으로써 앞으로 다가올 시대를 대비하기 위해서다. 야학에는 젊은이들도 나왔지만, 노인네를 비롯하여 부녀자들도 더러 나왔다. 부녀자들도 문맹 퇴치를 위하여 야학에 모두 나오도록 독려했기 때문이다.

"저녁 먹었으니 어여들 모두 동각에 가서 공부하고 오너라!"

이대길이 집안사람들에게 동각에 가서 글을 배우라고 독촉한다. 이대길이 사랑방 앞에 서 있다. 인석이 사랑방에서 나온다. 인석이 대문을 열고 나간다. 동각에 가기 싫어하는 여자들을 경자가 챙긴다. 여자들도 이 기회에 글을 배우게 해야 한다. 경자도 집안 여자들을 데리고 동각으로 향한다. 집안 어른들의 성화에 집안 식구들 모두가 동각으로 우르르 몰려간다. 동각의 대청마루는 사람들로 꽉 찼다. 야학의 대상이 부락민 거의 전부일 만큼 문맹이 대부분이었지만, 이렇게 많은 사람들이 배움의 길에 동참하는 건 뜻밖의 일이었다. 모두들 낮에 고단한 농사일을 해서인지 야학에 나와서는 졸기가 일쑤였다. 그래도 왁자지껄 조선 글을 배우는 데는 모두가 신이 났다. 꾸벅꾸벅 조는 사람들을 상대로 인철과 만식은 심혈을 기울여 마을 사람들에게 한글을 가르친다. 보조 선생들도 여럿이 거든다. 경자가 멀찌감치 떨어져 여자들이 앉아 있는 모습을 바라본다. 사람들 틈에 끼어서 글을 배우는 송정댁, 난동댁, 점말을 발견한다. 사람들이 꾸벅꾸벅 졸고 있다.

"아따! 고만 일어나드라고 잉!"

"고만 일어나랑깨요!"

낮에는 농사일을 하느라 지친 몸이다. 이참에 글을 배워야 한다는 것은 공감하는데, 몸이 말을 듣지 않는다. 글을 잘 아는 경자가 다가가 글을 배우는 것을 도와준다. 동각에 모인 사람들은 몸은 천근만근이요, 소리는 쇠귀에 경 읽기다.

"자자, 큰 소리로 따라 합니다. 기역, 니은, 디귿, 리을, 미음…."

"기역, 니은, 디귿, 리을, 미음…."

눈을 감은 채로 하품을 하면서 따라 한다. 여기저기 꾸벅꾸벅 조는 사람이 눈에 띈다. 선생님이 조는 사람들을 깨우게 한다. 옆 사람이 팔꿈치로 찔벅거린다. 졸던 사람들이 깜짝 놀라 잠을 깬다.

"자, 더 큰 소리로 따라 합니다. 가, 나, 다, 라, 마, 바, 사…."

"가, 나, 다, 라, 마, 바, 사…."

"가, 갸, 거, 겨, 고, 교, 구, 규…."

"가, 갸, 거, 겨, 고, 교, 구, 규…."

"자, 자, 더 큰 소리로 따라 합니다."

사람들은 동각이 떠나갈 듯이 큰 소리로 선생님의 소리를 따라 한다. 더 큰 소리에 졸고 있던 사람들도 깜짝 놀라 고개를 들고 소리를 따라 한다. 간단한 한글 공부지만 사람들은 신이 났다. 배움의 문턱을 가 보지도 못하고 들에 나가 일만 하던 사람들에게 한글 공부는 해방과 함께 큰 기쁨이 되었다.

'ㄱ, ㄴ 배워서 좋은 나라 세우자.'

해방이 됐으니 한글을 배워야 한다고 전 국민을 계몽하고 있다.

장터 국민회관에 야학이 열렸다. 보통학교를 졸업한 아이들을 위해서 중등 과정을 가르치기 위해서다. 대부분 중등 과정에 진학을 못 하여 희망자에 한해 중등 과정 일부를 가르치기로 하였다. 많은 학생들이 모여들었다. 중등 과정 중에서도 영어를 중점적으로 가르치고 있다. 인철이 선생을 자청했다. 칠판도 들여오고 책걸상도 들여와 교실 분위기가 만들어졌다. 강진태가 국민회관에 들어선다. 인철과 악수를 한다. 인철은 강진태의 방문을 반갑게 맞이한다.

"그래, 수고가 많네. 학생들이 많이 늘었다며?"

"예."

"뭐 더 필요한 거 있으면 얘기하게. 도와줄 테니까."

"고맙습니다."

"자네가 하는 일이 특별한 일이라는 거 명심하게. 나라의 장래를 위해서는 아이들을 가르치는 일이 최고지. 자네는 교회 야학에서도 아이들을 가르친 경험이 있으니까 잘 할 수 있을 거야. 인철이니까 할 수 있는 일이지. 암!"

강진태가 인철을 믿는다는 말투다. 인철이 이 일을 맡아 주니 가슴 뿌듯하고 기쁘다.

"별말씀을 다 하십니다."

"아이들을 잘 가르쳐야지. 아이들은 이 나라를 짊어지고 나갈 역군들 아닌가? 내가 바빠서 잘 들여다보지 못하더라도 필요한 거 있으면 말하라고. 내가 도울 수 있는 데까지 도와줄 테니까."

"예, 말씀이라도 고맙습니다. 여기저기서 많은 도움을 주고 있습니다."

국민회관 야학은 지역 단체와 유지들의 도움으로 중등 과정 수업이 자리를 잡아 가고 있다. 특별히 강진태가 많은 기부금을 희사했다.

민정이 부산항에 내린다. 미군들의 도움으로 필리핀에서 일본에 도착은 하였지만, 일본 땅 어디엔가 계실 아버지를 찾는 일은 엄두도 나지 않았다. 일본군들에게 만신창이가 된 몸이다. 아버지를 찾는다 해도, 아버지 앞에 떳떳이 나설 수 없는 부끄러운 신세가 되어 버렸다. 아버지를 찾을 자신이 없어졌다. 아버지를 잊어야만 하는 신세다. 갈 곳이 없어 부산항에 도착했지만, 고향으로도 못 가는 신세가 되어 버린 몸이다. 어디로 갈까? 고향으로 갈까? 아니야, 아니야…. 고향으로 갈 자신이 없다. 큰집에 가는 것도 양심상 허락하지 않는다. 부모도 없는 처지에 큰집 식구들에게 신세를 끼쳐서는 더 더욱 안 될 일이다. 나를 알아보는 사람이 있는 곳에는 갈 수가 없다. 모든 의욕을 잃어버렸다. 내 신세를 누구에게 털어놓고 또 위로를 받는단 말인가? 민정이 부산역 주위를 돌면서 방황한다. 날이 점점 어두워진다. 부산역 건너편 초량동 골목에 홍등이 하나둘 켜진다. 그 불빛을 따라 걷는다. 홍등가 골목에서는 화장을 한 여자들이 보인다. 곳곳에서 웃음소리가 새어 나온다. 민정이 홍등가 골목을 어슬렁거린다.

19

수학여행

인호는 수학여행의 설렘으로 아침 일찍 일어났다. 2박 3일의 일정으로 우리 고장의 명승지와 천년 사찰 쌍계사, 연곡사, 화엄사를 돌아보는 여정이다. 일어나자마자 봇짐을 싸느라 분주하다. 옷가지며 먹을거리를 준비하느라 정신이 없다. 절간에서 숙식을 해야 하므로 쌀도 듬뿍 챙겼다. 쌀을 조금 가져온 아이들이 있을 거라는 걱정에 절골댁이 쌀을 더 넉넉히 챙긴 것이다. 수학여행을 가는 봇짐이 제법 크고 무겁다.

"아부지, 댕겨오겠습니다."

"그래 조심해서 댕겨오너라."

마당에서 집안 식구들에게도 인사를 드린다.

"어머이, 댕겨오겠습니다."

"그래 조심해서 댕겨오너라."

"형수님, 댕겨오겠습니다."

"인호야! 이거 삶은 계란인데 조심히 가져가서 선생님 갖다드려라."

절골댁이 인호에게 보자기를 건넨다.

"예."

인호가 보자기를 받아 든다.

"도련님, 조심해서 댕겨오셔요."

경자가 대문 밖까지 나와서 인호를 배웅한다. 인호는 수학여행의 기대로 기분이 풍선처럼 부풀어 하늘로 날아오를 것만 같다. 학교에는 몇몇 아이들이 벌써 도착해서 왁자지껄하다. 교문 앞에는 엿장수가 먼저 와서 엿판을 늘어놓았다. 구경하는 아이들이 몰려들었다. 소풍 때나 운동회 때면 오는 엿장수다. 어떤 아이들은 어느새 엿을 사서 오물거리고 있다. 인호는 어머니가 주신 지폐 한 장과 동전 몇 닢이 있었지만 돈만 몇 번 만지작거린다. 엿을 사 먹을까 하다가 그냥 지나친다. 나중을 위해서 미리 돈을 쓰면 안 되겠다 싶어 엿 사 먹는 것을 포기한다. 콩자루에 손을 넣어 엿 대신 콩을 입 속에 한 주먹 털어넣는다. 태어나 처음으로 이 동네를 벗어나 타관으로 나가는 기회다. 마냥 설레는 기분으로 선생님께 인사를 한다.

김민기 선생은 아이들의 복장이나 몸 상태를 둘러보느라 정신이 없다. 몸이 약한 아이와 몸집이 작은 여자아이들은 이미 사나흘 전부터 수학여행을 말렸다. 아이들을 설득하느라 진땀이 났다. 3일 동안 수십 리 길을 온종일 걸어서 쌍계사까지 다녀와야 하기 때문이다. 선생님의 입장에서는 큰일이 아닐 수 없다. 아픈 아이라도 생기면 업어서 다녀와야 한다. 수학여행을 중도 포기하는 사태가 발생할지도 모를 일이다. 여간 신경 쓰이는 게 아니다.

그토록 설레던 수학여행의 출발이다. 학교를 벗어났다. 들판은 가을 옷으로 변해 가고 있다. 누렇게 익어 고개를 숙인 벼 이삭들이 황금물결을 이루고 있다. 조, 수수도 여물어 고개를 숙이고 있다. 감도 익어 빨갛게 물들고 있다. 노고단 봉우리는 가을이지만 아스라이 운무에 싸여 있다. 산은 온통 오색 단풍으로 물들었다. 산등성이를 타고 불어온 바람은 차갑지도 덥지도 않다. 기분이 절로 상쾌하다. 들뜬 마음은 저 노고단 꼭대기를 향해 단숨에 다다를 것만 같은 기분이다. 친구들과 재잘거리는 것이 마냥 신난다.

소백산 양지바른 지리산 품에
서시천 구비마다 열려진 벌판
몸과 마음 한결같이 갈고 닦아서
이 나라 기둥 되자 우리 어린이
장하다 우리 학교 오랜 전통에
광의교 그 이름 길이 빛내자.
거룩한 선인들의 그 넋을 이어
아침 해 솟아나듯 깨어난 새싹
착하고 아름답게 힘껏 배워서
새 나라 기둥 되자 우리 어린이
장하다 우리 학교 오랜 전통에
광의교 그 이름 길이 빛내자

교가를 목청껏 부른다. 아이들의 함성이 지리산골 계곡에 메아리처 온다. 들판에서 일하는 농부들은 잠시 일손을 멈추고 허리를 세워 재잘거리며 수학여행을 떠나는 아이들에게 손을 흔든다. 아이들도 손을 흔들어 답례를 한다. 뒷둥들에서 천은사 가는 방향으로 가다가 방광리(판팽이)마을을 지났다. 천은사 계곡을 바라보면서 마을을 빠져나온 후 수한(무라이)마을 쪽으로 향한다. 그 아래에서는 큰 공사판이 벌어졌다. 방광학교를 짓는 중이다. 나무로 만든 골조가 우람하게 서 있다. 호양학교의 정신을 살려서 후세를 교육해야 한다는 것을 깨달은 지역 주민들이 기성회를 조직하고 기금을 모았다. 이 지역은 광의면으로 합병되기 전 방광면이었다. 호양학교가 폐교되는 뼈아픈 역사를 가졌기에 학교를 세운다고 하니, 금세 기부금이 모였다. 학교 부지로 1만 2,000평이 확보되었다. 우선 이 지역과 항상 호흡을 같이해 온 천은사에서 제일 많은 기부를 하였다. 천은사가 보유한 전답도 기부하였다. 천은골 아름드리 소나무 목재를 천은사에서 기부하여 엄청난 양의 목재가 산더미처럼 쌓였다.

화엄사 계곡과 그 위로 보이는 노고단 봉우리를 뒤로한 채 황전마을을 지나 마산면 청천학교 옆을 지난다. 하사마을을 지나자 토지면에 이르는 용두언덕이 앞을 가로막는다. 배틀재의 경사진 길이 보인다. 배틀재를 넘어야만 한다. 제법 경사진 언덕길을 올라간다. 언덕에 올라서서 다다른 용두마을, '용호정龍湖亭'에 도착한다. 섬진강 쪽 낭떠러지가 닿기 전의 소나무 숲에 세워진 시회소詩會所다.

김민기 선생이 용호정에 대한 안내를 한다.

"자, 이리 가까이 모여라."

아이들이 정자 앞으로 모여든다.

"여기가 용호정입니다. 경치가 아주 좋죠? 매천 황현 선생님 아시죠? 그 제자들이 모여서 스승을 기리기 위하여 만든 정자입니다. 일제 치하에 여기서 모여 시조를 읊었지만, 시조를 읊기 위한 모임은 핑계였습니다. 경찰들이 이들의 모임을 막았지만, 그들은 계속 모임을 가졌습니다. 항일의 울분을 달래면서 독립운동에 관하여 서로 정보도 교환하고, 비밀리에 독립자금도 모아서 전달했던 곳이기도 합니다."

섬진강 변을 따라 걷는다. '칠 의사의 묘' 앞에 도착하여 예를 표한다. '칠 의사 묘' 건너편 계곡이 '석주관성'이다. 석주관성은 왜구의 침입을 막기 위해 성벽을 쌓았던 곳이다. 남해에 침입한 왜군이 내륙으로 통하기 위해 섬진강을 거슬러 올라와야 하는 전략적 요충지다. 섬진강은 예로부터 많은 물자와 사람들이 드나드는 곳이다. 하동과 구례를 잇는 도로 역시 전략적 요충지다. 지리산과 백운산 사이, 섬진강이 흐르는 지점은 협곡이 좁은 지역이어서 예로부터 왜적들을 막아 내는 군사 요충지다. 섬진강을 통하든지 도로를 통하든지 이곳을 거쳐야 구례, 곡성과 남원, 전주로 통한다. 섬진강 물길이 육로보다 훨씬 왕래가 쉬운 곳이다. 하동포구를 지나 구례를 들어서기 전에 왜군을 막아야 하는 절체절명의 순간에 이곳에서 온몸을 바쳤던 선열들의 얼이 남아 있다. 의병들이 석주관성을 쌓고 승려들과 합세하여 왜군을 물리치기 위해 치열한 전투가 벌어졌던 곳이다. 섬진강 변 계곡부터 시작해서 계곡 높은 곳까지 성을 쌓아 올렸다. 김민기 선생이 아이들을 불러 모은다.

"석주관성은 왜란 때 큰 싸움이 벌어졌던 곳입니다. 섬진강을 끼고 육로로 쳐들어온 왜놈들에 대항하여 화개와 악양 쪽에서 혈전을 치른 후, 왜군을 유인한 뒤 석주관성 아래 협곡을 사이에 두고 산등성이에 우리 의병들을 잠복시킵니다. 왜군이 다가오자 계곡 높은 곳에 잠복한 의병들은 기습 공격을 감행하였습니다. 공격 신호와 함께 일제히 활을 쏴 왜군들을 공격합니다. 수로와 육로를 통해 구례로 향하던 왜군들은 기습 공격에 많은 피해를 입습니다. 섬진강 변에서 석주관성으로 기어오르는 왜놈들을 의병들이 공격합니다. 산속의 돌을 이용한 석탄공법石彈攻法으로 왜놈들에게 돌을 던지고, 아래로 돌을 굴려 적의 공격을 막았고, 왜놈들은 그 돌에 맞아 죽어나갔습니다. 섬진강 변에는 왜놈들의 시체가 둥둥 떠다녀 섬진강은 핏빛으로 물들어 갔습니다. 이때 의병들이 화엄사에 격문을 보냅니다. 승방僧房에서 수도하던 스님들은 호국의 일념으로 일어났습니다. 목탁 대신 창과 칼을 잡았습니다. 설홍대사는 군량미 103석과 153명의 승군을 이끌고 달려와 왜적과 한판 싸움을 벌입니다. 호국간성護國干城, 나라를 지키기 위해 홀연히 일어섰던 곳. 나라가 백척간두에 섰을 때는 의병이고 승려고 구분이 없었습니다. 그러나 의병과 승려들은 조총을 가진 왜놈들을 당해 낼 수 없었습니다. 의병들과 승려들은 석주관성에서 장렬히 싸우다 모두 전사하였습니다. 칠의사는 이원춘, 왕의성, 이정익, 한호성, 양응록, 고정철, 오종입니다. 훗날 임금님께서는 칠 의사에게 현감이라는 관리를 파견하여 일곱 의사들의 초혼 총을 모시게 했다고 합니다."

섬진강의 섬은 두꺼비 섬蟾 자다. 왜구는 섬진강을 따라 거슬러

처들어왔다. 그럴 때마다 두꺼비가 떼를 지어서 무섭게 울어대니, 간이 콩알만 한 왜구놈들이 기겁을 하고 도망갔다는 이야기가 전해져 내려온다. 그래서 그때부터 두꺼비 섬蟾, 나루 진津 자를 써서 섬진강蟾津江이라 불렀다는 전설이 있다. 왜구들을 쳐부수기 위해선 이 나라의 두꺼비까지 나섰다고 하니 우리 조상들의 애국심은 누구도 막을 수가 없었다.

"어디서 왔드노."
"어디 가노."
토지면 외곡마을에 다다르자 지나가는 사람들이 아이들에게 말을 걸어온다. 구례 땅인데 경상도 말투를 쓰는 걸 보니, 어느새 경상도 땅을 밟은 것 같다. 경상도 말투가 오고간다. 피아골 골짜기가 시작되는 초입 외곡이다.

섬진강의 유유자적한 흐름, 화개나 하동 쪽으로 갈수록 섬진강의 폭은 점점 넓어지고 강물의 흐름도 서서히 느려졌다. 바다가 가까워 올수록 그 속도는 더 느리고 강물이 수백 년, 수천 년 동안 휘돌아 나간 자리에는 섬진강의 하얀 백사장이 드러난다. 섬진강을 따라 내려올수록 백사장은 한층 더 고운 빛깔을 낸다. 바다가 가까운 하동포구를 향해 흐르는 강줄기를 만들어 낸 섬진강의 풍광이 장관이다. 백사장 은빛 모래톱이 많을수록 섬진강 재첩이 풍부하다. 하동에 섬진강 재첩국이 유명한 이유는 섬진강의 맑은 물이 이루어 낸 또 하나의 선물이다. 재첩은 섬진강 모래사장 어디에서나 잡히지만, 하류인 하동 쪽으로 내려갈수록 많다. 고요한 섬진강을 걸으며 전라도와 경상도의 경계를 넘어선다. 전라도와 경상도의 경계선은 불분명하다. 섬진강을 중심으로 사람들이 왕래하고 지리산을 중심으로 왔다 갔다 하면서 결혼도 하고, 하동과 구례 사람들은 그야말로 이웃사촌처럼 지낸다.

화개장터에 도착했다. 전라도와 경상도가 만나는 곳이다. 전라도 구례 사람이나 광양 사람과 경상도 하동 사람들이 어우러져 장이 서는 곳이다. 노고단 줄기 화개천의 수백 리 길에 골짜기마다 살아가는 지리산 사람들의 물물교환 장소다. 하동포구에서 밀려드는 범선들이 쉬어 가면서 시장을 형성한 화개 나루터와 맞물려 있다. 섬진강의 뱃길 나루터도 발달되어 있지만, 예로부터 육로의 파발마가 쉬어 가는 쉼터이기도 하다. 하동장터나 구례장터처럼 큰 장은 아니지만 딱 중간에 위치하여 제법 많은 사람들이 모인다. 선술집도 즐비하게 늘어서 있고 술도가와 여관도 있다. 가는 날이 장날이라고 왁자지껄 화개장이 열리고 있다. 남쪽에서는 하동 사람들이 올라온다. 화개천 계곡에 사는 사람들도 내려온다. 북쪽에서는 구례 사람들이 내려온다. 섬진강 건너 서쪽에서는 백운산 자락 광양 사람들이 나룻배로 건너와 장을 펼치는 천혜의 요충지다. 하동장으로 가자니 멀고 먼 길이요, 구례장으로 가자니 그곳도 멀고 먼 길이다. 지리산골 섬진강 포구에서 열리는 시골장 치고는 시끌벅적한 장터다. 대장간에서는 '땅, 땅, 땅, 땅!' 연신 쇳물을 녹여 쇠망치 내려치는 소리가 요란하다. 대장장이가 내려치는 쇠망치 소리로 인하여 농기구를 뚝딱 만들어 내면서 흥정을 벌인다. 길목에 위치한 막걸리 주조장 앞을 지나니 막걸리 익는 냄새가 화개장터를 온통 사로잡는다.

막걸리를 거나하게 한 잔씩 걸치는 사람들의 목소리가 와자지껄하다. 길가에서 섬진강 재첩을 파는 좌판 아주머니들이 먼저 아이들의 일행을 반긴다.

"재첩 사이소!"

"재첩국 사이소!"

경상도 억양의 감칠맛 나는 소리다. 하도 우스워서 몇몇 아이들이 따라서 소리를 낸다.

"재첩국 사이소!"

"호호호호 하하하하."

아이들이 따라 해 본 소리인데 우스워 죽겠다고 난리다. 시장에 모인 사람들 모두가 함께 웃는다. 오후 반나절이라서 어느새 파장 분위기이지만, 화개장터에 나온 사람들이 지나가는 아이들을 반긴다. 전라도 사람들도 화개만 오면 전라도 말보다는 경상도 사투리로 말투가 바뀌어 버리는 곳이다

"느그들 어디서 왔드노?"

"쩌그, 구례에서 왔당께요."

아이들이 초롱초롱한 눈망울을 굴리며 대답한다.

"아, 야아들! 맹랑하게 생겼데이!"

경상도 억양의 강한 사투리로 웃으면서 아이들을 반긴다.

"구례 어디서 왔드노."

"구례 광의국민학교에서 왔당깨라."

"광의국민핵교가 어디 있드노?"

"쩌그, 노고단 천은사 밑에 광의에서 왔는디요!"

"그래, 뭐 하러 왔드노?"

"수학여행 왔당께요."

"야야, 느그들 억수로 좋겠데이, 수학여행도 다 오고, 그래 어디까지 가드노?"

"쌍계사요."

"느그들은 참말로 좋겠데이. 그래, 잘 댕겨오그래이."

화개장터라서인지 구례 사람들의 사투리와 화개 말씨가 버무려져 있다. 억센 경상도 억양의 시장 어른들과 전라도 사투리의 아이들이 금세 친한 사이가 된다.

"어이, 반갑데이!"

"나도, 오늘 저녁에 화개장이 파하면, 새벽에 구례장에 갈 판이데이. 우리도 구례 큰 장에 가야 돈을 번다 아이가. 콧구멍만 한 화개 장에 비하면 구례장은 엄청 크데이."

여기저기 상인들이 친근하게 말을 걸어온다.

"내일 구례장에 가면, 느그 어무이 아부지를 만날란가 모르겠데이."

"니 성이 뭐꼬?"

"이 가요."

"뭐, 이 가? 이 가는 양반 아이가?"

여기저기서 말을 걸어온다. 아이들도 구경삼아 여기저기 기웃거리며 시장통의 아저씨, 아지매들과 눈을 마주친다.

"햐! 고놈들 야물딱지게 생겼데이."

"구례에서 화개까지 걸어 왔드나?"

"예."

"와! 장하데이. 그 먼 데서 걸어왔다니 장하데이."

화개장꾼들의 아이들을 향한 치사가 시끄럽고 요란하다. 구례에
서 왔다니까 엄청 친근함을 느끼는가 보다. 화개장터에서는 처녀 총
각 혼사도 자주 오가는 장소여서 하동 사람과 구례 사람들의 혼사
도 곧잘 이루어진다. 화개장터는 사돈네 얼굴을 보는 곳이기도 하
다. 그렇지 않아도 시장 인심은 오고 가는 정감 있는 대화 속에서
피어난다.

"그래 어데까지 가드노?"

"쌍계사까지 갑니다."

"그래, 부지런히 가거래이. 인자 얼마 안 남았데이. 쪼매만 더 가면
된데이."

화개 시장통을 구경하느라 시간이 지체됐다. 화개장터를 빠져나
오자 쌍계사 십 리 벚꽃 길이 시작된다. 지금은 가을이라서 별 볼
일 없는 벚나무이지만, 봄이 되면 온통 벚꽃이 만개해 벚꽃 길이 화
개장터에서 쌍계사 입구까지 장관을 이룬다. 연인들이 십 리 벚꽃
길을 손잡고 쌍계사까지 걸어가면 백년가약의 꿈이 이루어진다는
전설이 예부터 내려오는 길이다.

노고단 줄기 삼신봉에서 시작한 계곡이 대성골, 빗점골을 지나온
다. 계곡이 길다 보니 계곡물도 엄청나서 한번 홍수가 지면 집채만
한 바윗돌 굴러가는 소리가 천둥소리처럼 요란한 곳이다. 그래서인
지 화개천 계곡 쪽으로 들어가면 들어갈수록, 계곡은 야생성이 살
아 있는 듯했다. 계곡 중간중간에 집채만 한 바윗돌이 곳곳에 휩쓸
려 내려와 계곡 속에 처박혀 있다. 멀리 쌍계사가 보인다.

"저기가 쌍계사다."

"와!"

아이들의 탄성과 함께 쌍계사 입구에 다다랐다. 쌍계사 입구는 매우 좁다란 길로 시작된다. 언덕을 가파르게 오르기 시작한다. 구불구불 가파른 언덕길을 오른다. 한참을 걸어도 아무것도 보이지 않는다.

"선생님 어디까지 올라가야 쌍계사여요?"

"음. 조금만 더 올라가면 나온다."

한참을 올라가도 절은 보이지도 않는다. 날씨도 해가 서산으로 넘어가고, 깊은 그늘이 드리워지기 시작한다. 쌍계사 일주문이 저 멀리 보인다.

"쌍계사다!"

아이들이 일제히 환호성을 지른다. 제법 높은 곳에 절이 자리 잡고 있다. 그야말로 말로만 듣던 쌍계사다.

'삼신산 쌍계사三神山雙磎寺'.

일주문 현판을 바라보며 들어선다. 금강문의 문턱도 넘어선다. 다음은 천왕문이다. 천왕문에는 천왕들이 큰 칼을 차고 왕방울만 한 눈을 부라리며 내려다본다. 하늘 높은 곳에서 천왕들이 꼬마 요정들에게 무언가를 주고받으며 귀여워해 주는 모습이 연상될 만큼, 아이들의 눈에는 무슨 악기를 연주하는, 큰 칼을 차고 서 있는 천왕들이 호기심 반 두려움 반으로 다가온다. 가만히 서 있는 천왕들이지만 당장 튀어나올 듯한 기세가 무시무시하기도 하고, 가슴이 쿵쾅거리기도 한다. 조심스럽게 천왕들을 두리번거리며 천왕문을 빠져나온다. 팔영루를 거처 드디어 대웅전 앞에 다다랐다. 대웅전 앞마당에 모두 모였다. 머리를 빡빡 깎은 스님이 대웅전에서 나온다. 스님이 먼저 합장을 한다. 일행들도 합장을 한다.

"천년 고찰 쌍계사에 오신 걸 부처님의 은덕으로 환영합니다. 하룻밤 부처님과의 깊은 인연을 이루시길…."

공손히 두 손으로 합장을 한다.

"나무관세음보살."

똑 똑 똑 똑 똑 또르르르르….

목탁을 두드린다. 목탁 소리가 경쾌하게 쌍계사 공기를 가른다. 몇몇 아이들과 선생님들도 스님을 따라 합장하여 고개를 숙인다.

"쌍계사 입구 계곡에서 이곳 대웅전까지 올라오느라 한참 걸렸을 겁니다. 일주문부터 부처님을 배알하는 일이 쉽지 않도록 여러 문을 거처서 대웅전을 만날 수 있도록 해 두었답니다. 사람들이 세상에 살다가 피안의 세계인 극락세계를 가기 위해서는, 이렇게 구불구불 산길을 한참을 돌고 돌아야 대웅전에 다다를 수 있도록 합니다. 한숨 배 돌리고 불상 앞에서 합장할 수 있도록 대웅전을 쉽게 보여 주지는 않는답니다. 불상 앞에 쉽게 다다를 수 없듯이, 우리의 인생사도 쉽게 쉽게 모든 것들이 이루어지지는 않는다는 이치를 알 수 있답니다. 신라 시대에 어느 스님이 '지리산 설리갈화처雪裏渴花處(눈 쌓인 계곡에 칡꽃이 피어 있는 곳)에 봉안하라.'는 꿈의 계시를 받고 호랑이가 인도하는 이곳을 찾아와 절을 지었답니다. 지리산은 우리나라의 삼신산 중 하나이고 삼신산 계곡에 자리 잡은 절이라서 '삼신산 쌍계사'라고 했습니다."

스님의 쌍계사 소개가 끝나자, 삼삼오오 모여서 절간 곳곳을 돌아다닌다. 김민기 선생이 아이들을 불러 모은다.

"오늘 우리가 잠잘 곳은 팔영루 대청마룻간입니다. 이곳은 우리나라 불교 음악의 창시자인 진감선사가 중국에서 불교 음악을 공부하고 돌아와 우리 민족에게 불교 음악 범패梵唄를 만든 불교 음악의 발상지이며, 훌륭한 범패 명인들을 배출한 교육장입니다. 진감선사가 섬진강에 뛰노는 물고기를 보고 팔음률로 어산魚山 범패를 작곡했다고 해서 팔영루라고 합니다."

아이들도 선생님들도 모두 숙연해진다. 저녁을 먹자마자 칠흑 같은 어둠이 몰려든다. 칠흑 같은 어둠 속에 밝힌 촛불이 유난히 빛을 발하고 있다. 바람 소리와 절간 처마에 달린 풍경 소리만 간혹 들린다.

날이 밝아 온다. 일찌감치 미명에 깨어나 푸드덕거리던 새들이 먼저 반긴다.

짹 짹 짹 짹… 찌직 찌직 찌직… 찌지직 찌지직….

아침은 온통 새들의 합창 소리로 숲속의 교향악이 되어 울린다. 아침을 먹자마자 절 마당에 모두 모였다. 김민기 선생이 인원을 점검하고, 어디 아픈 사람은 없는지 살핀다. 아이들은 어제 하루 종일 걸었고, 생전 처음 절간에서의 잠이 뒤숭숭했을 법도 한데, 아침을 먹고 나니 씩씩한 모습이다. 불일폭포를 향해 가는 길이다.

"산길이 험하니 조심해서 앞뒤 사람이 누군지 잘 챙겨 가기 바란다."

"예."

대답이 우렁차다. 불일폭포 가는 길은 쌍계사 경내에서 시작된다.

한참을 오르다 보니 큰 바위 '환학대喚鶴坮'가 우뚝 서 있다. 최치원이 불일폭포를 가는 길에 학을 불러서 타고 갔던 자리라고 한다. 환학대를 지나서 깎아지른 듯한 골짜기를 한참 오른다. 절벽 길을 타고 나가자 암자가 나타난다. 불일암이다. 그야말로 심산유곡의 절벽 아래, 벼랑 끝에 서 있는 암자다. 깊은 산중, 불일암佛日庵에서 합장을 한다. 불일암을 지나 불일폭포로 가는 길에 들어선다. 절벽을 타고 다시 내려가야 하는 길이다. 불일암을 지나자 산이 울리는 듯한 우렁찬 폭포 소리가 들려온다. 귀가 웅얼거리는 것도 같고, 굉음이 서서히 다가오는 느낌이다. 천둥소리와 함께 눈앞에 펼쳐진 장엄한 폭포. 천상의 계곡 속에서 내려 뿜는 듯한 장엄한 물줄기. 한 마리의 학이 천상을 오르내릴 듯한 기세다. 폭포로 인해 생긴 용소에서 살던 용이 승천하면서 꼬리를 살짝 쳐서 좌우로 청학봉과 백학봉을 만들어 그 사이로 폭포가 흘러내리게 만들었다는 전설이 깃든 곳이다.

아득한 옛날 불일폭포 오른쪽으로 물이 흘러내리고 있었다. 옥수玉水는 자연의 신비를 담아 용소로 떨어졌고, 그 용소에는 천 년 묵은 이무기가 살고 있었다고 한다. 아직 백학봉도 청학봉도 없을 때였으니까 아주 오랜 옛날이 아닐 수 없다. 이 이무기는 천 년이 되면 용이 되어 하늘에 오를 것을 기다리며 세월을 보내고 있었다. 또한, 그 옆에는 불일암佛日庵이란 암자가 있어 스님이 수도하고 있었다. 하루는 뇌성이 치고 벼락이 나무를 때리며 무서운 폭풍이 휘몰아쳤다. 산천은 천지가 개벽되는 것같이 무서운 변화를 가져오는 것 같았다. 산이 쩍쩍 갈라지고 용소에서 용이 푸른빛을 발하며 하늘로 오르고 땅은 마구 흔들리며 쾅쾅하는 소리가 천지를 진동하고 있었다. 비가 쏟아지며 뇌성은 이 골짜기를 가르고 있었다. 이윽고, 비가 멎고 뇌성이 떨어지는 소리가 났다. 불일암에 있던 스님은 무서워 꼼짝 못 하고 방문을 걸어 잠그고 있다가 어둡던 창이 밝아 오는 것을 보고 밖으로 나섰다. 아! 이게 웬일인가? 이제까지 용소 옆에 하나로 서 있던 산이 두 개로 갈라지고 곱게 흐르던 물줄기는 온데간데없이 천인절벽千仞絶壁이 생겨 그 절벽으로 물이 떨어지고 있는 게 아닌가. 폭포가 생겨난 것이다. 스님은 잠시 두리번거리며 조심스럽게 언덕을 내려가 보았다. 깊은 절벽 밑으로 새로 물줄기가 났고 폭포수가 떨어지는 언덕에 큰 구멍이 두 개나 뚫려 있었다. 스님은 호기심에 절벽의 뚫어진 구멍이 있는 곳으로 가 보았다. 그런데 그곳에서 쌀이 흘러나오고 있지 않은가! 스님은 눈을 닦았다. 그리고 다시 보았다. 틀림없이 쌀이었다. 스님은 기뻤다. 이는 분명 부처님의 자비가 틀림없다고 생각하며 두 손을 모아 합장하고 감사를 드리며 부지런히 쌀을 암자로 옮겼다. 뒷날 다시 그 절벽의 뚫어진 구멍으로 가 보았다. 그런데 또 쌀이 나와 있지 않은가! 스님은 다시 쌀을 암자에 옮겼다. 그리고는 부지런히 염불을 외며 부처님께 감사를 드렸다. 이제까지 나무 열매로 생식生食을 하며 지냈던 스님은 여유가 생겼고, 이 쌀을 화개장에 팔아 다른 일용품을 사기로 했다. 하루는 쌀을 옮기고, 다음 날은 장터에 내다 팔고, 점점 불어나는 재산에 재미가 났다. 이제는 염불도 귀찮아졌다. 세속의 일들이 주마등처럼 머리를 스치고 지나갔다. 더구나 주막집 아낙네의 눈웃음이 눈에 삼삼했다. 승복을 입은 주제에 그곳에 갈 수도 없고, 그렇다고

이 갑갑한 심정을 말할 수도 없어 밤잠을 이루지 못했다. 하루는 장터에서 장사하는 아주머니가 말했다. "스님. 이렇게 조금씩 가져올 것이 아니라, 며칠 모았다가 한꺼번에 가져오시면 수고도 덜고, 목돈도 만질 수 있을 텐데 무엇 때문에 거의 날마다 쌀을 나르시는지 모르겠군요." 했다. 스님은 그 말이 옳다고 여겼다. 앞으로 그렇게 하겠다고 하고는 암자로 돌아왔다. 그는 그날 밤 곰곰이 생각해 보았다. '저 쌀이 나오는 구멍을 더 크게 판다면 반드시 더 많은 쌀이 나올 것이고, 그렇다면 장터 아낙네의 말처럼 큰 부자가 될 수 있는 것이다.'라는 데까지 생각이 미치자 날 듯이 기뻐 날이 밝기를 기다렸다. 그러나 날은 더디게 밝아 왔고 마음은 더욱 초조해지기 시작했다. 날이 밝기가 무섭게 스님은 구멍 뚫을 도구를 챙겨 폭포로 내려갔다. 스님은 비지땀을 흘리며 열심히 구멍을 뚫었다. 그러고는 해가 지자 암자로 돌아왔다. 닷새 동안이나 구멍을 뚫었다. 구멍은 전보다 세 배 이상 크게 되었다. 스님은 마음이 흡족했다. 내일부터는 세 배로 쌀이 쏟아져 나올 것이니, 이제는 큰 부자가 될 것이라는 부푼 기대로 밤잠을 설치다 뜬눈으로 밤을 새웠다. 스님은 날이 밝자마자 큰 쌀자루를 메고 절벽으로 내려갔다. 그러고는 크게 뚫어 놓은 쌀 구멍으로 갔다. 그러나 그곳에는 한 톨의 쌀도 없었다. 스님은 구멍 속을 보고 또 보았다. 그러고는 생각했다. 어느 도둑놈이 몰래 그 많은 쌀을 가지고 간 것이라고. 그래서 그날 밤 스님은 그 쌀이 나오는 구멍 앞에 앉아 지키고 있었다. 뜬눈으로 지켰지만 도둑은 오지 않았다. 스님은 마음이 놓였다. 그렇다면, 오늘은 틀림없이 많은 쌀을 가져갈 수 있을 것이라고 생각하며 다시 구멍을 보았다. 그러나 그곳엔 아무것도 없었다. 뒷날 사람들은 욕심 많은 스님이 구멍을 크게 뚫었다가 천벌을 받았다고 말한다. 그 쌀이 나왔던 바위를 용추바위라고 한다.

용추바위 전설을 생각하며 인호가 폭포를 한참 올려다보고 있다. 한 마리의 학이 되어 지리산 계곡을 훨훨 날기도 하고, 한 마리의 용이 되어 불일폭포를 타고 하늘로 멀리멀리 승천하는 것 같은 기분이 들 정도로 황홀하다. 불일폭포의 물줄기가 안개를 만들어 낸 것 때문인지, 황홀감에 젖어서인지 그 장엄함에 압도되어 폭포 앞에서 절로 합장을 한다. 모두가 탄성을 지르며 숙연해진다. 하늘을 올려다본다. 하늘로 향하는 길이 열려 있다. 시시각각 변화무쌍한 날씨 덕에 맑게 갠 하늘이 금방이라도 손이 닿을 듯하다. 구름도 손에 잡힐 듯하다. 청아한 폭포 소리가 심장을 울리게 한다. 폭포를 타고 하늘로 날아오를 것만 같다.

어딘가에 있을 지리산 청학동靑鶴洞을 떠올린다. 불일폭포를 지나 더 깊숙이 지리산 계곡을 향하다 보면, 별유천지別有天地가 있으니, 거기가 지리산 청학동이라고 해서 예로부터 수백 년, 수천 년에 이르기까지 많은 사람들이 찾고 있다. 일찍이 신라 시대에 화랑도들이 지리산에 들어 왔을 때, 지리산 깊숙한 곳에서 흰 구름이 피어오르는 모습이 마치 선경仙境인 양, 무릉도원武陵桃源을 연상하여 청학동설의 유래가 된 것은 아닌가 싶다. 과연 청학동은 있는 것일까? 인호는 잠시 명상에 잠겨 청학동을 그려본다. 지리산 속 어딘가에 있을 청학동. 지금 이곳에서 마음을 비우고 가다듬으면 이곳이 바로 청학동이 아니겠는가?

　연곡사를 가기 위해 외곡마을에 들어섰다. 피아골의 초입이다. 단풍나무는 이른 초봄부터 지리산골의 정기를 듬뿍 받아 고로쇠 수액을 쏟아 내는 신기한 나무이기도 하다. 가을이 되면 다른 어떤 나무보다도 형형색색의 단풍을 만들어 내는 나무이기도 하다. 단풍나무가 군락을 이루고 있다. 지금은 피아골이라 하여 가을에는 만산홍엽으로 곱게 물든 단풍의 빛깔이 연곡사 계곡을 별천지로 만든다. 단풍이 타오르는 계곡마다 찬란한 빛을 발한다. 연곡사 계곡 초입인 외곡마을부터 시작하여 연곡사, 삼홍루를 거쳐 임걸령 능선의 가을 단풍이야말로 조선 천하제일의 단풍 계곡이다. 옛 선인들이 조선 팔도에서 단풍 구경을 하러 지리산 피아골을 찾았다는 유명한 계곡이다. 땅 위의 단풍이 물속에 그대로 비칠 만큼 맑은 물이다. 맑게 갠 파란 하늘이 단풍 계곡과 조화를 이루고 있다.

　피아골 계곡에 들어서면 들어설수록 깎아지른 비탈을 일구어 놓은 계단식 다랑이 논배미가 눈에 들어온다. 보통의 계단식 논이 아니다. 산비탈에 이루어 놓은 수십, 수백 계단을 석축으로 쌓은 계단식 논들이 장관을 이룬다. 어른 키만큼 높이의 계단식 논도 눈에 띈다. 엄청난 높이의 계단식 논들이 수직으로 뻗어 있다. 한 뼘이라도 더 넓히기 위해 비스듬한 경사가 아니라 수직으로 논배미를 만들어 놓았다. 한 뼘 정도밖에 안 되는 논배미도 있다. 농부가 일을 하다 삿갓을 벗어 놓았다가, 다시 삿갓을 쓰려는 찰나에 삿갓 속에서 발견된 논배미 하나를 덮을 만큼의 크기여서 삿갓배미라고 한다. 항아리 뚜껑만 한 논배미는 항아리배미라고 부르고, 여인의 치마폭만 한 크기의 논배미는 치마배미라고 부른다. 오래전부터 난을 피해서 하나둘 인적이 드문 지리산 깊은 계곡으로 숨어들어와 살던 사람들이 먹고살기 위하여 논을 개간한 가슴 아픈 사연이 있다. 연곡사는 수백 명의 승려들이 모여서 수행을 하던 곳이다. 많은 스님이 있었기에 연곡사 계곡에 피를 재배하여 사찰 대중들의 식량을 준비해야 했다. 벼 대신 피를 재배하여 식량을 조달했던 시절, 피를 재배하는 곳이 많아서 피밭골이었던 곳이 피아골로 불리게 되었다.

연곡사에 도착했다. 연곡사는 쌍계사와 다르게 수수하다. 전각과 당우도 많지 않고 단조롭기까지 하다. 규모도 적고 가파른 계곡이 아니다. 절 전체가 비스듬한 경사를 이루고 있는 듯하다. 연곡사에 대한 유래는 간단하다. 물이 소용돌이치는 연못에 제비 한 마리가 날아간 것을 보고, 그 자리에 연못을 메우고 법당을 지었다 해서 연곡사다. 연곡사 경내에 모여 김민기 선생의 설명에 집중한다.

"연곡사는 고광순 의병과 매천의 사연이 있는 곳입니다. 전라도 창평에서 의병을 일으켰던 녹천 고광순이 의병 활동을 하면서 전라도 곳곳에서 일본군들을 물리쳤지만, 워낙 세력이 막대한 일본군들에게 쫓기어 지리산 문수골로 들어와 의병 활동을 계속하게 됩니다. 문수골은 길이 험하기도 하고 계곡이 깊어 유격 전술로 일본군과 싸우기 좋은 요새였습니다. 당시 일본군들은 조석으로 변장하여 유격 전술에 능통한 고광순 의병대만 만나면 벌벌 떨었다고 합니다. 문수골에서 의병들은 곳곳으로 출정하여 일본군들을 격퇴하고 무기도 노획하였습니다. 고광순이 직접 고안한 '불원복不遠復'이라는 세 글자를 태극 도안 위에 붉은색으로 크고 단정하게 써 넣은 '불원복기旗'를 고안하여 군기로 사용하기도 하였습니다. '불원복'의 뜻은 '머잖아 반드시 광복이 될 것이다.' '광복이 멀지 않았다.'라는 뜻으로, 의병들은 아침저녁으로 국기 겸 군기에 절하면서 광복을 염원하며 죽기를 맹세하고 싸웠습니다. 당시 고광순은 의병들을 더 모으기 위해 격문이 필요했고, 구례 지역에 사는 당대의 명문장가인 매천에게 격문의 휘호를 써 줄 것을 부탁합니다. 그러나 매천은 무슨 말 못 할 사정이 있어서인지, 고광순 의병장의 부탁을 거절하였습니다. 고광순 의병장 일행은 발길을 돌려야 했습니다. 매천은 의병장 일행을 돌려보내고 고민에 빠집니다. 고민을 거듭하다가 격문을 써 기다렸지만, 의병들은 매천에게 다시 오지 않았습니다. 왜적이 두려워 격문 하나도 써 줄 줄 모르는 선비와는 시국을 논할 수 없다는 이유 때문이었습니다. 매천은 실망했을 고광순 의병장을 생각하며 두고두고 후회를 했다고 합니다. '아조문자종안용我曹文字終安用'. 선비로서 글을 아껴 어디다 쓰려고 격문 하나 써 주지 못했는지 자책을 했다고 합니다. 의병들은 문수골에서 재차 출정하기 위해 피아골로 자리를 옮깁니다. 연곡사 부근에서 잠시 집결했지만, 집결지가 노출되어 버립니다. 의병들을 섬멸하기 위해 혈안이 됐던 일본군들이 피아골로 서서히 공격해 옵니다. 연곡사에 모여 있던 의병들이 일본군에게 기습 포위되고 말았습니다. 일본군에 비해 중과부적이었던 고광순은 의병군의 맨 앞에서 싸우다 장렬히 전사합니다. 매천이 녹천 고광순의 전사 소식을 듣고 연곡사를 찾았을 때는 의병들이 일본군에 패하고 연곡사는 화마에 흔적만 남았을 때였습니다. 매천은

절규하며 녹천 고광순을 애도하며 시를 헌사합니다."

곡의병장녹천고공전사哭義兵將鹿川高公戰死

천봉연곡울창창千峯燕谷鬱蒼蒼

소겁충사야국상小劫虫沙也國殤

전마산종화농와戰馬散從禾隴臥

신조제하수음상神鳥齊下樹陰翔

아조문자종안용我曹文字終安用

명조가성불가당名祖家聲不可當

독향서풍탄열루獨向西風彈熱淚

신분돌올국화방新墳突兀菊花傍

의병장 녹천을 애도하노라

천 봉우리 연곡은 푸른빛이 가득한데

작은 저투 충사도 국상인 것이라네

전마는 흩어져 논둑 따라 누웠고

까마귀들이 떼로 내려와 나무 그늘에서 나네

우리네 시문이야 무슨 보탬이 되랴

명문가의 명망에는 댈 수가 없네

홀로 서풍 향해서 뜨거운 눈물 뿌리나니

새 무덤이 국화 곁에 우뚝하게 솟았네

피아골 단풍을 보기 위하여 계곡을 향해 오른다. 삼홍소에 도착한다. 그야말로 말로만 듣던 삼홍소의 주변 단풍이 장관을 이루고 있다. 곳곳을 바라볼수록 황홀의 경지다. 남명 조식 선생이 삼홍소를 예찬하며 읊은 시 만큼이나 단풍은 화려하다. 산이 붉게 물들어 '산홍山紅'이요, 맑은 물에 비친 붉은 단풍은 '수홍水紅'이며, 계곡에 있는 사람까지 붉게 물들어 '인홍人紅'이라고 부를 만큼 빼어난 만추의 풍광이다.

연곡사에서 하룻밤을 묵고 집으로 향하는 길이다. 오미리마을에 다다랐다. 오미리 들판을 지나자 아흔아홉 칸의 대궐집이 한눈에 들어온다. '운조루'에 도착한다. 운조루는 낙안 군수까지 지낸 유이주가 창건하였다. 배산임수背山臨水에 터를 잡은 집이다. 뒤로는 지리산 노고단 줄기의 형제봉과 왕시루봉을 끼고 있고, 동네 앞으로는 계곡물이 흐른다. 더 앞으로는 섬진강이 유유히 흐른다. 조선 팔도의 유명하다는 풍수가들이 통틀어 명당자리를 찾아봐도 이곳보다 제일인 곳이 없다 할 만큼 유명한 조선 천하제일의 명당 중의 명당이다. 집 앞으로 흐르는 개울물이 반긴다. 문수골에서 내려온 계곡물들이 오미리 동네를 흐르게 하였는데 물줄기가 섬진강과 반대 방향으로 흘러서 운조루를 지난다. 전답들을 적신 후 섬진강으로 흘러간다. 홍살문에는 호랑이 뼈를 걸어 놓아 잡귀신이 침범하지 못하도록 하였다. 홍살문을 지나 마당으로 들어선다. 좌우로 행랑채가 길게 늘어서 있다. 큰 사랑채와 중간 사랑채가 한눈에 들어온다. 집 안 구석구석을 돌아본다. 집주인으로부터 행랑채 제일 북쪽 귀퉁이에 있는 것에 대한 설명이 이어진다. '가빈터'다. 조선 시대 상류층

사회에서는 집 안에 빈소殯所를 설치하였다. 가빈터란 집 안에 죽은 사람을 모셔 두는 곳을 말한다. 조선 시대 장례 풍습으로 보자면 정삼품 이상의 직책을 제수받았던 사대부 집안은 통상 100일장을 했다. 전국 각지로 부음을 전하고 문상객이 당도하는 기간을 최대 90일 정도로 잡았던 것이다. 가빈터에는 운명 후 3일이 지나 입관한 후 모셨으며 3개월 동안 안치했다 출상했다. 안치 기간 중에는 조석으로 상석을 올리고 삭망에는 제례를 올렸다. 종손들이 현재 이 집을 지키며 보존하고 있다고 한다. 주인장의 운조루에 대한 소개가 시작된다.

"운조루雲鳥樓는 구름 속의 새처럼 숨어 사는 집입니다. '운무심이출수雲無心以出岫 조권비이지환鳥倦飛而知還. 구름은 무심히 산봉우리를 휘돌고, 날갯짓에 지친 새는 돌아올 줄 안다네.' 아흔아홉 칸의 집 운조루에 대한 찬사입니다. 중국의 도연명이 지은 「귀거래사歸去來辭」에서 따온 글귀입니다. 지리산 줄기 구례군 토지면 오미리 부근 일대 어딘가에 세 개의 진혈이 있다고 전해져 내려왔습니다. 풍수지리적으로 조선 팔도 중 천하제일의 명당자리라고 한 오미리 땅은 천상의 옥녀가 지리산 형제봉에서 금가락지를 떨어뜨린 '금환락지金環落地'의 형국입니다. 금환락지는 선녀가 지상으로 내려와 목욕을 한 뒤다시 하늘로 오르다가 금가락지를 떨어뜨린 곳을 뜻하는 길지吉地를 말합니다. 또는 한반도의 형상, 무릎을 꿇고 앉으려는 여성의 모습으로 보면 전라남도 구례 땅이 여성의 옥음玉陰에 해당한다고도 합니다. 과거에는 여성이 출산하거나 성행위를 할 때만 가락지를 빼놓는 것을 상례로 여기고 성스러운 일로 여겼다 합니다. 그래서 이곳

영산인 지리산 구례 토지가 바로 출산과 관련된 성스런 행위를 상징하는 곳으로 금가락지를 빼놓는 금환락지의 명혈明穴이라는 것입니다. '금귀몰니金龜沒泥', 다시 말해 금 거북이 진흙 속에 묻힌 터입니다. 유씨의 선대께서 매일 저녁 구름을 타고 왕래할 정도로 방술方術에 능통하였기에 풍수를 보아 집의 초석을 정하고자 하였던 바, 운조루 집터에서 땅을 파는데 부엌 쪽에서 어린아이의 머리만 한 거북 모양의 돌덩이 거북돌龜石을 출토하였다 합니다. '오보교취五寶交聚', 금, 은, 진주, 산호, 호박 등 다섯 가지 보물이 쌓인 터입니다. 이러한 명당자리를 운조루가 지키고 있습니다."

특히 운조루가 더욱 유명한 것은 나무로 만든 원통형의 '뒤주'가 하나 있다는 것이다. 어른 둘이서 손을 맞잡아야 안을 수 있을 만큼 큰 아름드리 소나무 속을 파낸 것이다. 소나무 원통을 그대로 살려 둥글둥글하게 원통형으로 뒤주를 만들었다. 뒤주 뚜껑도 나무로 만들었고 뒤주 아래쪽에 조그만 사각형 구멍을 만들어 쌀을 꺼낼 수 있도록 했다. 그 뒤주에서 쌀을 빼는 마개에 한문으로 새겨진 글귀가 뒤주 아래쪽에 새겨져 있다.

"자, 이쪽으로 모이서요. 자 여기 써 있는 한자를 보서요."

'타인능해他人能解'.

주인장이 쌀 뒤주에 대한 설명을 시작한다.

"누구나 쌀 뒤주를 열 수 있다는 뜻입니다. 아무나 와서 쌀을 가져가라는 뜻입니다. 이 뒤주에는 두 가마니의 쌀을 담을 수 있습니다. 마을에서 굶주리는 모든 이를 위해 이 뒤주는 항상 열려 있습니다. 주인은 매년 삼십여 가마의 쌀을 내놓았다고 합니다. 원통형의 뒤주 옆에는 원통형 뒤주보다 훨씬 더 큰 사각형의 뒤주를 두고 쌀이 떨어지지 않도록 수시로 채웠습니다. 중간 사랑채와 큰 사랑채에서 안채로 통하는 헛간에 두었는데, 주인이나 집안 식구들과 마주치지 않는 곳입니다. 쌀을 가져가는 사람들의 마음이 불편하지 않도록 배려한 것입니다. 마을 사람들은 이 뒤주의 사용을 최대한 자제했다고 합니다. 뒤주 쌀을 가져가려 하다가도, 자기보다 더 힘든 이웃들을 위해 양보했다는 아름다운 이야기가 전해 내려옵니다. 이 뒤주를 이용하기보다 근면하게 노동해서 난관을 헤쳐 나가자는 다짐을 하며 돌아섰던 사람들도 많았답니다. 결국 뒤주를 개방한 운조루의 마음과, 뒤주 여는 일을 자제했던 마을 사람들의 마음은 서로 같았습니다. 그리고 한 사람이 너무 많이 가져가지 않도록 한 번에 조금씩만 쌀이 나오게 하여 여러 사람이 쌀을 나누어 가지게 해 놓았답니다. 어려운 시절에 배고픈 사람들을 배려하고 모두가 더불어 살아가야 한다는 것을 보여 주고 있습니다. 콩 한 쪽도 이웃과 나누어 먹어야 한다는 점을 깨우치게 합니다."

당몰샘에 도착한다. 일행 모두가 당몰샘에 목을 축인다. '쌍산재'의 고택 입구에 있는 동네 사람들에게 개방된 천 년이나 된 오래된 샘물이다.

'천년고리 감로영천千年古里 甘露靈泉 음차수자 수개팔순飮此水者 水皆八旬. 천 년 된 마을에 이슬처럼 달콤한 신령스러운 샘이오. 이 물을 먹은 사람은 팔십의 수를 다한다.'

지리산의 산삼 물과 온갖 약초 뿌리 물줄기가 다 모여서 이 당몰샘에 모여든다. 지리산의 살아 있는 모든 미물들이 밤새 다녀가도 마르지 않는다는 당몰샘. 당몰샘에서 물 한 모금을 마시고 나니 금방 기운이 솟아오른다. 화엄사를 향하여 발길을 재촉한다.

20

씻김굿

"**불**이야! 불!"

사람들이 소리를 지르며 달려간다. 불이 났다는 고함 소리에 소방대원이 오포대를 향하여 달린다. 논두렁을 지나고 언덕을 기어오른다. 숨을 헐떡이며 신속하게 오포대에 도착한다. 오포대 종탑을 향하여 오른다. 철탑으로 만든 오포대는 올라가기 쉽게 철 사다리로 되어 있다. 오포대에 올라와 보니 광의면이 한눈에 들어온다. 진료소 부근에서 연기 기둥이 하늘로 오르고 있다. 망치를 집어 들고 종을 친다.

땅땅땅땅땅땅땅땅….

오포대의 종소리가 요란하게 울린다. 사람들은 종소리로 무슨 일이 일어났는지 구분한다. 오포대에서 빠른 종소리가 나면, 불이 났다는 신호다. 종소리를 듣고 사람들이 쑤군댄다.

땅땅땅땅땅땅땅땅….

"워메! 불이 났나 봐!"

"그러게 말이여. 연기 나는 곳이 진료소 근처 아니라고?"

"그렁깨로 진료소 쪽잉 거 가튼디?"

"아이고, 어쩌야 쓸까? 우리도 얼릉 불 끄러 가야 쓰겄네."

"불이야! 불!"

연기 기둥을 확인한 마을 사람들도 고함을 지르며 달린다. 제일 먼저 젊은 의용소방대원들이 주재소로 달려온다. 주재소 한쪽에 세워 놓은 불 끄는 장비를 주섬주섬 챙긴다. 빨갛게 칠해 놓은 양철 물통을 집어 든다. 긴 장대 끝에 쇠갈고리를 매달아 놓은 것과 긴 장대 끝에 새끼줄을 뭉툭하게 묶어 놓은 털개를 들고 뛰어나간다. 마을 사람들이 물통을 손에 들고 불이 난 곳으로 모여든다. 불길을 잡기 위해 사람들이 순식간에 모여 불을 끄기 시작한다. 매캐한 연기와 함께 불이 활활 타오르고 있다. 불길은 점점 거세진다. 인영과 천변댁이 불을 끄고 있다. 온몸이 시커멓게 그을린 채 불길과 사투를 벌이고 있다. 달려온 사람들이 함께 불을 끄기 시작한다. 의용소방대원들이 앞장서서 불을 끈다.

"물을 빨리빨리 퍼 나르시오!"

소방대원의 고함 소리에 사람들이 양동이에 물을 퍼 나른다.

"자, 줄을 서시오!"

소방대원이 고함을 지르자 집 근처로 흐르는 도랑물을 기준으로 늘어선다. 다행히 천은천 물을 도랑으로 끌어들여 공북마을을 지나 연파마을 중앙을 관통하는 개울물이 울타리를 지나고 있다. 콸콸 흐르는 도랑물을 양동이에 퍼서 전달한다.

"자, 자, 자…."

서로 신호를 보내며 물이 가득 담긴 양동이를 빠르게 전달한다.

"얼릉 주소, 자!"

시끌벅적하게 소리치며 물을 소방대원에게 전달하자 소방대원들이 불난 곳을 향하여 물을 뿌린다. 물을 뿌려도 불길은 잡히지 않는다.

"아이고! 어쩔까?"

"아이고! 뭔 일이당가?"

물을 퍼부어 보지만 활활 타오르는 화력을 당해 낼 수가 없다. 마을 사람들이 점점 많이 달려와 불을 끄는 데 동참한다. 인철과 경자도 불난 곳에 도착하여 양동이에 물을 퍼 나른다. 마을 사람들이 많아지자 한 줄로 서서 동네 가운데로 흐르는 개울물을 퍼 전달한다.

"자! 빨리빨리."

왁자지껄 급하면서도 양동이에 물을 퍼 나르는 모습이 제법 속도를 낸다.

"자! 이쪽으로 빨리 전달하셔요!"

"물을 흘리면 어쩐다요?"

"빨리빨리 하랑깨요."

물을 퍼 나르는 속도도 점점 빨라진다. 사람들이 물에 흠뻑 젖었다. 물을 받아 든 소방대원들이 불이 활활 타오르는 곳을 향하여 계속 뿌려 댄다. 시간이 지나자 거센 불길은 점점 사그라진다. 불길이 사그라지자 의용소방대원들이 앞장서서 긴 장대를 휘두른다. 장대에 매달아 놓은 갈퀴를 이용하여 건물을 헤집는다. 장대 끝에 매

단 뭉툭한 새끼줄로 만든 털개로 불길을 향해 계속 내리친다. 의용
소방대원들이 화마를 건디며 작업을 계속하자 불길이 점점 잦아든
다. 양동이에 퍼 담은 물은 계속해서 빠르게 전달된다. 전달받은 물
을 계속 뿌린다.

한바탕 난리 끝에 불길이 서서히 잦아든다. 불길은 잡혔지만 연기
는 계속 올라온다. 사람들의 모습은 검게 그을렸다. 머리도 헝클어
졌다. 불을 끄느라 온몸이 만신창이가 되어 버렸다. 인영과 천변댁
도 불을 끄느라 몰골을 알아볼 수 없을 정도로 시커메졌다. 머리는
헝클어졌고, 누구에게 인사할 경황도 없다. 불을 끄는 게 먼저이고,
사람이 또 살아야만 한다.

인철과 경자가 인영과 천변댁에게 다가간다. 인영과 천변댁이 헝
클어진 몰골로 고개를 숙인다. 서로 말문이 막힌다. 아직 연기가 피
어오르긴 하지만, 불길이 잦아들어서 천만다행이다. 인철이 인영의
어깨를 만지며 위로를 건넨다. 경자도 천변댁의 손을 잡아 준다. 인
철과 경자도 온몸이 그을음투성이다. 불이 나서 가옥이 타 버렸지
만, 다치지 않고 목숨을 건진 것만으로 다행이다 싶다. 가족들을 보
자마자 눈물이 나오려 하지만, 엄청난 피해에 울음도 막힌 상황이
다. 뒤이어 이대길과 절골댁이 달려온다. 불에 타 버린 집터는 앙상
한 기둥만 남아 있다. 엉망이 된 집 안을 둘러본다. 인영과 천변댁
이 무사하다니 천만다행이다.

오포대 종소리가 불을 끄는 데 일조한 셈이다. 오포대 종소리가
없다면, 재난을 알릴 방법이 없다. 촌각을 다투는 일인데 "불이야!"

고함을 지르는 데도 한계가 있다. 망루에 올라가 종을 치면 마을 사람들이 신속하게 모인다. 오포대 언덕 꼭대기의 망루 높이는 십여 미터 정도의 철탑이다. 주재소 마당에서나 주재소 안 유리창 너머로도 훤히 볼 수 있는 위치다. 주재소 마당을 기준으로 보면 오십여 미터 이상 높은 곳에 자리 잡은 망루다. 망루는 뒷동산 언덕 꼭대기까지 대나무밭이 넓게 퍼져 있는데, 그 대나무 숲보다도 훨씬 높게 망루가 만들어졌으니 엄청난 높이다. 철탑에 오르면 광의면 전체는 물론이요, 읍내까지 훤히 보인다. 어디에서 불이 났는지 한눈에 파악할 수 있다. 평소 의용소방대원이나 경찰관이 망루에 올라가 살피고, 불이 났을 때는 경찰이나 의용소방대원이 재빠르게 망루에 올라가 종을 친다.

절골댁은 징병을 간 인수의 행방이 궁금하여 머리가 아팠는데, 분가를 시킨 인영의 집에 불까지 나자 더욱더 초조해진다. 다시 집을 짓는 동안 본가에 들어와 지내는 인영과 천변댁을 볼 때마다 안쓰럽기만 하다. 집안에 우환이 없어야 하는데… 절골댁은 정성이 부족한 것 같아, 치성을 드리는 데 더욱더 정성을 기울인다.

"비나이다 비나이다 비나이다…"
동이 트는 꼭두새벽이다. 물안개가 장독대를 휘감고 떠날줄 모른다. 희부연 안개 속에서 사람의 움직임이 서서히 드러난다. 절골댁이 장독대에 정화수를 떠 놓고 절을 계속하고 있다.
"비나이다. 비나이다. 부디 우리 인수가 무사하기만을 비나이다."

간절히 두 손을 모아 절을 올린다. 매일매일 간절히 드리는 치성이다. 아들 인수가 살아 있기만을 간절히 바라고 또 바란다.

"비나이다 비나이다 비나이다…."

우리 집안에 더 이상 우환이 없기를 비는 새벽 아침이다. 작은아들 인영이네 집에서 원인 모를 큰불이 났지만, 사람이 안 다쳤기에 망정이지 큰일 날 뻔하지 않았는가? 간절히 치성을 드리는 일만이 절골댁이 할 수 있는 일이다.

절골댁이 마루에 서서 대문간을 뚫어져라 바라본다. 대문을 열고 인수가 "어머니!" 하고 달려올 것만 같다. 대문은 열리지 않는다. 멍하니 오랫동안 서 있다 보니 몸이 휘청거린다. 순간적으로 정신을 잃을 뻔하였다. 가까스로 난간 기둥을 붙잡고 정신을 차린다. 날이 갈수록 헛것이 보이고 신경이 점점 쇠약해져 간다. 꿈에서라도 인수가 달려올 듯도 한데 꿈에서도 나타나지 않는다. 이제나저제나 애타게 기다려도 인수는 대문 안으로 들어서지 않는다.

날이 밝아 오자 아침 일찍 절골댁이 뒷문으로 향한다. 오포대가 있는 언덕 아래의 모든 전답이 한눈에 들어온다. 뒷문을 나서기만 하면 문전옥답門前沃畓이 펼쳐진다. 주재소와 면사무소 앞까지 모든 전답이 이대길의 소유다. 수십여 필지 전답이 계단식으로 이루어져 있다. 언제든 심어 놓은 곡식들을 살필 수 있다. 전답에 물이 말랐는지, 잡초는 밤사이에 얼마나 자랐는지 수시로 들여다볼 수 있다. 오늘은 전답의 작물들이 눈에 들어오지 않는다. 대나무 울타리가 쳐진 무당 집으로 눈이 먼저 간다.

밤새 꿈자리가 뒤숭숭하여 견딜 수가 없었다. 절골댁이 뒷문을 나와 동네에서 외따로이 떨어져 있는 무당 집을 내려다본다. 무당 집은 오포대 언덕 아래에 있다. 무당 집에 세워져 있는 대나무 끝에 붉은 천이 바람에 펄럭인다. 답답하고 궁금해서 견딜 수가 없다. 인수 그놈이 죽었는지 살았는지, 이제나저제나 소식이 오기만을 기다리는 에미의 심정은 무당 집에 가서 점괘라도 봐야 직성이 풀릴 듯하다. 몇 번이고 벼르고 벼르던 일이다. 바로 지척에 있지만, 그 집을 가려면 언덕이 끝나는 지점이어서 한참을 돌아서 가야 한다.

언덕 계단을 한 발 한 발 조심스럽게 내려온다. 언덕 밑으로 난 길을 따라 밭고랑 사이를 지나고, 논두렁 위를 걷는다. 공북마을 초입에 있는 무당 집으로 향한다. 천은천이 흐르는 둑방 도로 위로 올라선다. 다리를 건너면 대전리요, 더 올라가면 공북마을 초입 삼거리에 자리 잡은 독개바위집이다. 대나무로 울타리가 둘러쳐진 채 가려져 있다. 대문도 없다. 언덕을 깎아서 집 안으로 들어가는 입구를 만들어 놓았다. 집 안으로 발을 들여놓는다. 긴 대나무에 매달아 놓은 붉은 천이 바람에 펄럭인다. 처음 들어오는 사람도 무당 집임을 알 수 있는 표시다. 집 안 입구부터 마당이 바위로 온통 들어차 있다. 사람들은 무당 진매의 집을 점쟁이집이라고 부르기도 하고, 독개바위집이라고도 불렀다. 서너 평의 마당 전체도 비스듬한 바윗덩어리요, 비스듬한 바윗돌 경사 가장자리 부분을 깎아, 바위 위에다 지은 초가삼간이다. 절골댁이 집 안을 기웃거린다. 비스듬하게 경사진 바위에 올라선다. 언덕 밑에 굴을 파 놓은 곳이 눈에 들어온다. 굴 안에는 타다 남은 촛불의 흔적이 널브러져 있다. 그곳으로 잠시 눈길을 돌린다. 치성을 드린 흔적이다. 그 흔적을 보면서 천천히 방문 앞에 다다른다. 신발 한 켤레가 가지런히 댓돌 위에 놓여 있다. 무당 진매가 집 안에 있다는 흔적이다. 진매가 굿을 자주 다니기 때문에 집을 비우는 경우가 허다하다. 아침 일찍 헛걸음한 셈 치고 찾아온 것이다. 다행히도 진매가 집 안에 있어서 헛걸음은 안한 셈이다. 젊어서 청상과부가 된 진매가 무당이 되어 굿을 한 지는 오래되었다. 진매 혼자서 굿당을 지키고 있다.

"흠! 흠!"

절골댁이 헛기침으로 사람이 왔음을 알린다. 인기척이 없자 재차 헛기침을 한다.

"흠! 흠! 흠!"

한참을 지나자 무당 진매가 방문을 열고 눈을 비비며 나온다. 진매의 머리가 헝클어진 채 아직 잠이 덜 깬 모습이다. 절골댁을 보자 쪽진 머리를 급하게 손으로 쓸어 올린다. 옷매무새를 가다듬는다. '아니, 오롯대집 마님 아니신가? 이른 아침에 뭔 일이당가?' 급하게 댓돌 위의 신발을 허둥지둥 챙겨 신는다. 절골댁에게 공손히 인사를 한다. 무당 진매는 대소사가 있을 때마다 절골댁 집에 올라가 시시때때로 굿을 해 왔다. 지난 가을에도 쌀을 한 자루 받아서 끙끙거리며 머리에 이고, 언덕을 내려와 겨울 식량을 마련했다.

"아이구! 마님… 시방, 어… 어쩐 일이시당가요?"

진매가 절골댁을 보자마자 놀라서 말까지 더듬는다.

"누추한 데까징 찾아오시고…"

진매는 급하게 방문을 열고 신발을 꿰어 신었지만, 정신이 하나도 없다. 절골댁이 눈앞에 와 있으니… 연신 허리를 굽힌다.

"…"

절골댁이 진매가 허둥대는 걸 보고 말없이 기다려 준다.

"무슨 급한 일이 있당가요?"

"…"

절골댁도 잠시 숨을 고른다. 진매가 급하게 서두르는 게 미안할 따름이다. 이른 아침부터 절골댁이 진매집까지 찾아온 데는 분명 무슨 급한 일이 있을 성싶다. 진매는 놀란 얼굴로 헝클어진 머리를 계속 쓸어 올린다.

"요새도 굿하러 댕기느라 바쁜가 보네?"

"아, 예! 예!"

"별일 아니네."

아침 일찍 굿당을 찾아오긴 했지만 별일이 아니라고 한다. 절골댁이 진매집까지 찾아온 것은 처음이다.

"시방, 뭔 일이 있당가요? 사람을 시켜 기별만 하시면 제가 올라갈 텐데…"

"내가 자네한테 일이 좀 있어서 왔네만…"

진매는 절골댁이 찾아온 것에 대한 미안함이 가시지 않는다.

"어젯밤에 굿을 좀 하고 왔더니… 곤해서, 깜박 잠이 들었그만이라."

머리가 헝클어진 모습으로 늦게 방문을 열었던 일이 영 마음에 걸리는 진매다.

"그래! 자네도 고단할 텐데, 내가 너무 일찌감치 왔나 보네."

절골댁이 방문 쪽을 바라본다.

"안으로 들어가도 되겠능가?"

절골댁이 급하긴 급한 모양이다. 절골댁이 방 안으로 들기를 재촉한다.

"쩌그… 방 안이… 거시기… 누추할 틴디요…."

"괜찮네. 오늘은 괜찮네."

"…."

절골댁이 괜찮다며 진매를 안심시킨다.

"오늘은 내가 신당에 볼일이 있어서 왔네만…."

진매가 방 안을 누추한 곳이라고 말하면서도 절골댁이 신당에 볼일이 있다고 하니 짐작은 한다. 눈치를 챈 진매가 서두른다.

"그러싱가요? 마님께서 신당을 봐야 한다면… 그럼 누추하지만… 안으로 드시지요!"

진매가 먼저 방문을 열고 후다닥 방 안으로 들어선다. 급한 대로 방 안을 주섬주섬 치운다. 절골댁이 방문이 열릴 때까지 잠시 기다린다. 방 안을 치운 진매가 방문을 열어 준다. 방 안으로 들어선 절골댁이 방 안을 둘러보며 서 있다. 진매가 어쩔 줄을 모르고 고개를 숙인 채 서 있다.

"자리가 누추헌다… 요기 아랫목으로…."

진매가 자리를 권한다. 절골댁은 자리에 앉을 마음이 없는 사람처럼 계속 서 있다. 진매가 자리를 권해도 앉지 않고 서 있는 절골댁의 눈치를 살핀다. 절골댁은 선 채로 윗방 신당을 바라보며 아무 말이 없다. 신당으로 바로 가자는 뜻이다. 안방과 벽 하나를 두고 문을 열면, 윗방에 신당이 있다. 진매도 속으로는 절골댁 마님의 집안 사정을 알고 있는지라, 무엇 때문에 이렇게 불쑥 찾아왔는지 짐작은 하는 터다.

"그럼, 잠시만 기둘리셔요. 제가 얼릉 준비를 하겠구망이라."

진매가 눈치를 채고 서두른다. 진매는 서둘러 신당에서 걸칠 옷을 주섬주섬 챙긴다. 부스스한 채로 신당에 갈 수는 없다. 머리도 단정하게 하고 옷도 다시 걸친다. 신당과 연결된 윗방 문을 열고 신당으로 진매가 들어간다. 진매가 무당 옷을 차려입고는 방문을 열어 준다. 방문을 열자 절골댁도 신당으로 들어간다. 어두컴컴한 신당에 촛불이 켜진다. 절골댁은 이것저것 따질 때가 아니다. 점을 보려고 온 마당에 무당 집의 신당이 뭐 대수로운 일인가? 진매가 자리를 잡고 앉는다. 절골댁이 자초지종 얘기한다.

"둘째 아들이 징병을 갔는데… 아직도 돌아오지 않았네…. 죽었는지… 살았는지… 생사라도 알았으면…."

진매가 고개를 끄덕이며 눈을 감는다. 한참을 눈을 감고 있던 진매가 주문을 한다. 신당을 향하여 절을 올린다. 진매는 혼을 불러들이는지, 어쩐지 점점 주문 소리가 커진다. 방울을 흔들기 시작한다. 방울 소리가 점점 더 커진다.

짤랑 짤랑 짤랑 짤랑 짤랑….

절골댁의 눈은 온통 진매에게 쏠려 있다. 간절한 눈빛이다. 진매의 입술에 둘째 아들 인수의 생사가 달려 있다. 진매가 다시 주문을 외운다.

짤랑 짤랑 짤랑 짤랑 짤랑….

진매의 주문 소리가 방울 소리와 함께 점점 빨라진다. 숨을 멈추고 진매의 입술만 바라보던 절골댁의 눈에는 신당의 촛불이 가물가물해진다. 절골댁도 진매를 따라 합장을 한다. 신당을 향하여 간간이 절을 올린다.

짤랑 짤랑 짤랑.

방울 소리가 멈췄다. 절골댁은 궁금해 죽을 지경이다. 진매의 입술을 바라본다. 기다림의 시간이 이렇게도 긴 시간이였던가? 제발 인수가 살아 있기만을 바란다. 죽었다는 소리만 없기를 바란다. 죽었다는 소리를 하려거든 차라리 진매의 입술이 열리지 말고 계속 다물어져 있기만을 바란다. 절골댁의 가슴이 두근거린다. 숨이 찬다. 가슴이 터질 것만 같다. 눈을 감은 진매의 입술이 꽉 다물어져 있다. 침묵에 빠져 있다.

"아들이 없어!"

절골댁이 진매의 입술을 뚫어져라 쳐다본다.

"아들이 죽었어! 혼령이 구천을 떠돌고 있구망…."

반복해서 진매의 입술이 천천히 움직인다. 천둥소리가 울린다. 아들이 죽었다는 소리가 어미에게는 청천벽력 같은 소리로 다가온다. 징병에 끌려간 아들이 어딘가에 살아 있기만을 간절히 바랐던 어미의 가슴이 한순간에 무너진다. 기다리던 아들이 돌아오지 않는 것은 죽은 거나 다름없지만, 혹시나 하고 기다리고 기다렸던 일이였다. 해방이 된 후로 1년이 지났지만 한시도 편안한 날이 없었다. 가슴을 짓누르는 답답함에 일이 손에 잡히지도 않았다.

"혼령이 구천을 떠돌고 있당께…."

진매의 소리가 다시 울림이 되어 절골댁에게 밀려든다. 진매의 소리가 울림이 되어 망치로 크게 얻어맞은 기분이다. 갑자기 정신이 혼미해진다. 긴장이 풀린 것인지, 절망의 나락으로 떨어진 것인지 정신을 차릴 수가 없다. 순식간에 온몸이 무너져 내린다. 절골댁이 방바닥에 푹 쓰러진다.

"아이고! 마님!"

진매도 정신을 차리고 쓰러져 있는 절골댁을 부축한다.

절골댁이 식음을 전폐하고 누워 있다. 아들이 죽었다는 청천벽력 같은 소리가 아직도 귀에 쟁쟁하다.

"혼령이 구천을 떠돌고 있구망…"

에미의 가슴에 대못을 박는 소리다.

"어머니!" 하며 대문을 열고 달려올 것만 같은 아들의 모습이 눈에 아른거린다. 인수가 어딘가에 살아 있기만을 바라 왔으니, 도저히 어미의 마음은 쉽게 수긍할 수 없다. 중병을 앓은 환자처럼 기운이 점점 쇠약해진다. 이제 살아 있다는 희망의 끈을 놓아야 한다. 이유야 어쨌든 간에 아들을 가슴에 묻어야 하는 어미의 마음은 쉽게 가라앉지 않는다. 아들이 죽은 원인이 모두 어미에게 있는 것만 같다.

"불쌍한 것…"

인수를 떠올리며 절골댁의 눈에서 눈물이 주르륵 흐른다. 꿈에서라도 살아 돌아오면 버선발로 달려가 얼싸안아 줄 텐데… 에미 마음을 아는지 모르는지 인수는 꿈속에서도 나타나질 않는다. 꿈속에라도 나오면 업어 주고 쓰다듬어 주고 싶은데 도대체 나타나질 않는다.

"불효막심한 놈 같으니라고… 늙은 어미가 이렇게 멀쩡하게 살아 있는데… 에미 가슴에 못을 박아도 유분수지… 늙은 에미를 두고 먼저 저세상으로 가 버리다니…"

중얼거리면서 인수를 측은하게 생각하다가도 불현듯 화가 난다. 또 눈물이 주르르 흐른다. 주체할 수 없는 미안함과 원망이 함께 밀려온다.

"마님! 정신 채리셔야지라. 이렇게 속앓이한다고 죽은 사람이 살아난답니까? 산 사람이라도 정신을 채리고 얼릉 일어나셔야지요. 얼릉 일어나셔서 한술 뜨셔야지요."

난동댁이 훌쩍거린다. 자리에 누워 버린 절골댁 머리맡에 앉아 정신차려야 한다고 재촉한다.

경자가 허리를 숙이고 정성 들여 화로에 부채질을 한다. 화로에 놓여 있는 약탕기에서 김이 모락모락 올라온다. 약탕기에서 한약을 따른다. 쟁반에 그릇을 올려 두 손으로 들고, 방 안으로 들어선다. 절골댁 머리맡에 쟁반을 내려놓는다. 함께 가져온 물수건으로 조심스럽게 절골댁 이마에 가만히 내려놓는다. 절골댁을 손으로 부추기며 일으켜 세운다. 절골댁이 한약을 한 모금 받아 마신다. 한약을 마신 절골댁이 자리에 다시 눕는다. 경자가 절골댁 곁을 지키며 지극정성으로 간호를 한다.

수일 동안 앓아누웠던 절골댁이 기운을 차리고 일어섰다. 경자가 떠 주는 미음을 받아먹는다. 절골댁이 차차 기운을 차린다. 시간이 약이다. 매일 새벽에 일어나 장독대 위에 정화수를 떠 놓고 손을 비비며 허리를 굽혀 치성을 드리던 일도 뜸해졌다. 마루 난간에 서서 멍하니 하늘을 바라본다. 마당을 조심조심 거닌다.

절골댁의 발걸음이 많이 좋아졌다. 경자와 함께 뒷동산에 올라왔다. 확 트인 시야가 한눈에 들어온다. 산들바람이 불어온다. 들판을 바라다본다. 저 멀리 질매제 산판이며, 평바대들 전답이 한눈에 들어온다. 고개를 돌려 중방들을 멍하니 바라만 본다. 이 집안 소유의 전답들이다. 평바대들, 중방들 수만 평의 전답들이 곡식들로 넘실거린다. 자식이 죽었는데… 창고에 곡식이 가득 차 있은들 무슨 소용이 있겠는가? 갑자기 절골댁의 시야가 가물가물 희미해진다. 어지러워 몸이 휘청거린다. 경자가 절골댁 손을 잡아 준다.

"떡쌀을 미리 넉넉하니 담가 놔야 한다."

"예, 어머니! 떡쌀은 얼매나 담가야 할까요?"

"치성을 드릴라면 넉넉하니 해야 하니라. 서너 말은 담가야 할 것이다. 안방이며 정제에도 한 시루 놔야 할 테고, 마당 굿상에는 큰 시루를 놔야 할 게다. 대문간에도 한 시루 놔야 하고… 굿판 사람들까지 나눠 먹으려면, 쌀을 애끼지 말도록 해라. 팥도 넉넉허니 담가야 할게다."

"예, 어머니."

절골댁이 넉넉하게 떡쌀을 담그라고 신신당부한다. 절골댁의 분부대로 경자가 분주해진다.

"떡은 시루째 가져다 놓고 하는 굿이라서, 네 개 이상의 시루를 준비해야 합니다."

절골댁은 진매로부터 떡 시루를 네 개 이상 넉넉하니 하라는 귀 띔을 받았던 터다. 절골댁이 굿에 대해 잘은 모르지만, 망자를 보내 는 굿이니, 아끼지 말고 음식이나마 원 없이 해 보내려는 것이다. 며 느리를 시켜서 음식을 넉넉하게 준비한다. 아들을 좋은 곳으로 보 내는 마지막 의식인데, 뭐든 아끼지 말라고 절골댁이 당부, 또 당부 를 한다. 망자의 혼령을 보내는 일이야말로 집안 대소사 중에 제일 큰 일이다. 입에 풀칠하기 어려운 살림이라도 집안에 초상이 나면, 가마니 쌀을 빚내서라도 초상을 치르는 풍습이 있다. 씻김굿은 초 상을 치르는 일처럼 성대하게 치러야 한다. 굿상에 올릴 음식을 푸 짐하게 장만하고, 굿을 구경하는 구경꾼들에게도 거나하게 대접해 야 한다. 경자가 광문을 연다. 집안 일꾼들이 광에서 떡쌀을 가마 니째 꺼내 온다. 광에서 꺼내 온 쌀과 팥을 물에 담가 놓는다. 경자 는 절골댁의 눈치를 보느라 조심스럽기만 하다. 해방 후로 절골댁 의 심기가 편치 않았다. 그러는 절골댁 앞이 항상 조심스러웠다. 시 끄럽게 뛰어노는 아이들에게도 시어머니가 먼발치에서 보이면, 아이 들을 조용히 하라고 단속하느라 애가 탄다. 시어머니의 심기를 건 드릴까 봐 노심초사다. 일본에 징용을 갔던 인수가 해방이 되어 일 년이 지났는데도 돌아오지 않았다. 이제는 살아 돌아오기를 포기 한 상태다. 인수의 혼령이라도 달래는 굿을 준비하는 참이다. 절골 댁이 용하다는 점쟁이들을 찾아서 곳곳을 다녀 보아도 인수가 살아 있다는 점괘는 어디에도 없었다. 천은사에도 불공을 드리려 다녀왔 다. 인수가 어디에 있든 무사하기만을 부처님 앞에 빌고 또 빌었다. 일본에 징병을 간 사람과 탄광에 끌려갔던 사람들 중에 돌아온 사람이 부지기수인데 인수는 깜깜 무소식이다. 살아 있는지 죽었는지 무심한 세상, 이제는 인수를 떠나보내야 한다.

징 징 징 징 징 징 징…

해가 서산으로 기울자 징 소리가 쉬지 않고 울려 퍼진다. 징 소리는 어둠이 짙어질수록 소리가 점점 커지면서 동네에 울려 퍼진다.

새뜸샘에 여자들이 모여 두레박으로 물을 퍼 올리고 있다.

"오포대집에서 오늘 굿을 하나 보네! 저 징 소리가 굿하는 소리 아닝가?"

"맞어. 오폿대집에서 나는 소리잉가 보그만."

"그러게 말이야! 부잣집이면 뭐 해! 자식이 징병을 갔다는데, 아직까징 안 오면 죽은 거제! 앙 그래!"

"해방이 된 지가 언제여? 벌써 일 년이 안 흘렀다고?"

"살았다면야 벌써 돌아왔겄제 잉!"

"맞어. 쩌그 찬수 떡집 아들도 거 뭐더라… 내가 듣고도 잘 모른당께. 거, 거, 태평양 바다 한가운데… 거시기 뭐, 뭐더라… 입 안에 뱅뱅 돌면서 잘 안 나오네. 거 거시기 뭐더라… 맞어! 남… 남양 군도인가? 일본 탄광, 북해도인가, 뭐덩가? 내가 들었는디도 금방 까묵어뿐당께로… 어찌됐덩간에 살아 돌아왔다고 앙 그래?"

"맞어! 나도 듣긴 들었는디… 거시기 뭐더라? 통 생각이 안 난당께로… 살 놈은 어디다 데려놔도 살아온당께."

"맞어! 살 팔자는 따로 있당께. 소문을 들응깨로 거시기한 점쟁이들한테는, 다 돌아댕개 봤는갑든디… 점쟁이마다 하는 말이 모도 죽었다는 점괘만 나왔다고 하더라고. 어디서 죽었는지는 몰라도, 죽었다고 한가 비어! 살았다면 아직까징 안 돌아왔겠어?"

"그러게 말이시! 부잣집인데 베멘히(자세히) 안 알아봤겠어? 그 일본 놈들이 전쟁통에 우리 조선 청년들을, 쩌그, 남쪽 바다 어디라고 하든디… 듣고도 우리는 어디가 어딘지를 잘 모릉께, 거시기… 맞어 생각났는디… 싸이판잉가? 써글판잉가 했쌌던디? 아, 거기서 미국 놈들한테 일본 군인들이 모조리 싹 죽었다고 안 하던가? 일본 군인들 속에는 우리 조선에서 끌려간 사람도 함께 있다가 싹 다 죽었을 거라는 소문이 돌더라고."

"빌어먹을 놈의 세상이랑깨. 일본 놈들이야 즈그들이 전쟁을 일으켰으니까 천벌을 받아도 싼디, 일본 놈들만 죽게 나두지 뭐 할라고 우리 조선 사람들까징 잡아다가 모도 죽게 만들었는지 몰라."

"그러게 말이시. 일본 놈들은 천벌을 받을 꺼야."

"암, 천벌을 열두 번도 받아야 마땅하지."

"우리 조선 사람들만 억울하고 불쌍하지. 앙 그렁가?"

"그나저나, 오롯대집에 자석이 죽었다는데, 안 됐어, 쯧쯧쯧… 점쟁이들한테 자식이 죽었다는 소리를 듣고는, 그 집 마님이 꿍꿍 앓아누웠다가 일어났다고 하더라고… 부모 마음이야 오죽하겠어. 자식이 죽었다는디… 오롯대집 마님을 보니, 맥아리가 하나도 없는 사람처럼 보이더라니까."

"우리 겉은 사람들이야 뭐 그럭저럭 살지만, 아무 걱정도 없을 것 같은 저 부잣집 마님도 고민은 한 가지씩 있당깨로!"

"그러게 말이시… 날이 저물었응깨로 얼릉 물 질어다 노코, 오롯대집에 굿 구갱하러 가야쓰겄네. 싸게 올라가 보자고 잉!"

"가 봐야지. 씻김굿이야말로 망자를 저승으로 보내는 일인디, 항꾼(함께)에 같이 올라가서 울어 줘야지… 에미 마음이 얼마나 애리겠어?"

"그랍시다. 항꾼에 얼릉 올라가서 굿 구경이나 합시다."

징 소리가 점점 커진다. 마을 여자들이 굿을 구경하러 오씻대집으로 향한다.

마당에 차일이 쳐졌다. 차일 안에는 굿판을 벌일 상도 차려졌다. 병풍도 세워졌다. 병풍 앞에는 망자의 무명 한복이 걸쳐졌다. 돼지도 통째로 한 마리 올려졌다. 팥 시루떡이 올려졌다. 쌀을 함지박에 수북이 쌓아 놓았다. 과일이며 과자도 수북이 쌓아 올렸다. 제사상이 차려진 셈이다. 형형색색의 종이 깃발이 걸려 있다. 멍석이 깔려 있고, 무명천이 매듭지어진 채로 놓여 있다. 촛불이 켜져 있다. 징용으로 끌려갔다가 죽은 인수의 혼령을 달래 줘야만 한다. 대대로 내려온 종갓집에 우환이 계속 생기는 것을 막아야만 한다. 조상들을 모시고 특히 삼신三神과 선신善神을 불러서 후하게 접대해야만 한다. 하얀 무명옷을 입고 하얀 고깔을 쓴 무당 진매가 징을 치고 있다. 대문을 활짝 열고 상을 차려 놓고 마당 쪽으로 길게 무명베를 늘어뜨려 놓았다.

징 징 징 징 징….

"신이로구나 허어어어어 허어어어… 망자님의 넋을 빌러 가자꾸나."

진매가 망자의 넋을 부르는 소리와 풍악이 함께 집 안 전체에 울려 퍼진다. 안방에서, 정제(부엌)에서 징을 치며 집 안에 있는 혼령들을 달래는 굿을 벌인다.

징 징 징 징 징 징….

징 소리에 삼라만상의 모든 상념이 없어진다. 징 소리에 모든 시름도 없어진다. 징 소리에 모두가 숙연해진다. 굿상 앞에서 징을 울린다.

징 징 징…. 삘리리리 필리리리….

풍악이 함께 울린다. 시끌벅적 풍악의 소리에 귀신도 춤을 출 지경이다. 소리의 마력으로 빠져든다. 망자도 달래고, 귀신도 달래고, 살아 있는 사람도 달래는 소리다.

징 소리는 점점 빨라진다.

"불쌍하고 가련하신 아들 인수가 타관에서 객사했으니 삼혼구백을 맞아다가 씻기시나 해갈 천도시켜 새왕극락 보내자고 삼혼구백을 맞으러 왔으니 빨리 오시오. 지체 말고 오시오…."

진매가 주문을 외우는 소리가 망자를 부르는 소리이지만, 굿을 구경하는 사람들에게도 간절한 마음으로 다가온다.

징 징 징 징 징…. 삘리리리 필리리리….

다시 징 소리가 요란하게 울리기 시작한다. 진매 손에 쥔 채가 쉴 새 없이 징을 때린다. 징 소리와 함께 무당의 소리는 가물거린다. 징 소리만이 차일 속을 맴돌다 멀리멀리 퍼져 나간다. 절골댁과 경자는 진매 뒤에서 두 손을 모으고 연신 허리를 굽히며 굿상을 향해 두 손을 모은다. 집안사람들과 동네 사람들은 가만히 앉아 굿을 구경하느라 모든 시선이 무당 진매에게 집중되어 있다.

"적적공산 깊은 골에 친구 없이 누웠은들 어느 누가 찾아보며 어느 누가 말을 하리. 일가친척 많단 불로 어느 일가 날 찾으며 친구 벗네 많단 불로 어느 누가 날 찾으리. 두견 접동 벗이 되야 산월로 등촉하고 단 혼자 누웠으니…."

진매가 잡고 있던 징은, 옆에서 풍악을 울리는 사람에게로 넘어간다. 징 소리는 새로운 국면이다. 징 소리가 우렁차고 점점 더 빨라진다.

징징징징징징징….

점점 빨라지는 징 소리는 어둠 속에서 더 빛난다. 이승과 저승을 연결해 주는 소리다. 모두가 징 소리에 빠져든다.

"혼이라도 나오셔서 만판진수 좌수흠양 하옵시고 싯게마당 가라세라 천근천근 천근이야 약수천근 득수지천근이야."

밤이 깊어 갈수록 굿판은 열기를 더해 간다. 굿상 아래에 펼쳐졌던 무명천의 매듭을 절골댁과 경자가 잡고 서 있다. 진매가 천천히, 아주 천천히 한 매듭 한 매듭씩 잡아당겨 풀어 나간다. 망자의 혼을 달래고 어르며 풀어 줘야 저승에 가서도 집안에 해코지하지 말라는 당부의 의식이다. 한을 풀어 줘야 저승으로 훨훨 날아갈 수 있다.

절골댁은 부디 잘 가라며 무명천을 붙잡고 있다. 눈물과 땀으로 범벅이 된 절골댁의 얼굴이 안쓰럽다. 허리가 끊어지는 슬픔이다. 슬픔을 주체하지 못한다. 경자도 옆에서 절골댁을 부축하며 눈물을 흘린다. 구경꾼들도 모두 눈물을 찍어 낸다. 굿판은 초상집이 되어 버렸다. 모두가 이승에서 저승으로 가는 망자를 보내는 슬픈 마음으로 눈물을 함께 흘린다. 무명천을 길게 드리워 편다. 무명천을 양쪽에서 붙잡고 길을 만든다. 망자가 마지막 저승으로 가는 길닦음이다. 무명천으로 만든 길에 하얀 종이로 만든 상여를 올려놓는다. 상여가 한 걸음씩 느리게 움직인다. 망자가 극락으로 가는 길이다. 절골댁이 흐느끼며 다가와 지폐를 깔아 준다. 경자와 천변댁, 송정댁이 다가와 망자가 가는 길에 노잣돈을 깔아 준다. 징 소리와 장구 소리, 꽹과리 소리, 피리 소리가 함께 어우러지며 처량한 소리를 낸다. 슬픔이 극에 다다른다. 절골댁의 슬픔은 가슴이 아리다 못해 숨이 넘어갈 듯하다. 흐느낌이 최고조에 달한다. 흐느끼는 절골댁을 난동댁이 옆에 서서 붙들고 서 있다. 난동댁도 눈물을 흘린다. 간절한 마음을 누구에 비할 것인가? 자식을 잃은 에미의 심정이야 오죽하랴! 이승에서, 이 굿판에서 아들 인수와 마지막 작별 인사를 하는 것이다. 구곡간장이 끊어지는 작별이다. 혼령이라도 잘 가라고 마음으로 빌고 또 빌 뿐이다. 경자와 천변댁, 송정댁, 절골댁은 굿이 끝날 때까지 두 손을 모으고 굿상을 향하여 치성을 드리며 절을 반복한다. 망자의 혼례로 이승의 한을 풀고 저승으로 편안히 가기만을…. 진매의 주문이 계속된다.

"오르소사 오르소사 넋이라도 오르시고 혼이라도 오르소사 설워말고 오르시고 지체 말고 오르소서."

징 징 징 징 징 징….

징 소리, 풍악 소리와 함께 진매가 옷매무새를 고쳐 입고 허리끈을 질끈 동여맨다. 진매가 움직인다. 진매가 칼춤을 춘다. 허공을 가르고, 구석구석을 찌르는 동작이 반복된다. 칼춤을 추는 진매의 이마에는 땀이 송글송글 맺혀 있다. 가냘픈 진매의 발걸음이 사뿐사뿐거린다. 진매가 칼을 휘두르는 무사가 되었다. 칼춤을 추는 진매의 모습이 점점 빨라진다. 진매가 숨소리를 가쁘게 몰아쉰다. 칼을 들고 집 안 구석구석을 돌아다니며 찌른다.

"얍! 야!"

기합을 넣기도 하고, 고함을 계속 지른다. 허공중에도 칼을 찌른다.

"휘이!"

허공을 향해 진매가 소리를 지른다. 진매의 숨소리가 거칠어진다. 대문 안쪽에 차려진 상 앞으로 가서 칼춤을 추고 나서는 대문 앞에 칼을 내동댕이친다.

쨍그랑!

칼이 마당 구석에 떨어진다. 진매가 이마에 흐른 땀을 연신 훔친다. 가쁜 숨을 몰아쉰다. 무당 진매에게도 혼을 쏙 빼는 굿판이다.

"자! 구천을 떠돌지 말고, 훨훨 털어 버리고 좋은 데로 가시게나. 부디… 원없이 좋은 데로 가시게나."

진매가 두 손을 모아 합장을 한다. 숨을 몰아쉬며 한숨 돌린다. 이마에 흐르는 땀을 훔쳐낸다. 차일 안으로 들어와서 무명 새 옷을 훌훌 털어 차일 지붕 위로 던진다.

"휘이! 휘이! 휘이!"

마당에 모닥불을 피운다. 종이로 만든 상여를 먼저 태운다. 망자의 옷과 굿판에 널려 있었던 종이가 모두 태워진다. 모닥불이 활활 타오른다.

시

배들가

봄에 파종한 삼이 자라 어른 키의 두 배 정도나 자랐다. 삼은 하늘을 찌를 듯이 서 있다. 여기도 삼밭, 저기도 삼밭, 온통 삼밭 일색이다. 삼이 바람에 흔들거리는 모습이 장관이다. 서시천 범람으로 둑이 터지는 바람에 중방들 일부가 홍수에 휩쓸려 버렸다. 서시천에서 휩쓸려 온 자갈이 중방들을 덮쳐 버렸다. 논밭의 경계도 없어졌지만 사람들이 다시 개간을 하였다. 중방들 곳곳에 돌무더기가 산더미처럼 쌓여 있다. 모래와 자갈이 반반 섞인 자갈밭이라 다른 작물은 재배하기 어렵지만, 삼은 그나마 자갈과 모래가 섞인 땅에서도 잘 자란다. 삼씨를 뿌려 놓기만 해도 잘 자란다. 이대길의 전답 일부도 삼밭으로 일구었다. 삼 농사도 집안에서 매우 중요한 농사다. 집안의 많은 식솔들 옷을 지어 입히려면 많은 양의 삼베가 필요하다. 매년 여름이 되면 삼을 수확하느라 집안의 일손들이 함께 팔을 걷어붙인다. 인영, 인석, 집안 머슴들이 모두 달려들어 삼을 벤다. 기다란 삼을 지게에 짊어지고 서시천으로 향한다. 한여름 뙤약볕에 서시천에는 삼을 삶는 가마가 만들어진다. 서시천 변 한쪽에 돌무더기를 쌓고 진흙을 발라 엄청난 크기의 솥을 만든다. 어른 키만 한 기다란 삼을 삶을 수 있을 정도의 크기로 잘라 솥에 담근다. 중방들의 삼이 모두 서시천으로 몰려든다. 푹푹 찌는 여름 날씨에 땀을 뻘뻘 흘려 가면서 장정들이 모여서 삼을 삼는다. 한 묶음씩 삶아 내면 껍질째 푹 익어 간다. 푹 익은 삼을 서시천변 자갈밭에 꺼내 적당히 식히고 껍질을 벗겨 낸다. 열기가 식기 전에 벗겨 내야 잘 벗겨진다. 삼 속대는 지름대라 하여 속은 텅 비어 있고 말리면 무게가 가볍다. 지름대를 잘 말려 두었다가 초가지붕 위에 얹고 그 위에 이엉을 덮으면, 보온 효과는 물론 빗물막이로도 효과가 좋다. 집을 지을 때도 벽 사이에 싸리나무 대신 지름대를 엮어 기둥과 기둥 사이에 걸어 두고 그 사이사이에 흙을 발라 벽의 지지대로 사용하기도 한다. 껍질을 벗긴 삼은 둘둘 말아 서시천에 담가 두었다 꺼내 집으로 가져와 다시 물속에 보름 정도 담가 놓으면 뻣뻣했던 삼이 점점 부드러워진다. 부드러운 삼을 차차 다스리는 것이다.

"올해 삼 농사가 잘되었구먼."

"삼이 길고 쪽쪽하니 잘 나오게 생겼네."

"요 삼을 삼아서 옷을 해 놓으면 시원하니 좋겠구만요."

올해는 삼 농사가 잘 되어서 삼이 보드랍고, 길게 나와서, 쪼개지기도 훨씬 수월해졌다. 집안 여자들이 행랑채 앞에 앉아서 삼을 쪼갠다.

"인호 삼촌이 핵교를 전주로 간다면서요?"

"그렇다네요. 인호 도련님이 전주까지 가서 학교를 댕길려면 만만치가 않을텐데."

경자가 전주에 있었던 터라 인호 혼자서 학교 다니랴, 밥도 혼자서 해 먹으려면 걱정이 되어서 하는 소리다.

"어머이, 댕겨오겠습니다."

"오냐, 오냐. 짐은 잘 챙겼냐?"

"예, 어머니."

"아이고! 내 새끼! 에린 것이 객지에 나가서 잘할랑가 모르것다. 에미는 걱정이 돼서 어젯밤에 한숨도 못 잤다. 핵교 댕기면서 혼자 밥까지 끼려 묵을라면 쉬운 일이 아니다. 공부도 중요하지만, 어쨌든 끼니는 잘 챙겨 묵어야 한다 잉!"

절골댁의 눈에는 아직 어린 인호다. 인호가 혼자서 전주까지 가서 중학교를 다니겠다고 하니 안심이 되지 않는다. 어린애를 물가에 내놓은 기분이다. 어린 인호가 잘 해낼지 걱정이 태산이다.

"예, 어무이. 걱정 마셔요."

인호는 마음이 설렌다. 어머니를 오히려 안심시키려고 한다. 경자가 옆에서 전주로 가져갈 물건들을 챙긴다. 인호가 교복을 입은 모습만 봐도 대견하다.

"도련님! 어머님 말씀대로 끼니 거르시면 안 됩니다. 도련님은 잘 하실 거여요."

"예, 형수님."

"도련님이 전주로 학교를 댕기러 간다니까 전주 생각 많이 나네요."

인호가 전주로 간다고 하니까 전주 예수병원에서 지냈던 일이 생각난다. 덩달아 기분이 좋아졌다.

"아, 참! 형수님이 전주에서 계셨었다고 했죠?"

"예, 전주에서 몇 년 지냈었죠. 그동안 전주가 어떻게 변했을까? 궁금하긴 해요. 도련님 전주에서 어려운 일이 있으면 말씀하셔요. 아는 분들이 있으니까요."

"예 그렇게 하겠습니다. 그럼, 형수님 다녀오겠습니다."

"예, 도련님."

인호가 전주로 유학을 떠나는 길에 집안 식구들이 배웅한다. 김서방이 짐을 짊어지고 앞장서서 나간다. 인호가 그 뒤를 따른다.

화개댁이 꽃가마에서 내린다. 해방이 되어 만주에서 돌아온 장만수가 화개로 다시 들어가면서 열일곱 살이 된 딸을 인석과 혼인시켰다. 해방이 됐다지만 귀국 동포들에겐 살길이 막막했다. 고국이라고 돌아왔지만 어느 누구 하나 반겨 주는 사람 없었다. 그저 정처없이 떠도는 나그네 신세, 딸린 식솔을 건사하고 살아가기가 막막할 따름이었다. 다행히 이대길의 배려로 질매제 산막에서 지내 왔지만, 화개골로 가야 마음이 편할 것 같았다. 딸아이의 혼사가 급했다. 장만수 가족은 딸아이 혼사를 치르자마자 화개골로 들어갔다.

장가를 간 인석은 몰라보게 달라졌다. 사랑채에 신방을 꾸몄다. 툭하면 술에 취해 인사불성이 되고, 술집에서 행패를 부리던 버릇도 없어졌다. 정신을 차린 셈이다. 장가를 갔으니 집안일에 더욱더 열심이다. 인영이처럼 분가를 하려면 집안 어른들에게 잘 보여야 한다.

천변댁이 집을 다시 지어서, 분가하고 빈자리에 화개댁이 그 자리를 차지했다. 집안 식솔들이 분주하게 움직인다. 화개댁은 결혼을 하자마자 정신없이 집안일에 손을 거들고 있다. 여유로운 신혼생활을 기대할 수가 없다. 새벽부터 일어나 부엌에서 일을 시작하면 어두워질 때까지 허리 한 번 펴지 못하는 날이 대부분이다. 저녁에도 한가할 틈이 없다. 틈만 나면 교대로 베틀에 앉아야 한다. 경자와 난동댁이 수시로 베틀에 앉아 화개댁에게 베 짜는 요령을 알려 준다. 화개댁은 처음 배우는 일이지만, 눈썰미가 좋아서인지 금방 터득한다.

덜거덕 탁 덜거덕 탁 탁탁….

화개댁이 베틀에 앉아 베를 짠다.

"하이고, 화개댁이 짠 베가 쪽쪽허니 잘 나왔네!"

난동댁이 화개댁이 짠 베를 들고 칭찬을 아끼지 않는다. 화개댁은 난동댁의 칭찬에 웃으면서 고개를 숙인다. 화개댁의 베 짜는 솜씨가 좋다 보니, 일 잘하는 며느리라고 집안에 소문이 났다. 화개댁이 사랑채 베틀방 주인이 되다시피 했다. 층층 집안 어른들의 틈바구니에서 화개댁은 군말 없이 일을 잘한다. 어른들을 모시는 일도 부지런히 배우고, 남들이 꺼리는 일도 꿋꿋하게 잘 해내고 있다. 식솔이 많은 대갓집에서 베를 짜는 일은 여자들의 몫이다. 농사일이 바쁠 때는 남녀노소 구분 없이 들에 나가는 일도 잦지만, 들에 나가는 대신에 베틀에 앉아서 베를 짠다. 들판 뙤약볕에 나가 농사일을 거드는 것보다 좋을 듯 싶기도 하지만, 베틀에 오래 앉아 있다 보면 허리가 쑤시고 끊어질 듯 아려온다. 집안 어른들이 다 일하러 들로 나가는 판국에 꾀를 부릴 수가 없다. 정신없이 베를 짜다 보면 언제 달이 뜨고 지는지 알 수가 없다.

덜거덕 탁 덜거덕 탁 탁탁….

"아가, 오늘은 그만 자거라. 고단할 텐데…."

"예, 어머니."

절골댁이 베틀방 앞에까지 와서 그만하라고 성화다.

덜거덕 탁 덜거덕 탁 탁탁….

쉴 새 없이 베틀이 움직이고 화개댁의 몸놀림이 빨라진다. 씨줄 사이에 북을 넣은 날줄 꾸리를 좌우로 넣어 가며 탁탁, 압박을 가한다. 한 올 한 올 틈새가 없는 삼베가 만들어진다. 틈새를 없애는 기술은 마지막으로 두 번 쳐 준다. 그래도 미심쩍으면 가끔 서너 번 탁탁 내리친다. 그러면 올올이 틈새가 없는 삼베포가 만들어진다. 눈으로 보아도 틈새가 적은 특급 삼베포가 완성된다. 시간 가는 줄 모르게 삼베가 한 뼘씩 늘어 간다.

삼을 쪼개면 쪼갤수록 수많은 삼실이 만들어진다. 수십 가닥으로 정성 들여 쪼갠 삼실일수록 좋은 베를 만들 수 있다. 굵은 삼실은 성긴 삼베가 만들어지고, 정성 들여 쪼갠 삼실은 쪽쪽이 올이 곧은 삼베를 만들 수 있다. 가늘게 쪼갠 삼실을 입으로 하나씩 물어뜯으면서 무릎 위에 비벼 대면, 하나의 기다란 실로 이어진다. 무릎 위에 삼실을 놓고 하도 비벼 대서 굳은살 배기기 일쑤다. 삼실은 물레를 돌려 한 올의 긴 실로 정리된다. 바디에 넣어서 씨줄을 만들고, 꾸릿대에 넣어서 날줄을 만든다. 씨줄은 마당 왕겨에 불을 붙여 연기를 피워 올리면서 은근한 불기운을 가하며 풀을 먹인다. 노랑 치자 물에 풀을 쑤어 솔에 묻혀 가며 문지르면 때깔 고운 노랑 바탕으로 삼실이 물들고, 가지런히 감아올린 씨줄을 베틀에 올려놓는다.

덜거덕 탁 덜거덕 탁 탁탁….

끝도 없는 소리의 연속이다. 수백 번, 수천 번의 소리가 베를 만들어 준다. 고달픈 여자들의 일감이어서 베틀가 가락이 울려 나온다.

낮에 짜는 것은 일광단이요

밤에 짜는 것은 야광단이다

일광단 야광단 베나 짜서

임이나 도복을 지어 보세

바람 잡아 베틀 매워

구름 잡아 잉아 걸어

은행나무 보디집에

달그랑 짱그랑 베 짜는 소리…

삼베를 짜면 짤수록 집 안의 옷감이 풍성해진다. 여유 있는 옷감은 시장에 내다 팔기도 한다. 화개댁은 남편 옷을 만들어 주는 일이 즐겁기만 하다. 본인이 짠 삼베로 한 땀 한 땀 정성을 들여 바느질에 열중한다. 남편 옷을 만드느라 호롱불 밑에서 밤이 깊어 가는 줄도 모른다. 며칠 만에 뚝딱 완성된 옷을 펼쳐 보이며 행복한 웃음을 짓는다.

인호가 여름방학이 되어 집으로 돌아왔다. 서시천 뚝방을 걷는다. 중방들이 시원스럽게 펼쳐져 있다. 평바대들도 계단식으로 가지 런히 자리를 잡고 있는 논다랑이가 정겹게 다가온다. 논에는 벼가 바람에 살랑거린다. 인호가 둑방에 앉아 서시천 물길을 바라본다. 서시천은 온통 자갈로 덮여 있다. 여름철에 홍수가 지나가면서 서시천을 말끔히 정리해 놓았다. 확 트인 풍경이야말로 마음까지 시원스럽다.

서시천 물길 옆에 여자아이가 혼자 앉아 있다. 그 모습이 인호 눈에 들어온다. 머리를 길게 늘어트린 모습이 누굴 닮았다. 그동안 잊고 있었던 미요코가 떠오른다. 미요코를 생각하며 배시시 웃는다. 미요코는 어디서 무엇을 하고 있을까? 미요코 생각을 하다가 다시 눈길을 서시천 물가에 앉아 있는 소녀에게로 돌린다. 소녀는 미동도 하지 않고 그대로 서시천 물길을 바라보고 있다. 미요코를 생각나게 하는 저 소녀는 누구일까? 궁금해서 견딜 수가 없다. 혹시 미요코가 아닐까? 인호는 자기 자신도 모르게 둑방을 내려와 소녀에게로 다가가고 있다. 울퉁불퉁 자갈길을 걸어 그 소녀가 있는 곳까지 가까이 왔다. 인호가 가까이 다가와도 소녀는 서시천 물길만 바라보고 있다. 인호가 인기척을 낸다. 그 순간 미동도 하지 않고 앉아 있던 소녀가 인호를 향해 고개를 돌린다. 인호는 그 얼굴을 보는 순간 깜짝 놀라 뒤로 넘어질 뻔한다. 소녀 옆 모습이 미요코와 너무 비슷하다. 미요코가 인호를 바라보는 줄만 알았다. 어쩌면 미요코가 다시 돌아왔단 말인가? 미요코는 분명히 부모님들을 따라 일본으로 갔을 텐데… 인호를 바라보는 소녀도 당황하기는 마찬가지다. 아무도 없는 서시천에 소년이 가까이 다가와 얼굴을 마주치게 됐으니 말

이다. 인호와 소녀는 얼굴을 마주치자 서로 부끄러움을 느낀다. 인
호는 더 이상 머뭇거릴 수가 없다. 누구인지 통성명이라도 해야 한
다. 혹시 미요코가 이렇게 변한 모습이라면? 인호는 궁금해서 견딜
수가 없다. 인호가 용기를 내서 인사를 한다.

"안녕하셔요."

"…"

소녀는 아무 말 없이 얼굴에 미소만 띤다. 정면으로 소녀를 바라
본다. 처음 보는 얼굴이다. 인호와 비슷한 또래다. 연파리가 아닌 다
른 마을 사람인가? 인호의 호기심이 발동한다.

"어디서…"

인호의 말이 조심스럽다.

"…"

소녀는 말 없이 미소만 짓는다.

"연파리에서 못 보던 사람 같은디…"

인호가 학교를 다니기 위해 전주에 가 있는 동안, 누가 이사를 온
것은 아닐까. 해방 후로는 만주나 일본에서 살다가 돌아오는 귀환
동포 가족들이 많아 마을 사람들의 동태를 파악할 수 없었다. 웬만
하면 마을 사람들은 다 알 텐데, 소녀는 처음 보는 얼굴이다. 소녀
는 어디서 온 사람일까?

"여기 앉아도 될까요?"

소녀가 고개를 끄덕인다. 인호가 용기를 내어 소녀 옆에 앉아 묻
는다.

"연파리에 우리 또래는 내가 다 아는디… 어디서 오신 분인가요?"

소녀가 알아들을 수 있을 만큼의 작은 목소리다. 소녀는 인호가 자꾸 말을 걸어오자 경계심을 내려 놓는다.

"연파리에 살아요."

소녀가 처음으로 입을 뗀다. 인호는 가슴이 확 풀리는 기분이다. 소녀의 목소리가 미요코와 비슷한 데가 있다. 아주 조금이지만, 이 순간만큼은 그렇게 들린다. 말투도 조금 어눌하다. 영락없이 미요코와 비슷한 데가 있다. 일본 사람들의 말투가 섞여 있는 듯하다. 인호는 호기심이 더욱 발동한다.

"연파리요?"

"예."

"연파리에서 본 적이 없는디?"

"못 봤을 거여요. 연파리에 온 지 얼마 안 됐거든요."

미요코와 말투가 더더욱 비슷하다. 조선말이 조금 서툰 것이 분명하다.

"연파리에 온 지 얼마 안 됐다구요? 그럼 어디서…"

"일본에서 왔어요."

일본이라는 말에 인호의 가슴이 두근거린다. 분명 저 소녀 입에서 일본이라고 분명히 말한 것이다.

"일본이요?"

"예."

소녀는 덤덤하게 답한다. 인호는 점점 더 조급해진다.

"일본이라면?"

"부모님들을 따라서 여기까지 왔어요. 연파리가 부모님 고향이거든요."

인호는 이제야 두근거리던 마음이 조금 가라앉는다. 마음속으로는 혹시 저 소녀가 미요코가 아닐지? 부모님들의 고향이 연파리라니….

"그래서 내가 몰라봤구나. 처음 보는 얼굴이라… 어디에 사는지 궁금했거든요."

"…"

"일본에서 왔다면서 조선말을 잘하시네요."

"예, 일본에 조선 사람들이 워낙 많아, 부모님을 따라 조선말을 하다 보니… 그래도 조선말이 아직 많이 서툴러서…."

"아닙니다. 그 정도면 잘하는 겁니다."

소녀는 인호처럼 가슴이 두근거리지도 않거니와 시큰둥한 표정이다. 인호는 소녀가 미요코는 아니지만 일본에서 돌아온 미요코를 만났다는 기분이 들 정도다. 미요코가 아니어도 기분이 좋다. 소녀가 일어선다. 인호도 따라서 일어선다.

인호가 잠자리에 누웠다. 낮에 서시천에서 만났던 소녀가 아른거린다. 누구일까? 연파리 어느 집에 살고 있을까? 몇 살일까? 이름은 뭘까? 자꾸만 소녀의 모습이 지워지질 않는다. 다음에 만나면 나이와 이름을 꼭 물어봐야지….

저녁을 먹고 나면 남자들은 사랑채에 있는 사랑방에 모여든다. 해질녘에 볏짚을 탈탈 털어 거푸짚은 털어 내고, 나머지를 손으로 뜯

어내면서 가지런하게 한다. 물을 살짝 뿌려 놓으면 볏짚이 살포시 살아나면서 생기를 띤다. 그런 볏짚으로 가마니와 덕석을 짜야 손에 잘 잡히고, 푸석거리지 않아 단단한 가마니와 덕석이 만들어진다. 덕석은 하루 이틀에 완성되는 게 아니고 사나흘이 걸린다. 그것도 매일매일 손을 부지런히 움직여서 짜야 한다. 어떤 때는 더 긴 시간이 소요된다. 한쪽 벽에 기둥을 세우고 새끼줄을 띄우고 크고 넓은 덕석을 만들어 간다. 가마니는 두 사람이 서로 호흡을 맞춰 가면서, 옆에서 가마 바늘에 짚을 물려 가마니틀에 길게 넣으면 바디를 힘주어 내리친다. 바디를 쿵쿵 내리치는 소리가 반복되고 길어질수록 가마니가 완성되어 간다. 사랑방에서는 남자들에게 사시사철 일거리가 주어진다. 희희낙락거리며 온갖 말이 오고가는 곳이다. 오늘도 사랑방에서는 새신랑을 놀리는 데 재미를 붙였다.

"어이, 새신랑. 요즘 살맛 나것는디! 장가가니까 어때?"

"색시 얻으니까 좋아?"

"어이, 인석이! 새신랑이 됐는데 게딱지는 벗겨졌어?"

여기저기서 남자들이 장난삼아 인석이를 놀린다.

"색시랑 꺼안고 자 봤어?"

인석은 들어도 못 들은 체하고 일에 열중이다.

"이거 한번 써먹어 봤어?"

손을 사타구니 쪽을 가리키며 움켜잡으려 하자, 인석이 뒤로 물러서면서 손을 친다. 인석이 웃으면서 그걸 말로 꼭 해야 아느냐는 투다.

"느그들도 장가가 봐. 그럼 알 거야. 헤헤."

"저 웃는 것 좀 봐. 누가 안 가르쳐 줘도 저절로 아는 게 그 일이여. 매일 밤 색시하고 같이 잘 텐데 뭘…"

"색시랑 해 봤어? 그래서 좋아?"

"인석이 형은 좋겠다. 마누라까지 생겼으니."

옆에서 새끼를 꼬면서 심탁이가 부러운 듯 말을 한다. 이 대감 집에 머슴으로 들어온 지 칠 년이 됐는데도, 장가를 아직 못 간 심탁은 인석의 결혼이 부럽기만 하다. 인석과 동고동락을 해 온 친구나 다름없다. 심탁은 힘이 장사다. 힘쓰는 일에는 심탁이 앞장서서 처리한다.

"야, 심탁아, 너도 색시 하나 데려오면 될 거 아니냐?"

인석이 심탁에게 말한다.

"내가 이 집에서 밥 얻어먹고 사는 것만으로, 대감어른이 나를 잘 봐준다고 생각허고 있는디, 내 처지에 색시는 무슨 색시다요?"

"야, 너 이 집에서 칠 년 째 아니어? 그동안 머슴살이 한 새경은 달라고 해야지. 대감어른께 말 안 해 봤어?"

"내 입으로 어떻게 말을 한다요? 대감어른이 알아서 챙겨 주면 좋은 거고, 안 주면 마는 거지."

"이참에 대감어른께 장가보내 달라고 혀 봐. 점말이는 어떠냐?"

인석이 운을 띄워 보는 것이다. 심탁이 갑자기 얼굴이 붉어진다.

"야, 심탁이 점말이에게 관심이 있는가 보구나."

"…"

심탁은 인석이 뭐라고 말을 걸어오든지 말든지 새끼 꼬는 일에만 열중이다.

"심탁이 너, 말을 안 하는 걸 보니까, 점말이 마음에는 있는가 보구나."

인석이 심탁의 마음을 떠본다. 아무 대꾸가 없자 다시 심탁을 놀릴 작정으로 말을 건다.

"심탁이, 너… 우리 모르게 꿍꿍이속이 있는 거 아녀?"

"누가 알것냐. 얌전한 고양이가 부뚜막에 먼저 올라간다고? 저것들이 우리 모르게 눈길도 주고받고, 손도 잡아 본 거 아니여?"

머슴들이 심탁이 놀리는 재미에 빠졌다. 심탁이 고개를 숙이며 부끄러워 어쩔 줄 모른다. 얼굴이 점점 벌게지면서 고개를 들지 못한다. 심탁이 점말을 생각하면 할수록 몸이 불덩이가 되어 간다. 참으로 알다가도 모를 일이다.

"야, 심탁이 얼굴이 붉어졌다. 고만해라. 우리 심탁이처럼 착하면, 언젠가는 복 받을 거야."

"우리 심탁이같이 착하고, 힘센 놈한테 누가 시집이라도 오면 천하에 부러울 것이 없을 텐데, 밤일도 끝내주게 잘해 줄 텐데, 앙 그래! 하하하하!"

사랑방에 모인 사람들이 한바탕 웃는다. 심탁도 기분은 나쁘지 않은 듯 오줌을 누러 밖으로 나간다. 그러자 짚신을 만들고 있던 김 서방이 밖에 대고 소리친다.

"아무 데나 갈기지 말고 소매통에다 눠라. 소매독아지가 다 차려면 아직 멀었더라."

소매통은 집 안 곳곳에 있다. 나무로 만든 통으로 틈새는 대나무로 이음을 하여 오줌이 새는 것을 막았다. 소매를 뿌리기 좋게 한쪽은 트이게 비스듬히 물 받침이 되게 하였다. 사랑채 옆 소매독아지 장독대에는 계단을 만들어 놓았고 한참을 걸어서 올라가야 한다. 그 밑에는 어른 키만 한 항아리를 세 개씩이나 비탈진 땅에 돌무덤까지 쌓아서 묻어 튼튼하게 해 놨다. 혹시 모를 충격에도 끄떡없다. 이 집에 와서 사람들이 놀라는 게 있다면 소매독아지 장독대다. 벌레가 들끓지 못하게 뚜껑을 해 덮어 놓았고, 장독대에 빗물이 스며들지 못하도록 간단하게나마 지붕까지 만들어 놨다. 그만큼 소중하게 다룬다. 이 집 소매독아지만 봐도 이 집 농사가 얼마인가를 가늠할 수 있을 정도다. 집 안의 모든 소매를 일 년 내내 모아서 시간이 지나면 삭힌 소매를 논밭에 뿌린다. 그래서 이 집의 사람들은 한 방울의 오줌이라도 헛되이 하는 법이 없다. 집 안 아무 데나 오줌을 싸면 냄새가 나 곳곳에 소매통을 두고 있다. 오줌을 거름용으로 모으기 위해서는 항상 요강이나 소매통에다 오줌을 누어야만 한다. 어른들은 애들에게도 소매통에 오줌을 누도록 어려서부터 가르친다. 저녁에는 각 방마다 요강을 준비해 밤새 요강에 볼일을 보고, 이른 아침이면 요강의 오줌을 소매독아지에 붓는 게 습관이 되었다.

밤이 늦도록 사랑방의 일손은 쉬는 법이 없다. 새끼를 꼬고, 가마니가 만들어지고, 덕석이 완성되고, 짚신 수십 켤레를 만들어 내는 곳이다.

"점말아!"

점말이 심탁을 바라본다. 심탁은 어디를 갔다 왔는지 옷에 땀이 흥건히 젖어 있다.

"물 한 잔 줄래?"

"응."

점말이 부엌으로 들어가서 물을 한 사발을 들고나온다. 심탁이 사발을 받아 들자마자 벌컥벌컥 단숨에 물 한 사발을 마신다.

"캬, 물맛 좋다!"

"어디 갔다 오는 거여요?"

물을 단숨에 들이킨 심탁을 향해 묻는다.

"들에 갔다 오는 거지. 또 나가 봐야 해."

"오빠 고상이 많겠네."

"아니야, 늘 해 오던 일인데 뭘."

심탁이 점말의 걱정을 뒤로 하고, 지게를 짊어지고 밖으로 나간다. 밖을 나가면서도 점말의 얼굴이 자꾸 떠오른다. 사랑방에서 인석이 했던 말이 자꾸만 생각난다. '심탁이 너, 말을 안 하는 걸 보니까 점말이 마음에는 있는가 보구나.' 심탁은 점말을 생각하며 배시시 웃는다. 대감어른께 점말과 혼인을 시켜 달라고 말해 볼까? 아니야, 점말이 나를 어떻게 생각하고 있는지 알아야 할 텐데…. 어떻게 점말에게 물어보지? 점말에게 물을 받아 마시면서, 점말이 얼굴이라도 쳐다봤어야 하는데…. 점말에 대한 생각이 머릿속에 가득해진다.

미라가 둑방에 앉아 서시천을 바라보고 있다. 서시천의 풍광이 시원스럽다. 흐르는 물이 유난히 반짝거린다. 미라가 태어나고 자랐던 일본의 냇가와 비슷하다. 미라는 수시로 서시천으로 나온다.

인호가 서시천 둑방을 걷는다. 저 멀리 둑방에 사람이 앉아 있다. 중방들판을 바라본다. 파란 벼들이 바람에 살랑거린다. 사람이 점점 시야에 들어온다. 가까이 다가가자 며칠 전에 만났던 소녀다. 소녀 가까이 다가가는 인호의 발걸음이 경쾌하다.

"안녕하셔요."

"…"

인호의 인사에 소녀가 웃으면서 고개를 끄덕인다. 소녀의 웃는 모습을 보며 인호도 덩달아 미소 짓는다. 인호가 소녀 옆에 앉는다. 전번에 만났을 때 소녀의 이름을 물어보지 못했다. 이번에는 이름을 꼭 물어봐야지… 소녀도 인호를 다시 만나서인지 경계하는 기색이 전혀 없다.

"서시천에 자주 나오나 봐요."

"예, 일본에서도 시골에 살았거든요. 고향 냇가와 비슷해요. 그래서 시간 날 때마다 냇가로 나오면 기분이 너무 좋아요. 시골 고향 냇가에 와 있는 기분이 들어요."

"다행이네요. 고향 냇가에 온 것처럼 기분이 좋다니까요."

"냇가에서 첨벙거리며 뛰어놀던 생각이 많이 나요."

"나도 서시천에서 어렸을 때 물속에 들어가 친구들과 첨벙거리며 뛰어놀던 때가 기억이 나요. 서시천에 나오면 기분이 너무 상쾌해지거든요."

소녀와 인호가 어렸을 때의 기억 속으로 들어간다. 추억이 비슷한 것이 서로 동질감을 느끼게 한다. 서로 얼굴을 본 건 두 번째인데도 어렸을 때부터 함께 어울렸던 친구처럼 마음이 서로 통한다.

"이름이 뭐여요?"

"미라입니다."

미라가 생글거리며 답한다.

"미라, 이름이 참 예쁘네요!"

인호가 미라라는 이름에 호감을 표시한다. 미라도 인호의 예쁘다는 말에 기분이 좋다. 미라도 인호에게 이름을 묻는다.

"이름이 뭐여요?"

"이인호입니다."

미라가 고개를 끄덕인다. 미라가 일어서자 인호도 따라 일어선다. 미라가 물가를 향해 걷는다. 인호도 따라서 물가를 향해 걷는다. 서시천 자갈 위를 걷는다. 울퉁불퉁 자갈길을 지나 물이 흐르는 곳까지 도착한다. 물길이 잔잔하게 흐르는 지역이다. 인호가 먼저 기분이 좋아 물을 향해 돌팔매질을 한다. 인호가 던진 돌이 물수제비를 뜨며 물 위를 향해 날아간다. 두세 번의 물수제비를 뜨고 나서 돌이 물속으로 사라진다. 미라가 그 광경을 바라보며 박수를 치고 좋아한다. 인호가 다시 한번 작고 넓적한 돌을 골라 집어든다. 다시 흐르는 물을 향해 돌팔매질을 한다. 인호가 던진 돌이 물수제비를 뜨며 물 위를 향해 날아간다. 가볍게 날아간다. 서너 번의 물수제비를 뜨고 돌이 물속으로 사라진다. 미라가 좋아라하며 계속 박수를 치며 웃는다. 인호가 작은 돌을 골라 집어든다. 그 돌을 미라에게 건넨다. 미라에게 던져 보라는 것이다. 미라는 인호가 준 돌을 들고 물을 향해 돌팔매질을 한다. 돌을 던지자마자 물속으로 풍덩 하고 빠져 버린다. 물수제비를 뜨지 못했다. 인호가 다시 작은 돌을 집어들고 자세를 낮추면서, 한 번 더 돌팔매질 시범을 보여 준다. 인호가 돌을 집어 미라에게 건네준다. 인호가 시범을 보여 준 대로 따라 해

본다. 미라가 던진 돌이 물 위를 향해 날아간다. 돌이 물 위에서 물수제비를 한 번 뜨고 물속으로 사라진다.

"와!"

둘은 동시에 소리를 질렀다. 인호가 미라를 바라보며 박수를 쳐준다. 물수제비를 한 번 성공한 미라도 인호를 바라보며 기뻐한다. 인호와 미라가 함께 손을 잡고 서시천을 돌아다닌다.

22
___
좌우대립

학교가 파하고 해가 어스름한 시간에 장터 여수옥으로 학교 선생들이 들어선다. 탁자가 놓여 있는 홀에는 아무도 없다. 장날이 아니라서 손님들이 보이지 않는다. 뒷방에서는 젓가락 장단에 맞추어 부르는 노래가 흘러나온다. 노랫소리는 어깨를 저절로 들썩거리게 한다.

사공의 뱃노래 가물거리면
삼학도 파도 깊이 스며드는데
부두의 새악시 아롱 젖은 옷자락
이별의 눈물이냐 목포의 설움…

여수옥에 들어서는 선생들도 뒷방에서 흘러나오는 노랫소리에 콧노래를 흥얼거린다.

"라라라라라라 랄랄라 라라…."

젓가락 장단에 맞추어 부르는 노랫소리야말로 기분을 들썩거리게 한다. 노랫소리에는 여자들의 목소리도 들리면서 술집 분위기를 한층 돋운다.

"와! 짝짝짝…."

노래가 끝나자 박수 소리와 함께 여수옥이 시끌벅적해진다. 구성만이 여수옥으로 들어서면서 노랫가락을 듣고 한마디 내뱉는다.

"아, 누구는 팔자가 좋아서 술집 여자들 끼고 젓가락 장단을 맞추고…."

"그러게 말이야."

윤기석도 흥이 난 노랫소리를 비아냥거린다. 선생들은 술집 아가씨들과 술판을 벌이고 젓가락 장단을 두드릴 수 있는 처지가 못 된다. 선생들이 자리를 잡고 앉아 바쁘게 움직이는 주모를 향해 큰 소리로 술을 시킨다.

"주모! 우리도 술 좀 줘요!"

"예, 곧 나가요!"

주모가 술이 담긴 주전자와 안주, 술잔을 가져와 탁자에 올려놓는다.

"아따, 선상님들께서 오랜만에 오셨그만이라이."

주모가 눈웃음을 살살 치면서 말을 걸어온다. 주모가 선생님들이라는 걸 알아보자 선생들끼리 서로 얼굴을 쳐다본다.

"주모가 우리를 아나 봐."

주모가 그 소리를 듣고 말을 걸어온다.

"아, 그럼 알지라. 아따, 쩌그… 뒷등핵교 선상님들 아니당가요?"

이미 알고 있다는 듯이 얼굴을 빤히 쳐다보며 웃음을 짓는다.

"예, 맞아요."

주모의 말에 윤기석이 대답한다. 선생들을 알아보는 주모가 기분 나쁘지는 않다.

"그럼 한 잔씩들 하시오. 나는 시방 쪼깨 바쁜깨로…."

주모가 주방으로 바쁘게 걸음을 옮긴다. 구성만은 주모에게는 관심 없다는 듯 술 주전자를 들어 올린다. 잔에 막걸리를 따른다.

"자, 자, 우리도 한 잔씩 하자고. 술잔 받으라고."

구성만이 재촉하자 각자 술잔을 든다. 구성만이 술잔에 가득 술을 따른다.

"자, 한 잔 들자고, 자, 자."

구성만이 술잔을 들고 건배를 재촉한다.

"자, 건배!"

구성만이 건배를 외치자 술잔을 부딪친다.

"건배!"

건배하자마자 단숨에 막걸리를 꿀꺽꿀꺽 들이킨다.

"캬! 술맛 좋다."

"캬!"

술잔을 비우자마자 각각 술잔에 술을 더 따라 채워 준다.

"자, 한 잔씩 더 하자고."

"그래. 한 잔 더 따라 보라고."

술잔을 서로 주거니 받거니 하면서 술잔이 바쁘게 돌아간다. 술잔을 빠르게 비워 낸다.

"해방이 됐는데 돌아가는 꼴이 이게 뭐야? 아, 열 받어!"

술기운이 올라온 구성만이 불만을 토로한다.

"아, 나도 그래. 일본 놈들 대신 미군 놈들이 들어왔는데 바뀐 건 하나도 없잖아?"

"누가 아니래. 이제 보니, 미군 그놈들도 일본 놈들과 다 똑같은 놈들이라니까."

윤기석과 최현종이 구성만의 불만에 맞장구를 친다.

"일제 시대에 경찰관을 했던 놈들도 그대로고, 일본 놈들 앞잡이를 했던 면서기들도 그대로이고, 변한 게 하나도 없다니까."

"그, 경찰놈들… 박기석 지서장을 보라고. 후지하라 밑에서 우리 조선 사람들을 얼마나 괴롭혔냐고? 해방이 되자마자 지서장으로 떡 버티고 앉아서, 내가 언제 그랬냐는 듯이 일제 시대 때와 똑같이 군림하고 있는 거 보라고."

"난 해방이 되면 일제의 앞잡이 노릇을 한 놈들은 미군들이 들어와서 다 갈아 치울 줄 알았거든. 그런데 이건 뭐, 오히려 일본 놈들이 앉아 있던 자리를 딱 꿰차고 미군 놈들의 조종을 받으면서, 더욱 더 놀아나고 있으니 가관이지."

"그러게 말이야. 생판 모르는 미군 놈들이 우리나라를 일본 대신 점령한 점령군이라니까. 아! 열 받네!"

구성만이 목소리를 점점 높인다.

"맞어. 미군 놈들이 그동안 하는 짓거리를 보면, 이건 우리나라를 도와주러 온 해방군이 아니라 점령군으로 들어와서 우리나라를 즈

그 맘대로 한다니까."

서로 얼굴을 쳐다보며 맞장구를 친다. 서로 이야기를 주고받으면서 김민기도 자연스럽게 얘기에 끼어든다.

"구 선생 말이 맞어. 점령군 행태를 하고 있지. 기분 나쁜 일이지. 엄청 기분 나쁘고말고."

"미군 놈들도 우리나라를 통치하기 위해 상황을 파악하려면 일본 놈들의 도움이 절대적으로 필요했을 거야. 아무것도 모르는 미군들이 삼팔선 아래쪽 남한에 주둔하려면, 일본 놈들에게 조선 사람들의 동태 파악을 의뢰했을 거 아니냐고. 일본 놈들이 물러가기 전에 우리 조선을 어떻게 말했겠어. 뻔하잖어. 그놈들도 일본으로 돌아가기 위해선 미군에게 잘 보여야 했을 거 아니냐고. 패전국으로서 도망가기 바빴겠지만, 급작스럽게 일본 천황이 항복했기 때문에 도망 못 간 사람들이 더 많았잖아? 미군이 인천을 통해 들어 올 때는 일본군들이 미군을 호위하는 형국이 되어 버린 거야. 인천으로 미군이 들어오는 날 구경하러 몰려든 조선 사람들을 일본군이 질서를 잡기 위해 경계를 하는데, 경계선을 넘어 소란을 일으키려 하자 일본군의 발포로 조선인이 죽었다는 신문 기사가 났어. 그런 상황을 목격한 조선 지식인들은 열 받은 거지. 미군 놈들은 일본을 등에 업은 거지. 우리 조선은 나라도 없고, 군대도 없는 상황에서 아무 힘조차 쓸 수가 없었던 거야. 들리는 바에 의하면 일본 놈들이 미국 놈들에게 하는 말이, 조선 사람들은 무식하고 까딱 잘못했다간 폭동을 일으킨다고 했다는 거야. 염병할 놈들이지. 조선에 대하여 호의적으로 말했겠냐고? 통치하려면 어떻게든 조선 사람들을 압박해

야 하는데 일본 놈들이 했던 대로, 조선 사람들을 다뤄야 한다고
했을 거 아니냐고."

"우리 조선 사람들은 아무 힘이 없는데 뭘 어떻게 하겠어? 힘깨나
있던 조선 사람들은 자기 살기 바빠서, 일본 놈들에게 아부했던 것
처럼, 미군들에게도 아부해서 별 탈 없이 잘 나가고 있잖아?"

"그리고 힘깨나 썼던 사람들은 만주다 미국이다 다 빠져나가고,
누가 주도적으로 힘을 보태서 새로운 세상을 리드해 나갈 사람이 있
어야지."

"그러기야 하겠어? 나설 수 없는 여건이다 보니 힘을 못 쓰는 거겠
지? 해방되기 전부터 여운형이 비밀리에 '건국동맹'을 만들고, 해방
이 되자마자 '건국준비위원회'를 결성하여 군중들을 모아 놓고 연설
을 하면서, 완전한 자주독립을 위해 노력하였지만, 미군 놈들은 그
걸 인정하지 않았다잖아? 나라 잃은 몇십 년 동안 우리가 얼마나
서러움을 당하고 살아왔냐고? 해방된 땅에 미군이 저렇게 설치고
있는데, 일본 놈들이 있을 때와 똑같은 거지. 안 그래?"

"국내는 그렇다 치더라도, 김구를 비롯한 임시정부 요인들이 버젓
이 있는데도 미군정에서는 임시정부를 인정할 수 없다고 귀국도 맘
대로 못하게 했나 보더라고. 귀국할 때는 개인 자격으로 귀국하라
는 조건을 붙였다잖아. 목숨까지 걸고 독립운동을 했던 임시정부를
인정해 주면서, 그분들을 모셔다가 정부를 구성하면, 좀 좋냐고. 임
시정부를 비롯하여 정치적인 냄새가 나기만 하면, 미군정이 모조리
통제를 해 오고 있다는거 아니냐고. 미군정 놈들이 그런 놈들이라
니까."

"해방이 돼서 미군이 들어올 때는 일본 놈들의 조직을 그대로 활용하려고, 도망갔던 각종 기관의 일본 사람들을 복귀하게 해서, 그 놈들을 통하여 조선을 통치하면서 차차 자리를 잡았다잖아?"

"각 관공서에는 해방이 되던 다음 날 조선 사람들이 당장 관공서 자리를 꿰차고 오늘부터는 일본이 망했으니, 일본 놈들이 앉아 있던 자리에 우리 조선 사람들이 장악했잖아. 읍내 구례경찰서는 청년들이 수백 명이 모여서 무력으로 경찰서를 접수한 거야. '우리나라가 해방이 됐는데, 너희 일본 놈들에게는 치안을 맡길 수 없다. 우리 손으로 치안을 담당할테니, 당장 물러나라.' 하면서 니시카와西川 구례경찰서장과 담판을 벌이다가, 서장이 순순히 말을 받아들이지 않으니까 서장을 무력으로 제압했다는 거 아니여. 그 얘기만 들으면 아직도 통쾌하다니까. 그러다가 며칠 지나자, 갑작스럽게 상부의 지시가 떨어졌다는 거야. 모든 일본인들은 원래대로 관공서에 복귀하라는 지시를 듣고, 고대로 원대 복귀하여 근무를 계속해야 한다는 거 아니겠어? 우리 학교 후지무라藤村 교장도 해방되자마자 조선 사람들이 해코지할까 두려워서 도망쳤다가, 다시 원대 복귀해서 나중에야 일본으로 건너갔잖아? 미군들이 자리를 잡기 전에는 일본 놈들의 손이 필요했던 거지. 그런데 그것도 모르고 해방만 되면 모든 게 잘될 거라고 아무 준비도 안 된 상태에서 조선 사람들이 설쳤으니 웃기는 해프닝이 벌어진 거지."

"해방되고 미군이 들어오기 전에 일본 놈들이 조선에 있는 귀중품은 모조리 사들였다는 소문이 돌더라고. 조선 돈을 일본으로 가져가 봤자 하나도 쓸모가 없는 거잖아. 그래서 부피가 작고 값어치가 나가는 금이나 은 같은 것들을 모조리 싹쓸이했다고 하더라고. 소문에 의하면 그 돈을 마련하기 위해 돈을 마구 찍어 댔다는 거야. 그것도 모자라서 일본에서 몰래 돈을 찍어 들여왔다는 소문까지 돌더라니까. 급하니까 돈을 비행기로 실어 날랐다고 하더라고."

"아, 소문뿐이겠어. 일본 놈들은 그러고도 남을 놈들이지."

"아, 그래서 돈이 얼마나 많이 시중에 풀렸는지 돈 가치가 떨어지고, 도시에서 쌀이라도 한 말 사려면, 돈을 다발로 묶어 가져다 줘도 살 수가 없다는 거야."

"맞다니까. 그 악랄한 일본 놈들이 돈을 무한대로 찍어 대는 바람에 물가가 폭등하는 인플레이션 현상이 생겨 버린 거라니까."

"쌀뿐이냐고?"

"대동아전쟁을 하느라 물자가 귀한데, 엎친 데 덮친 격으로 돈의 값어치는 떨어졌고, 뭘 하나를 사려고 해도 정작 필요한 물건도 없거니와, 물건이 있더라도 하늘의 별 따기만큼이나 어려운 상태가 돼 버린 거지. 우리 곁은 사람들이야 요런 지리산 촌구석에서 선생질이나 하고 있으니까 잘 모르긴 하지만… 그런 소문이 돌더라니까."

"나도 신문을 보니까, 도시에선 난리가 벌어지고 있다는 거야!"

"일본 놈들은 이 세상에서 가장 야비한 놈들이라니까. 천벌을 받을 놈들."

"미군들이 자리를 다 잡아 갈 즈음에 일본 놈들이 철수를 했잖아. 일본으로 돌아갈 때는 패전국으로서 아무런 벌도 안 받고 그냥 돌아갔다는 거 아니냐고. 부산항에서 일본으로 가는 배를 타기 전에는 돈을 얼마 이상은 못 가져가게 했다고는 하더라고. 배를 타기 전에 일본군들의 군장을 미군들이 일일이 검색했는데, 물건을 많이 가져간다, 못 가져간다, 옥신각신하느라, 부산항에서 난리가 벌어졌다는 거야."

"미군 놈들이 뭘 얼마나 검색을 했겠어? 그냥 형식적으로 했겠지. 안 그래?"

"맞어, 내가 나서서라도 일본 놈들을 박살 냈어야 하는 건데…."

"이놈의 나라가 어떻게 될런지?"

술기운에 누가 무슨 말을 하는지도 모르게, 많은 얘기가 오고 간다.

"그래서 주권국이 되려면 어떻게 해서라도 통일 정부가 빨리 들어서야 한다니까."

"맞는 얘기야. 소련이나 미국의 간섭을 안 받으려면 하루빨리 통일 정부가 세워져야 하는 건 맞는데…."

"자자, 우리 술이나 마시자고. 힘없는 우리 백성들을 위하여 건배!"

"건배!"

술에 취한 목소리인지, 이유 없이 화가 난 목소리인지, 건배 소리는 악에 받친 격한 목소리가 뒤섞여 있다. 건배 소리가 커진다. 건배한 술잔이 비워진다. 술잔을 채우려 술 주전자를 들자 술이 없다.

"주모, 여기 술 좀 더 줘요!"

"예."

주모가 큰 소리로 대답을 하면서 가져온 술 주전자가 탁자에 다시 올라오고, 빈 술잔에 술을 가득 따른다. 구성만이 불만 섞인 투의 말을 한다.

"이번에 미소공동위원회가 결렬되었다는데 누가 반대를 한 거야?"

"미국 놈들이야, 소련 놈들이야?"

"미국과 소련 놈들이 자기들 기득권을 유지하기 위해 양보를 하겠어? 각각 그놈들마다 속셈이 있었던 거지."

"아, 그놈의 삼팔선이 뭐냐고?"

"삼팔선도 따지고 보면 미국 놈들이 즈그 맘대로 선을 그은 거라니까. 물론 소련 놈들이 대동아전쟁이 끝나갈 무렵에 일본에 선전포고를 하고, 한반도를 점령하기 위하여 북쪽에 진군을 한거야. 그러자 미군이 부랴부랴 해방도 되기 전인 8월 13일에 38도선을 군사분계선으로 확정하여 소련에 통고를 했다는거야. 미국은 그 당시에 주력부대가 오끼나와 부근에 주둔하고 있었고, 일본이 항복은 하겠지만, 당장에 일본 본토나 한반도까지 진출할 수 있는 상황이 아니다 보니까, 한반도 전체를 소련에게 내어 줄 수 없어서, 남한만이라도 공산화를 저지하기 위한 일이었다고는 하지만, 삼팔선이야말로 소련과 미국이 즈그들끼리 땅따먹기 식으로 분할하여 점령을 한 거라니까."

"문제는 '우리 민족끼리'야. 이승만의 말마따나, 이 민족이 하나로 뭉쳐야 한다는 것은 맞는 말이야. 그런데 왜 뭉치기가 힘든 거야?"

"난 이승만이 맘에 안 들어. 정읍에서 남한만이라도 단독정부를 세워야 한다고 연설을 했다잖아, 그때부터 미친 줄 알았어야 한다니까."

"나도 그래, 여러 정당 사회단체가 난립하고 있고, 각각 자기주장을 내세운다고 하지만 남한만의 단독정부는 안 될 일이지."

"암, 안 되고 말고… 절대로 남한만의 단독정부는 있을 수 없는 일이지…"

"이승만과 김구를 비롯하여 김규식 등 많은 정당 지도자들이 머리를 맞대고 이 민족이 하나로 뭉치자고 하면 될 텐데, 왜 안 되는지 알다가도 모를 일이랑께."

"다, 나름대로 이유가 있응깨로 어렵겠지. 이승만은 이승만대로 미군들이 좋기야 하겠어? 또 공산당을 인정해 달라는 세력과 함께 단일 정부를 세워야 하는데, 이승만과 미군은 인정할 수가 없을 테지… 김구도 이승만과 형님, 아우님 하면서 신탁통치 반대를 위해 만든 독촉회(대한독립촉성국민회)에서 이승만이 총재, 김구가 부총재를 했지만. 남한만의 단선單選, 단정單政에는 절대로 양보할 수가 없어 부총재직 사표를 제출했다잖아. 삼팔선을 베고 쓰러질지언정 일신에 구차한 안일을 취하여 단선, 단정에는 협력하지 않겠다는 거 아니겠냐고. 오로지 통일 정부만이 김구의 신념이기 때문에 어떠한 이유도 필요 없는 거지."

"김구의 신념만은 알아줘야 된다니까. 해방 후 귀국 시에도 '나와 동료는 오직 완전히 통일된 독립 자주 민주국가를 완성하기 위하여 여생을 바칠 결심으로 귀국했습니다. 여러분은 조금이라도 거리낌 없이 심부름을 시켜 주시기 바랍니다. 조국의 통일과 독립을 위하여 유익한 일이라면 불속이나 물속이라도 들어가겠다.'라고 했다잖아."

"아 그래서 평양에서 남북 정당, 사회단체 연석회의를 하는데 어떻게 해서라도 남한만의 단독정부는 안 된다고 생각하니까 다녀온 게 아니겠어?"

"남북이 힘을 합해서 통일 정부를 세우자는데 뭔 이유가 많은 거야?"

"나는 김구 선생이 평양 연석회의에서 축사한 부분이 맘에 들어. '조국이 없으면 민족이 없고, 민족이 없으면 무슨 당, 무슨 주의, 무슨 단체는 존재할 수 있겠습니까? 그러므로 현 단계에 있어서 우리 전 민족의 유일 최대의 과업은 통일 독립의 전취인 겁니다. 그런데 목하에 있어서 통일 독립을 방해하는 최대의 장애는 소위 단선, 단정입니다. 그러므로 현하에 있어서 우리의 공동 투쟁 목표는 단선, 단정을 분쇄하는 것이 되지 않으면 아니 될 것입니다.'라고 강조했다 잖아."

"김구 선생이 강조하고 싶은 것은, 북측에게도 소련과 손을 잡고 비밀리에 단선, 단정을 세우려는 것에 반대한다는 이야기를 분명히 했다는 거야."

"왜냐하면 유엔 한국 임시위원단이 합법적이고 정통성 있는 정부를 세우기 위해 남한과 북한에 임시위원단이 동시에 들어왔지만, 북한에서는 반대했다는 거야. 북쪽 그놈들도 미친놈들이지. 소련군이 뭐가 좋다고? 남북한 단일민족의 통일 정부를 내세워야지… 북한에서 유엔 위원단을 못 들어오게 한 건 또 뭐야?"

"소련 놈들은 소련 놈들대로의 무슨 꿍꿍이가 있는 거라니까."

"우리 김구 선생이 평양 모란봉에서 열리는 남북 정당 사회단체 연석회의를 다녀왔는데, 죄인 취급을 하는 이유는 뭐야?"

"미군정에서는 김구 선생 일행을 평양을 다녀왔다고 공산주의, 용공주의자들이라고 몰아붙이는 건 또 뭐냐고?"

"단일민족으로서 어떻게 해서라도 통일된 정부를 세워 보려고 다녀 왔겠지. 통일 정부를 세우기 위한 희망의 끈을 놓치지 않으려고,

그야말로 각종 테러의 위협을 무릅쓰고, 김규식 선생과 함께 평양까지 갔다 왔다는 거 아니냐고. 그분들이 일신의 출세를 위해서 한 일이 아니잖아. 사실은 좌우익 합작을 주장하던 여운형 선생은 암살까지 당했잖아. 김규식 선생도 공산당을 미군정이 싫어한다고 해서, 완전히 적대시 하기만 하면, 공산당과의 대화의 실마리는 없는 채로, 통일 정부만 외치면 통일 정부는 말로만 떠드는 일이 돼 버릴까 봐 좌우 합작을 통해서 통일 정부를 모색했던 거겠지. 좌우 대립만 할 게 아니라, 공산당과의 대화의 통로는 남겨두고 싶어서 백방으로 노력을 하면서 통일 정부의 구상을 했을 거란 말이야. 좌우익 합작을 넘어 우리 민족의 장래를 먼저 생각한 일이었겠지. 평양의 연석회의는 북측의 김일성에게 오히려 이용만 당한 꼴이 되었지만, 그렇게라도 행동을 해야만 하는 심정을 알아줘야 한다니까. 그런데, 이승만이랑 미군정 놈들의 속셈은 도대체 뭐야?"

셋이서 고개를 끄덕인다. 암살당한 여운형 선생이나 김규식 선생의 고충도 이해를 한다는 눈치다. 남쪽에는 미군이, 북쪽에는 소련군이 주둔하고 있는 상황에서 각자의 목소리만 높이면, 통일 정부는 먼 나라 얘기일 뿐이다. 통일 정부를 만들려면, 소련 공산당에게 조종을 당하고 있는 북측이 싫어도, 누군가는 대화를 하면서 조화를 이루어 나가야 하는 현실에 공감을 하는 것이다.

"난 김구 선생을 공산주의자, 용공주의자로 몰아붙이면 나도 김구 선생을 따라서 공산주의자가 되겠어."

구성만이 화가 난 상태로 큰소리를 친다. 구성만이 공산주의 얘기를 하자, 같이 얘기를 하던 김민기는 고개를 숙이고 듣기 거북해한다.

"안 그래? 누가, 누구에게 용공주의자라고 해야 하는 거야? 그런 놈들은 단선, 단정으로 한민족 통일 정부를 반대한다는 거 아니겠어?"

"단선, 단정을 내세우고 남한만의 총선을 하겠다는 이승만과 미군정 놈들이 나쁜 놈들이지. 앙 그래? 왜 김구 선생 일행을 몰아세우는 거야?"

"나는 북한에서 했다는 토지개혁이 맘에 든다니까. 북한은 해방이 되자마자 토지개혁을 했다잖아? 친일파와 지주들의 토지를 몽땅 빼앗았지 뭐야. 아주 잘한 일이라고. 농지와 임야를 몽땅 무상몰수하여 무상분배 한 게 얼마나 속 시원하고 잘한 일이냐고? 앙 그래?"

"무상몰수, 무상분배, 좋지! 그 무상몰수한 토지를 가족 수에 따라 분배를 해 줬다니, 그동안 소작에만 매달리던 사람들에게는 얼마나 좋은 일이었겠냐고. 살다 보니 이런 세상도 오는구나, 하고 좋아했을 거 아니냐고. 평생 소작에 남의 땅만 빌어먹고 살아왔는데, 이렇게 공평하게 모든 사람들에게 나누어 주는 평등한 세상을, 그것도 단시일 내에 이루었다니, 공산주의가 얼마나 좋은 이상 사회냐고! 공산주의가 이 세상의 지상낙원을 이루는 데는 최고라니까?"

"땅 한 뙈기 평생 가질 수 없었던 사람들에게 땅을 나누어 줬는데, 공산당에서 하는 일이라면 뭔들 안 먹히겠어?"

주거니 받거니 열변을 토한다.

"사회주의 좋지!"

북한의 토지개혁 얘기가 나오자 구성만의 눈빛이 달라진다. 해방 전부터 사회주의에 관심이 많았던 구성만이다. 남로당에 이미 발을 담근 구성만에게는 사회주의 얘기가 나오자 그동안 얘기할 때와는 달리 목소리에 힘이 더 실린 듯하다.

"이럴 바에는 차라리 사회주의로, 아니 공산주의로 가야 한다니까. 북한은 분명히 성공할 거야. 일제 앞잡이 노릇을 했던 지주들이나 각종 기득권 세력을 철저하게 무너뜨렸으니까. 그렇게 했다는 게 쉬운 일이 아니거든. 생각해 보라고, 그 일을 하는 데 기득권 세력의 반발이 얼마나 심했겠어? 조상으로부터 물려받았던지, 아니면 본인의 힘으로 장만한 땅을 하루아침에 몽땅 무상으로 몰수해 가 버리는데… 목숨을 내놓고 반발하는 사람들도 부지기수였을 거야. 그 반발을 무차별적으로 무너뜨릴 수도 있는 것이 공산당이야. 차별 없이 토지를 무상분배 해 줬다는 건 대단한 혁명을 일으킨 거지. 전 국토를 대상으로 지주들의 농지와 임야를 포함하여, 몽땅 무상몰수 해서, 경작자에게 소유 상한선을 5정보까지 제한하여 무상분배를 했다는 건, 대단한 거야. 절대다수의 민중들에게는 공산당의 위력이 얼마나 대단한 것인지를 보여 준 증거지. 우리가 여태까지 겪어 보지 못했던 세상을 만나게 한 거야. 민중들은 공산당에게 얼마나 환호했겠어? 공산당이 최고라니까? 땅을 몰수당했던 지주들이나 일본 앞잡이를 하면서 재산을 모았던 사람들에게는 죽을 맛이었을 꺼야. 그걸 못 견디고 공산주의라면 치를 떨면서 고향을 떠나서 남쪽으로 많이 내려왔다고 하더라고. 해방 후 혼란한 사회를 결집하는 데도 공산주의는 북한의 주민들에게 국민적인 공감대가 이루어졌을 테고…."

구성만이 열을 올리며 공산당에 대한 환상에 젖어 있다. 남한도 북한처럼 됐으면 하는 아쉬움이 가득하다.

"아, 어떤 놈은 조상 잘 만나서 항상 배부르게 살고, 어떤 놈은 조상 잘못 만나서 항상 배고프게 살아왔잖아. 평생 땅뙈기 한 번 가지지 못한 사람들에게까지 땅을 골고루 분배해 줬다는데 얼마나 좋은 세상이 되었겠냐고. 남한은 언제 그런 세상이 온다냐. 이놈의 세상, 그래서 공산주의로 가야 한다니까. 앙 그래?"

"그러게 말이야. 남한에서는 왜 그렇게 못 하냐고?"

"그렇긴 한데…."

구성만의 공산주의에 대한 열변에 윤기석과 최현종이 맞장구를 쳐 준다. 김민기는 고개를 숙인 채 아무 대응이 없다. 공산주의 얘기가 나오자 맞장구도 쳐 주지 않고 반대 의견도 내지 않는다. 그냥 막걸리만 간혹 홀짝거린다. 세 사람은 공산당을 통해서 토지개혁을 한 북한을 동조하는 얘기만 계속한다. 일본에게 아부하고, 재산을 축적했던 친일 세력들의 토지를 몽땅 몰수하여 민중들에게 공평하게 나누어 주는 일이라면, 공산주의를 추종하는 사람이 아니더라도 환영할 만한 일이다. 그만큼 일제에 대한 반감이 하늘을 찌르는 마당에 토지개혁을 했으니, 민중들이 공산주의를 맹목적으로 선호할 만하는 분위기다. 김민기는 막걸리로 목을 축이며 참아 낸다. 지금 처해 있는 상황에서 단일민족의 통일 정부를 세우지 못하는 불만이 있다고 해서, 공산주의가 좋다고 치부해 버리기에는 너무 위험하고 무책임하다. 토지개혁도 우선은 무상으로 분배를 해 줬다고 하지만, 나중에는 모두 국가의 소유로 하고, 집단농장 체제로 전환해 버리는 공산주의의 허구에 대해, 막연한 기대일 뿐이라고 얘기해 주고 싶은 마음이다. 여기서 얘기를 해 봤자 다툼만 일어날 것 같은 분위기다.

"남한은 뭐야? 일제 앞잡이를 했던 지주들이나, 일제 시대의 경찰들은 아직도 버젓이 행세하고, 변한 게 아무것도 없잖아?"

"물가는 폭등했지, 돈을 다발로 가져가도 물건을 구할 수 없지."

"난 북쪽에서 하는 일이 맘에 들어. 난, 이승만이고 미국 놈들이고 다 맘에 안 들어. 미국 놈들이 들어와서 잘된 거 하나도 본 적도 없고, 맘에 안 든다니까? 결국에는 이승만 일당들과 함께 이 나라를 두 동강 내려고 하고 있잖아? 아, 열 받아. 자자, 술이나 먹자고, 건배!"

건배 잔을 다 마신 후 구성만이 한마디 더 한다.

"총선 날짜가 잡혔다는데, 남한만 총선거를 실시하여 정부를 수립하는 게 말이 되는 일이야?"

"난 그래서, 이번 남한만의 단독선거니, 단독정부니 하면서 이상하게 흘러가는 것에 반대야."

"나도 단선, 단정에 반대야."

"나도 그래."

"나는 찬성입니다."

셋이서 총선에 반대를 외치던 중에, 김민기의 찬성이라는 말에 일순간 모두 김민기 쪽으로 시선이 모인다.

"저 북쪽 사람들이 계속 반대를 하니까, 나는 남한만이라도 빨리 단독정부를 세워야 한다고 생각합니다. 해방이 된 지 벌써 3년이 되어 가는데, 우리가 얼마나 신탁통치에 반대했습니까. 남한이니 북한이니 다투지 말고, 단일민족의 통일 정부를 세우는 일은, 소련의 지시를 받는 북측의 반대가 심하니까 안 되는거 아닙니까? 남한만이라도 단독정부를 빨리 세워 국제사회의 일원으로 주권국의 지위를 확보해야 합니다.”

구성만, 윤기석, 최현종이 서로 얼굴을 쳐다보며 눈빛을 교환한다. 세 사람의 의견에 반대 의견을 제시한 김민기에 대해 기분 나쁜 눈빛으로 돌변한다. 곧바로 인상을 쓰며, 김민기를 째려본다. 김민기에게 시비를 걸겠다는 눈빛이다.

“김 선생, 당신은 그럼 단일민족으로서 통일 정부가 들어선다는 데 반대하는 거야?”

“당신은 그럼 반쪽 정부가 들어서는 데 찬성한다는 거야? 뭐야?”

“이승만이 미군 놈들과 합세하여 남한만의 단독정부를 만든다는 데 찬성한다는 거야?”

셋이서 교대로 김민기 말에 시비를 걸어온다. 김민기도 술기운에 취해서 좌중이 쳐다보든지 말든지, 눈치 보지 않고 하고 싶은 말을 내뱉는다. 공산주의가 좋다고 서로 얘기할 때는 참았지만, 총선에 대해서는 양보할 수가 없다.

“아, 누가 찬성을 합니까? 상황이 그렇게 돌아가니까 그래야 한다는 거죠. 남북한 모두 유엔 임시위원단이 들어와서 남북이 서로 협의하여 하나의 통일 정부를 만들어 가야 되는 것이 맞는 거죠. 그런데 북한에선 소련이 오로지 공산당 하나만 인정하고 있다고 들었습니다. 새파랗게 젊은 김일성을 꼭두각시처럼 전면에 내세우고서 조종을 하는 겁니다. 통일 정부를 원하는 조만식 같은 민족 지도자들은 모조리 숙청해 버리고, 유엔 임시위원단을 북한에 못 들어오게 하는데, 그건 하나의 통일 정부를 거부하는 것 아닙니까? 그렇게 되니까 유엔 임시위원단은 미군정이 원하는 남한만이라도 정부를 세워서 주권국의 지위를 만들어 주려고 하는 거 아닙니까? 나도 이승만이가 하는 일이 맘에 안 드는 게 한둘이 아닙니다. 그렇지만 이승만이도 현 상황에서 미군정과 협상을 하면서 남한만이라도 정부를 세워야 하는 현실을 인식한 겁니다. 이승만으로서도 남한만의 단독 정부 수립을 원하지 않고 있지만, 어쩔 수 없는 이 상황이 참으로 어려운 난국일 겁니다."

구성만이 술 취한 눈으로 김민기 선생을 째려본다. 평상시에도 같은 직장 동료지만 속마음을 털어놓지도 않고, 사회주의에 늘 부정적인 의견을 쏟아 내던 김민기가 밉기만 하다. 이승만을 옹호하는 듯한 발언을 쏟아 내자 김민기가 맘에 안 든다. 이승만 일당도 맘에 안 드는 데다 김민기까지 같이 미워진다. 김민기를 째려보며 시비조로 말을 건다.

"이봐, 김 선생 당신은 누구 편이야? 당신 재미없어! 알아?"

구성만이 비틀거리며 일어난다. 김민기에게 달려들 기세다.

"뭐야, 당신? 구 선생, 나보고 지금 당신이라고 했어?"

김민기도 싸울 기세로 일어나 구성만을 노려본다.

"야, 김 선생 당신이 참어. 나도 김 선생이 영 맘에 안 들지만, 여기서 우리가 싸운다고 해결될 일이야?"

윤기석도 비틀거리며 일어나 김민기를 몰아붙인다. 김민기가 구성만을 노려보자 화를 삭이지 못한다.

"뭐야? 이 새끼가."

화를 삭이지 못한 구성만이 비틀거리면서 김민기에게 손찌검하려는 찰나, 최현종이 빠르게 일어선다. 최현종이 구성만의 팔을 잡으며 제지한다.

"아따, 이러지들 말라니까. 해결하지도 못할 일을 가지고 우리끼리 싸움까지 하면 되겠능가 잉!"

최현종이 구성만을 꽉 붙들고 힘을 못 쓰게 한다.

"자자, 그만하고 앉으라고, 앉으라니까."

구성만을 잡아당겨 자리에 앉힌다. 구성만이 비틀거리며 못 이기는 체하며 자리에 앉는다.

"자, 윤 선생도 그만하고 앉으라고."

최현종이 윤기석도 자리에 앉힌다.

구성만과 윤기석이 못마땅하여 김민기를 계속 노려본다.

"자, 김 선생도 앉으랑깨."

최현종이 김민기를 앉으라고 권한다. 김민기도 구성만을 째려보며 자리에 앉는다.

"자자, 우리끼리 싸우지 말고 술이나 더 묵자고. 우리가 시방 이렇게 싸운다고 될 일이냐고?"

최현종이 싸움을 말리며 술을 권한다.

"아, 이승만이도 맘에 안 들고, 저 김 선생 놈도 맘에 안 들어."

구성만이 비틀거리며 계속 김민기를 보며 싸울 기세다.

"아, 그놈의 좌익이니, 우익이니 하는 거. 우리가 언제까지 이렇게 대립하면서 살아야 하냐고?"

최현종도 화가 난 얼굴이다. 술자리에 모인 동료 선생들이 미운 것이 아니라, 모두가 이 시대 상황이 맘에 안 들어서 나오는 소리다.

한바탕 벌어진 싸움판에 최현종이 나서서 중재를 해 보지만, 같은
학교에서 근무하는 선생들끼리도 서로 대립이 되어 간다는 것이 화
가 나고 술을 부른다.

"자, 술이나 마시자고, 자!"

최현종이 술을 마시라고 권한다. 술 한 잔으로 목을 축여야 화가
가라앉을 분위기다. 최현종의 권유에 술잔을 손으로 들지만, 술을
입으로 가져가지를 못한다.

"자, 얼릉 마시랑깨, 얼릉."

최현종이 세 사람의 얼굴을 보면서 계속 술을 마시라고 권한다.
술을 한 잔씩 목구멍으로 삼켜야 화도 가라앉을 듯싶다. 최현종의
독촉에 모두 마지못해 술잔을 입에 댄다.

선생들이 교무실 창가에 모여 서로 쑥덕거린다. 김민기가 교무실
문을 열고 들어온다. 모두가 김민기가 들어오는 문을 향하여 고개
를 돌린다. 김민기를 발견하자 모여 있던 선생들이 서로 눈치를 주
면서 흩어진다. 학교에서도 김민기는 공산주의에 대해 항상 경계 의
식을 보내고 있고, 반대로 학교 선생 대부분은 드러나지는 않지만,
좌익에 동조하는 세력이다. 무슨 일만 있으면 자기네들끼리 쑥덕거
리다가도 김민기가 가까이 다가오면, 하던 말을 멈추고 시치미를 떼
는 일이 잦아졌다.

사람들이 만나면 남한만의 총선에 대한 혼란으로 의견 대립이 점
점 심해져 가는 형국이다. 그러잖아도 해방이 된 후로는 좌우익으
로 나뉘어 항상 미군정에서 하는 짓이 불만스러운 상황에, 평양에서

열린 조선 제정당 사회단체 대표 연석회의가 열렸다. 남조선 단독선거를 반대하는 남북한 모든 사회단체 대표들과의 연석회의를 북한에서 제의해 왔다. 북한의 주도하에 열린 행사여서 남한에서 참석을 하느니 마느니 했다. 미군정과 이승만 세력은 미소공동위원회 결렬의 경험이 있고, 남한만의 단독선거가 곧 있기 때문에 행사에 참석하는 것을 말렸다. 북은 이미 소련군이 주둔하여 '북조선인민위원회'를 조직하여 김일성을 위원장으로 내세워 정작 북쪽에서는 단선, 단정을 암암리에 준비하면서도 남쪽의 총선이 잡히자 연석회의니 뭐니 하는 한민족 통일 정부를 운운하면서 제스처를 취한다. 북측에서 주도하는 통일 정부에 형식적으로로나마 남측에서도 참가하여 함께 하기를 바라는 모양새만 취하는 것이다. 남쪽의 총선을 반대하기 위해 북으로 가는 세력들에게 출발 전후로 미군정과 이승만 세력들은 공산주의니 용공주의자들이니 하면서 몰아세웠다. 평양에서의 회의는 북한 공산당 측 각본에 의하여 남한에서 올라간 대표들에게 협상은 허용되지 않았다. 김구가 남측대표로 참석하였으니, 연설하는 기회를 주긴 했지만, 성과도 없이 북측의 각본에 의하여 움직이고 끝이 났다.

장터 국민회관은 중등 과정의 야학이 개설되어 인철이 가르치고 있다. 중등 과정 진학을 하지 못하는 아이들을 위해 야학이 문을 열었다. 정식 학력이나 학교로 인정받지 못한 배움터다. 읍내에 중학교가 세워졌으나 거리상 멀고, 학비도 부족한 가난한 아이들에게 배움의 기회를 주고 싶은 것이다. 수업을 마친 아이들이 우르르 몰려나온다. 수업이 끝난 국민회관은 텅 비어 있다. 아이들을 가르치는 선생들만 남는다.

"인철이, 야학은 잘돼 가나?"

송기섭 연파리 이장이 회관에 들어선다. 인철과 웃으면서 반갑게 악수를 나눈다. 야학이 처음 개설될 때도 청년단장직과 이장까지 겸하고 있는 송기섭의 부탁에 의하여 인철이 선생으로 나선 것이다. 같은 마을에 살면서 형님 아우 하는 사이다.

"예. 학생들이 많이 늘어 장소가 점점 부족합니다. 배우려는 의지가 강한 아이들이라 저도 힘을 다해서 가르치고 있습니다."

"그래, 수고가 많네. 인철이 수고를 알아줘야 하는데…."

"뭘요? 누군가는 당연히 해야 할 일 아닙니까?"

"그래도, 그 일을 아무나 하나? 인철이 자네니까 하는 거지."

송기섭이 인철의 수고에 칭찬하지만, 인철은 별일 아니라는 듯 넘어가려 한다.

"아이들을 잘 가르쳐야지. 그들은 이 나라를 짊어질 미래의 역군이 아닌가? 내가 바빠서 잘 들여다보지 못하고 있으니까, 뭐 필요한 것이 있으면 뭐든지 말하라고. 내가 뭐든 나서서 도와줄 테니까."

"예."

국민회관에서 부인회를 결성하는 날이다. 축하를 위해 면장과 지서장을 비롯하여 각 마을의 국민회 회장들과 청년단장 등 지역 유지들이 모였다. 한복을 차려입은 부인들로 북적거린다. 해방된 후로 부인회의 활동이 필요해서 극구 사양하는 부인들을 설득하여 부인회 결성식을 하게 된 것이다. 각 마을을 대표하여 부인들이 참석하였다. 두동댁과 남원댁, 경자가 연파리를 대표하여 참석하였다. 각종 행사 시에 많은 협조와 도움이 필요한 곳에서 활동하게끔 관청 주도로 부인회를 결성하였다. 해방이 되어 여자들에게도 한글을 가르치게 할 만큼 여자들의 활약과 손길이 꼭 필요한 시기다. 이번 선거에는 여자들에게도 투표권이 주어졌다. 여자들의 활동이야말로 해방이 된 후로 새로운 시대를 열어 가는데 큰 몫을 담당한다. 새 시대에 남녀 구분 없이 동등하게 참여하는 분위기가 한층 무르익어 가고 있는 것이다. 두동댁과 남원댁, 경자까지 모두 광주, 순천, 전주에서 선교사들이 세운 중등여학교를 다녔던, 신식 교육을 받은 사람들이다. 부인회 활동이 점점 활기를 띨 거라 기대하고 있다. 군 연합회 부인회 결성식 모임에도 두동댁, 남원댁, 경자까지 광의면을 대표하여 참석하였다. 이번 선거에도 각 면의 한청단원들과 힘을 합하여 총선이 잘 마무리될 수 있도록 협조를 당부한다. 면민 행사가 있을 때마다 부인회를 동원하여 행사에 참여하고, 주민 계몽에도 부인회의 활동이 필요하다.

야학이 끝난 시간에 맞춰 청년단원들이 회관으로 속속 들어선다. 송기섭, 정만식, 김기훈, 이인영, 김민기, 강찬기, 장민성, 김대호, 박정흠, 구성호… 서로 악수를 하며 반갑게 인사를 나눈다. 각 마을을 대표하여 호출한 것이다. 청년단원들의 총선거 현장 업무에 협조해 달라는 요청이 있어 모이게 된 것이다. 송기섭이 청년회 단장으로 앞에서 진두지휘한다. 부단장인 정만식이 유인물을 나누어 준다. 투표장의 질서 유지를 위해 협조를 해 달라는 요청이다. 생전 처음 투표를 하는 면민들을 투표장에 한 사람도 빠짐없이 참석하도록 권고하는 일이다. 많은 사람들이 일시에 투표장에 몰릴 경우를 대비하여, 교문에서 투표장까지 많은 청년단원들이 함께 움직여 줘야 한다. 투표장에 일찍 도착하여 총선거가 잘 마무리되기를 바라고 국민회관을 떠난다. 국민회관은 학생들의 수업이 끝나면 청년단원들이 수시로 모여 회의를 하는 장소가 되어 간다.

강진태가 비밀리에 회동하는 남로당 모임에 참석하기 위해 기차를 타고 서울로 향한다. 선글라스를 끼고 중절모를 깊이 눌러 썼다. 남들이 쉽게 얼굴을 알아보지 못하도록 변장을 한 셈이다. 서울에 도착하여 비밀회동 장소로 가는 길, 높은 담벼락 곳곳에 현수막이 붙어 있다.

'단정은 매국이다.'

'단정을 결사반대한다.'

'민족 반역자 이승만을 죽여라.'

'미국과 소련은 물러가라.'

사람들이 모여서 현수막 글귀를 보고 고개를 끄덕이며 수군거린다. 강진태도 발걸음을 멈춘다. 사람들이 모인 곳으로 가까이 다가간다.

"맞는 말이여. 미국과 소련이 물러가고, 우리 민족끼리 하나의 통일 정부를 세워야 맞다니까!"

"누가 아니래. 맞는 말이구만! 남한만 선거를 해서 뭘 어쩌려고?"

사람들이 수군거리는 말이 강진태의 귀에 들려온다. 그 소리를 들으며 서울의 인심을 살핀다. 단선, 단정에 반대하는 기운은 서울이나 시골이나 같다는 걸 느낀다. 갑자기 가슴이 뜨거워진다. 일반 사람들도 저 현수막의 내용을 수긍하는데, 남한만의 단독정부를 수립하려고 하는 이승만 일당에 대한 증오가 점점 더해진다. 비밀리에 모인 남로당 모임에서도 단선, 단정에 대한 성토장이다. 총선거를 무조건 막아야 하는 지령을 하달받는다.

"국토를 분단하고 민족을 분열하는 단정, 단선을 반대한다. 소련의 제의대로 미소 양군의 동시 철군을 실현시켜, 우리 인민의 손으로 민주 자주정부 수립을 위한 모든 구국운동에 적극 지원한다."

"옳소!"

구호를 외치는 소리가 우렁차다. 남한만의 단독정부를 수립하는 이유야 여러 가지가 있겠지만, 그 이유는 눈에 들어오지 않는다. 미군정과 이승만 일당들이 하는 꼬락서니가 마음에 안 들기도 하거니와, 경찰을 동원하여 단선, 단정 반대를 외치는 사람들을 남로당으로 무조건 몰아붙여 잡아다가 족치는 일에 심사가 더 뒤틀린다. 남로당도 남한의 정당으로 인정할 때는 언제고, 지금 와서는 남로당 일이라면 무조건 잡아들이는 일이 더 불만으로 다가온다. 비밀리에 지하로 숨어들어 활동을 모색하고 있지만, 남한만의 단독선거는 절대로 용납할 수 없는 일이다. 어떻게 해서라도 투표가 진행되지 못하도록 사력을 다해 훼방을 놓아야 한다.

'음매―.'

'꿀꿀꿀꿀.'

가축전 입구에 들어서자 짐승들의 울음소리로 요란하다.

구례 장날 우시장은 소 울음소리와 사람들로 북새통이다. 장날의 혼잡한 틈새로 우시장 골목에 있는 진주옥 주위에 모자를 깊게 눌러쓴 강진태가 서성거린다. 장터는 사람들이 너무 많아 어깨가 부딪힐 정도로 혼잡하다. 사람들 틈에서 주위를 살피며 진주옥으로 급하게 들어선다. 김정욱도 주위를 경계하며 진주옥으로 급하게 들어간다. 연이어 도착한 사람들도 주위를 경계하며 진주옥으로 급하게 들어선다. 진주옥 뒷방에 각 면을 대표하는 사람들이 모였다. 탁자에 둘러앉아 있는 사람들의 모습이 결의에 차 있다. 침묵을 깨고 강진태가 먼저 입을 연다.

"구례 전역의 각 면을 대표하는 동지들께서 한 분도 빠짐없이 이렇게 참석하여 주서서 감사합니다. 여러분들도 잘 아시다시피 남한만의 단독선거일이 5월 10일로 정해졌습니다. 동지들도 알다시피 조선은 해방이 되었지만, 김구 선생이 그렇게도 원했던 민족통일은 이루어지지 않고 있습니다. 해방 후 이승만이 미군정과 저지른 일에 절대 동조할 수 없습니다. 우리가 그동안 주장했던 일념은 오로지 민족통일입니다. 선거를 치를 수 없도록 방해를 해야 하는 게 우리의 임무이기도 하고 상부의 지령입니다. 단선, 단정에 반대하기 위한 파업은 이미 전국에 불이 붙었습니다. 제주에서도 인민들이 봉기를 했습니다. 경찰과 군인들이 쏜 총탄에 주민들이 죽어 나가는 어처구니없는 사태가 벌어지고 있습니다. 이승만 집단과 미군정 놈들이 우리 제주 동포들을 향해 총칼로 무자비하게 살상하고 있습니다. 도저히 용서할 수 없는 일이 벌어지고 있습니다. 많은 사람들이 희생되고 있지만, 이 땅에 반쪽짜리 정부가 들어서는 걸 묵인할 수는 없다는 게 우리 모두의 바람입니다. 미군정의 앞잡이 노릇을 하는 이승만 패거리들에게 우리는 절대 동조할 수 없습니다. 김구 선생을 비롯하여 많은 민족주의자들이 통일 정부를 위하여 수많은 노력을 기울였지만, 물거품이 되어 버렸습니다. 우리는 남쪽만의 단독정부를 절대로 용인할 수 없습니다. 우리 모두 힘을 합하여 선거를 치르지 못하도록 해야 합니다. 여러분들이 선거를 방해하기 위하여 뜻을 규합하기로 했으니, 어떠한 희생을 치르더라도 선거를 방해해야 합니다. 단선, 단정은 결사반대입니다."

강진태의 울분 섞인 말에 고개를 끄덕인다. 모두가 결의에 찬 눈빛이다. 선거를 은밀하게 방해해야만 한다. 구례 전역에서 선거를 치르지 못하도록 면별로, 혹은 모든 세력들을 규합하여 행동을 개시해야 한다.

"우리 읍내도 이번 선거는 절대로 못 치르게 할 텡깨로 걱정하지 마십시오. 우리 동지들도 이번 선거를 단단히 벼르고 있습니다. 통일 조국을 건설하지도 못하면서 무슨 총선을 한다고 난리입니까. 매년 치르는 삼일절 기념행사와 해방 기념식 행사도 좌우로 각각 나눠서 했습니다. 한 번도 의견을 통일시키지 못한 읍내입니다. 이번 총선을 치르지 못하도록 우리 동지들이 나서서 암암리에 반대 운동을 열심히 하고 있당깨요."

함동일 동지가 제일 먼저 나서서 발언한다.

"읍내 총선 현장을 박살 내는 것은 함 동지만 믿겠습니다. 이번 총선 반대를 가장 적극적으로 앞장서는 사람도 함 동지입니다."

"산동은 걱정하지 마시오. 산동은 우리 동지들이 선거를 치르지 못하도록 똘똘 뭉쳐 있응깨로… 그때처럼 어떠한 희생이 따르더라도, 절대로 물러서지 않고, 투표장을 박살 내서라도 이번 선거만큼은 치르지 못하도록 사전 준비를 철저히 하고 있습니다."

김정욱이 나서서 결의에 찬 강한 어조로 강진태의 의견에 힘을 실어 준다. 산동에서도 좌익들과 경찰들의 대치로 경찰을 향하여 산동 지서를 향해 돌멩이를 던지며 투항하다가 경찰이 쏜 총에 맞아 죽은 사람이 있었다.

"김 동지 고맙습니다. 산동 지역은 김 동지만 믿겠습니다."

"마, 토지 지역도 걱정 안 하셔도 됩니더. 토지에서도 동지들이 여러 번 모임을 가졌고, 투표장을 박살 내서라도 이번 선거를 치르지 못하도록 할라꼬, 사전에 준비를 철저히 하고 있습니다. 마, 토지 사람들은 워낙 강단도 있어 왔던 지역이라. 마, 웬만해서는 목이라도 내놓고, 투표장에서 드러누워 버리는 깡이라도 부릴 겁니다. 이번 선거는 보나마나 못 치르게 할 껍니다. 두고 보랑깨요!"

박판기가 토지면 사람들 특유의 경상도 사투리를 섞어 가면서 걱정하지 말라고 말한다.

"어데, 데모를 하기도 전에, 사람들이 해산을 하지 않는다고 총으로 사람을 쏴서 수십 명을 죽이는 경찰들 아닙니까? 전쟁이 난 것도 아니고, 모여 있는 군중을 향해 짐승 쏴 죽이듯이 사람들에게 총질을 해 대는 경찰이 세상천지에 어데 있습니까? 민중을 위한 경찰이 아니라 미군정의 앞잡이 노릇이나 하는 극악무도한 경찰이 돼뿌렀습니다. 일정 시대에 일제의 앞잡이 노릇을 했던 경찰이 이제 와서는 미군정의 앞잡이 노릇을 하는 경찰이 돼뿌렀습니다. 그때만 생각하면 우리 토지면 사람들은 도저히 억울해서 못 살겠다 아입니까? 무답시 해산하라고 해서, 해산 안 한다꼬, 경찰이 쏜 총에 그 자리에서 토지 사람들이 즉사해 뿌리고, 총상으로 마을 사람들이 피를 철철 흘리며 아우성을 치는데…. 사람으로서는 눈 뜨고는 못 볼 것을 봤습니다. 국민들 목숨을 파리만도 못하게 여기는 경찰을 절대로 용서할 수 없습니다. 그 당시를 생각하믄…. 경찰들만 봐도 우리 토지 사람들은 이가 득득 갈립니다. 내 혼자 나서서라도 투표장을 박살을 낼 겁니다. 두고 보이소!"

당장에라도 가만두지 않을 태세다. 얼마나 한이 맺혔으면, 아직도 씩씩거리며 분노가 사라지지 않고 화가 잔뜩 난 목소리다.

해방 후 삼일절 기념행사를 읍내에서 하면서도 좌우익들이 별도로 모여 치를 만큼 이념 대립은 심하였다. 토지면에서는 좌익들만 별도로 사회주의 해방 만세대회를 토지국민학교에서 가지려던 일이 경찰에 알려지게 되었다. 이 모임을 봉쇄하기 위하여 토지국민학교로 경찰 병력이 달려왔다. 파도리 사람들이 마을에 모여 학교로 이동하려고 하는 것을 막아섰다. 파도리야말로 일본 유학을 다녀온 지식인들이 많이 살고 있는 마을이다. 경찰은 파도리 주민들이 주동자가 많을 것을 예상하여 파도리마을 사람들이 학교로 가지 못하도록 막았다. 경찰은 당장 해산 명령을 내렸다. 서로 옥신각신하다가 충돌하여 경찰은 사람들을 향해 총을 발포하였다. 무장하지 않은 주민들을 향해 경찰들의 무자비한 발포로 그 자리에서 20여 명이 총탄에 맞아 피를 흘리며 죽고, 많은 사람들이 부상까지 당하게 된 사건이다. 그 일을 겪었던 토지 사람들은 경찰들과 미군정에 대한 원한이 뿌리 깊이 박혀 있는 상태다. 한이 맺힌 사람들이기에 토지면 사람들은 이번 단독선거야말로 가만히 놔두지 않을 태세다.

"박 동지 고맙습니다. 역시나 읍내를 필두로 산동과 토지 지역이 해방 이후로 워낙 강한 지역이고, 함 동지, 김 동지, 박 동지와 각 면에 많은 동지들이 있어서 든든합니다. 각 면에서는 광의 지역보다 더 잘 해내리라 믿습니다. 제가 있는 광의 지역도 제가 오늘 대표로 나왔습니다만, 매천 선생의 기운을 받은 지역이라서 남다른 지역입니다. 매천 선생이 지하에서 들으면, 해방이 됐는데도 단일 정부를 못 이루고, 남한만의 단독정부를 위한 선거를 치른다고 하면 지하에서도 편히 잠들지 못할 거라고 봅니다. 광의 지역도 선거를 치르지 못하도록 어떠한 방법을 동원해서라도 투표장을 박살 내겠습니다. 구례 전 지역에 있는 동지들과 잘 규합하여 단독선거를 치르지 못하도록 해야 합니다."

모두가 고개를 끄덕이며 서로를 쳐다본다. 당장에라도 투표장을 박살 낼 분위기다. 해방 후로 민족 통일 정부를 바라고 있지 않았던가? 이유야 어쨌든 간에 남한만의 단독정부를 바라는 사람들은 없으리라 본다. 단독선거 반대 운동이 암암리에 일어나고 있다. 이 일에 주도적으로 나서서 진두지휘하는 강진태에게는, 경찰의 눈치를 보느라 비밀리에 모였지만, 오히려 힘이 솟는다. 그만큼 단일 정부를 바라는 국민들의 열망이 강하다는 증거다. 오천 년 역사의 선열들에게 누를 끼치는 일이야말로 단선, 단정임을 알아야 하는데, 대중들 앞에서 대놓고 일을 추진하지 못함이 화나는 일이기도 하다.

일행들이 회의를 마친 후 일사불란하게 움직인다. 어둠을 틈타 은밀하게 움직인다. 날이 밝자 곳곳에 벽보가 붙어 있다.

'단정은 매국이다.'

'단정을 결사반대한다.'

'민족 반역자 이승만을 죽여라.'

'미국과 소련은 물러가라.'

벽보를 발견한 사람들이 벽보 앞으로 모여든다. 주민들이 고개를 끄덕이며 웅성거리기 시작한다.

호로로 호로로—!

벽보 신고를 받은 경찰이 말을 타고 달려온다. 호루라기를 불며 벽보 앞으로 다가온다. 벽보를 보고 고개를 끄덕이던 사람들이 경찰이 달려오자 웅성거린다. 경찰이 달려들어 벽에 걸린 벽보를 떼어 버리고, 몰려 있던 사람들을 해산시킨다.

'투표는 애국민의 의무.'

'기권은 국민의 수치.'

'모두 함께 투표하여 참된 일꾼 뽑아내자.'

부인회원들과 청년단원들이 주축이 되어, 피켓과 현수막을 들고 지나간다. 각 마을의 국민회 임원들과 이장들이 모두 동원되었다. 각 마을별로 많은 청년단원들도 모두 동원되었다. 각 마을 부인회 회원 대표들도 동원되어 거리를 활보한다. 두동댁과 남원댁, 경자도 앞장서서 각각 피켓을 들고 따라간다. 경찰들이 제복을 입고 뒤에서 따른다. 양준기 면서기가 앞장서서 직원들과 피켓을 들고 거리를 활보한다. 조원술 면장과 박기석 지서장도 그 뒤를 천천히 따른다. 제헌의회를 위한 총선거일에 유권자들은 한 사람도 빠짐없이 투표에 참여를 독려하는 계몽 행렬이다. 골목에서 몸을 숨기고, 강진태를 비롯한 좌익들이 대열에 참여한 사람들을 유심히 바라본다. 그동안 자주 대립되어 왔던 국민회 간부들과 청년단원들을 유심히 체크한다. 박금옥이 골목에서 스카프로 얼굴을 감싼 채 눈을 떼지 않는다. 날카로운 눈빛으로 부인회 활동을 하는 사람들의 얼굴을 유심히 바라본다. 좌익의 세력에 비하면 국민회, 한청단과 부인회를 주축으로 한 우익의 세력은 막강하다.

송죽관 옆에 있는 광일다방에 인철이 들어선다.
"어서 오셔요."
인철을 향해 박금옥이 입구에서 큰 소리로 인사를 한다.
"아따, 오랜만에 오셨구만이라?"
박금옥이 인철을 향해 아는 체를 하며 밝은 목소리로 대한다. 인철은 박금옥에게 관심이 없다. 그저 손님을 반기는 인사치레려니 하고, 박금옥과는 눈을 마주치는 것으로 인사를 대신한다. 다방 안으로 들어가 자리를 잡고 앉는다. 앉아 있는 인철을 박금옥이 가끔씩 힐끔거린다. 이때 강진태가 다방 안으로 들어선다. 이를 발견한 박금옥의 얼굴이 환해진다.
"어서 오셔요. 강 사장님!"

강진태가 다방 안으로 들어서자, 박금옥의 목소리가 조금 전보다 톤이 높아진다. 상큼해진 목소리로 강진태를 맞이한다. 강진태가 박금옥에게 고개를 끄덕이며, 다방 안으로 들어선다. 박금옥은 강진태가 아는 체를 하자, 더욱 신이 난다. 몸을 재빨리 움직이며 강진태 뒤를 따른다. 강진태가 인철이를 확인하고 그쪽으로 간다. 그 뒤를 박금옥이 쪼르르 따라간다. 박금옥의 목소리에 인철이 다방 입구 쪽을 바라본다. 강진태를 발견한 인철이 자리에서 일어선다. 강진태가 인철을 확인하고, 인철이 있는 쪽으로 다가온다. 인철이 고개를 숙여 먼저 인사를 먼저 한다. 강진태가 인철과 반갑게 악수를 한다. 둘이 자리에 앉는다.

"아따, 강 사장님도 오랜만에 오셨구만이라. 요새 통 얼굴을 안 보여 주시더니, 어딜 갔나 오셨나 봐요?"

박금옥이 강진태의 근황을 묻는다.

"그래. 내가 요즘 일이 있어서 어딜 좀 다녀왔구만."

"그렇께로, 어딜 다녀오셨구먼요. 강 사장님이 요새 통 안 보이시길래, 어디를 가셨나? 하고 궁금했걸랑요."

"미스 박, 우리 이 선생 아는가?"

"그럼, 알고 있지라, 국민회관, 선상님이신데… 다방 앞을 자주 지나가시는 유명하신 선상님을 내가 모를 리가 있나윰. 광일 다방에 온 후로는 벌써부터 알고 있었지라우. 그래서 아까 들어오시길래 인사를 했구만이라."

"이 선생을 잘 모르면 내가 이참에 소개시켜 줄라고 물어본 거야. 미스 박, 여기 차 좀 가져오시지."

"예, 강 사장님!"

박금옥의 목소리가 경쾌하다. 읍내 다방에서 광일다방으로 온 후로 강진태와 박금옥은 잘 통하는 사이가 되었다. 읍내 다방에서도 가끔 안면이 있었던 터라, 광일다방으로 온 후로는 강진태가 먼저 자기를 알아봐 주자, 기분이 좋아서 깍듯하게 대해 왔다. 다방에 들를 때마다 항상 존대를 해 주고, 말 한마디라도 살갑게 해 주는 강진태 사장이 고맙기도 해서다.

"형님, 어데 다녀왔다면서, 괜찮으셔요?"

인철이 강진태의 얼굴을 살피며 조심스럽게 안부를 묻는다.

"전번에 신문 보니까 조선정판사 위조지폐 사건 이후로 남로당을 모조리 잡아들였다는 소식을 듣고, 형님 걱정이 조금 되긴 했는데…."

인철은 신문을 보면서도 제일 먼저 강진태를 걱정했던 것이다.

"난 괜찮아. 이렇게 멀쩡하게 살아 돌아다니고 있잖아?"

강진태가 뭐 별거 아니라는 듯이 말한다.

"역시, 형님이십니다."

인철도 강진태가 별거 아닌 듯이 말하자 강진태를 치켜세운다. 그동안 강진태와 인철이 친분이 있었던 터라 편하게 서로 얘기를 주고받는다.

"선거일도 가까워져 오는데… 요즘 어떻게 돌아가고 있나요?"

강진태가 주위를 한 번 둘러보더니, 몸을 숙이며 인철에게 가까이 다가가며 목소리를 낮춘다.

"내가 서울에 잠시 다녀왔는데… 서울은 난리더라고…."

"서울을 다녀오셨군요. 서울은 어떻던가요?"

"서울도 총선 문제로 시끌벅적하더라고. '단선, 단정은 반대다. 미국과 소련은 물러가라. 민족 반역자 이승만을 죽여라.' 하고 벽보와 현수막이 서울 시내 곳곳에 붙어 있더라고. 누가 현수막을 붙였는지 몰라도, 총선에 반대하는 기운이 가득하더라고…. 총선을 반대하는 소리를 대놓고 현수막으로 나부끼게 하는 판국에, 남로당이야말로 남한만의 단독정부를 세우는 걸 용납할 수 없는 거지. 남로당을 억압한다고, 미군정과 이승만 일당이 혈안이 되어 있는데, 이승만이는 이제 틀렸어…. 이승만이 주도로 남한만의 총선거를 실시하여 남한만의 단독정부를 만들겠다고 결정되어 버렸는데, 이게 말이나 되는 일이냐고? 이대로 가만히 두고 볼 수는 없는 일이지. 남한만의 단독정부를 세우는 일은 민족 앞에 대역죄를 짓는 일이야. 대역죄를 짓는 일이라고…."

강진태는 서울 다녀온 일을 인철에게 설명하면서, 이 상황을 받아들일 수 없다는 듯 말한다.

"그러게 말입니다. 형님도 열 일을 놔두고 건준이다 뭐다 열심히 하시는 것 보면… 답답하실 거여요. 해방이 됐는데 하나의 통일 정부를 세우는 일이 이렇게 어려운지. 북이다, 남이다. 이건 뭐, 국민 모두가 걱정을 하면서도 다른 방도가 없다니 답답할 따름입니다."

해방 후에도 열성으로 정치에 관여하여 구례 건준위원까지 하더니, 그것도 성에 차지 않아 남로당 일원으로 암암리에 광주를 들락거리던 강진태다. 조선정판사 위조지폐 사건의 여파로 미군정은 좌익들을 탄압하기 시작하자 강진태는 은밀하게 숨어서 활동해 왔다.

남로당이 해방 후 여러 가지 일로 인하여 미군정과 대립할 수밖에 없는 상황에 처하자, 전면에 나서지 못하고 지하 활동으로 숨어들었지만, 남한만의 단독선거, 단독정부로 가는 길은 절대로 양보할 수 없는 일이라, 선거 반대에 앞장서고 있는 것이다. 인철이 역시 어떻게든 총선은 막아서야만 할 일이라고 생각한다.

"이대로 있으면 안 될 일이지. 내가 광주와 서울을 들락거리는 건, 어쨌든 비밀리에 남로당만이라도 각종 세력과 연합해서 이 사태를 막아보자는 일이지. 이번 총선거일에 모두가 나서서, 이승만 일당을 섬멸하자는 결의를 하였다네. 전국적으로 함께 반대 의사를 분명히 표시하고, 무력을 써서라도 총선거는 막아야 할 일이야."

결의에 찬 강진태다.

"자네 도움이 필요하네. 모두 함께 나서서 총선거를 무산시켜야 하네. 알겠는가?"

"예."

인철도 강진태에게 힘을 보태고 싶은 마음이 불끈 솟는다. 강진태가 좌익 활동에 은근히 관여하여 일하는 것도 모르는 것은 아니다. 강진태와 일제에 항거하기 위하여 목숨을 걸다시피 하고, 독립운동을 함께 했을 때와는 시대가 달라졌다. 공산당에 물들어 있는 강진태의 일에 무조건 찬성하는 것도 아니다. 좌익들이 조선정판사 사건으로 지하로 숨어들어 활동하고 있지만, 사람들이 강진태 주위로 모여들고 있다는 것도 알고 있다. 인철은 야학 선생 일에만 집중하고 있다. 청년단 활동도 하지 않는 마당에 총선을 반대하는 강진태를 돕고 싶은 것이다. 장차 민족의 미래가 걸려 있는 문제가 아닌가? 정신이 깨어 있는 사람이라면 남한만의 총선거를 반대하고 남북이 하나의 통일 정부를 세우는 것에 찬성이다. 인철도 남한만의 총선을 실시하게 된 이유를 모르는 바가 아니다. 북측에는 소련이 버티고 있어서, 온갖 평계를 대면서 서로 협의가 될 수가 없는 상황임을 안다. 남한만의 단독정부를 세워서 국제사회의 일원으로 인정받고, 국제기구도 가입하면 좋은 점도 있겠지만, 반쪽짜리 정부를 세워서 뭘 어쩌겠다는 건지, 심사가 뒤틀리지 않을 수 없다.

　광의장이 파하자 인적이 드물어졌다. 좌판이 하나둘 없어지고 상점도 문을 닫는다. 가축전의 푸줏간 집 솥에서는 술국이 끓고 있다. 서너 곳의 술좌석이 아직도 계속되고 있다. 푸줏간 건너편 여수옥에서는 젓가락 장단 소리가 들린다. 장꾼 중에서 술에 취한 사람들의 술좌석이 아직도 끝나지 않은 모양이다. 해가 서산으로 넘어가자 장터는 인적이 거의 사라지고 날이 어둑해진다. 시간이 갈수록 어둠이 더욱더 진해진다. 여수옥에 검은 그림자가 하나씩 들어선다. 강진태, 이인철, 이명일, 구성만, 최현종, 윤기석, 남형석, 박금옥 남로당원들이 탁자를 놓고 마주 앉아 있다. 모두가 강진태에게 시선이 집중된다.

　"동지들, 고맙습니다. 구례 지역 전역에서 선거를 치르지 못하도록 구례 장날 읍내에서 각 면을 대표하는 동지들이 모여서 결의를 하였습니다. 각 면별로 행동을 개시할 것입니다. 우리 동지들이 힘을 합하여 광의면 투표장을 박살을 내서라도, 선거를 치르지 못하도록 해야 합니다. 동지들도 알다시피 해방이 되었지만, 김구 선생이 그렇게도 원했던 통일 정부는 이루어지지 않고 있습니다. 단선, 단정에는 절대로 동조할 수 없습니다."

강진태는 읍내 진주옥에서 했던 내용대로 결연한 의지를 불태운다. 여수옥에 모인 사람들은 모두가 공감하고도 남을 분위기다. 인철이도, 명일이도 어둠 속에서 강진태의 결연한 의지에 귀를 기울인다. 구성만의 눈에도 빛이 난다. 모두가 강진태를 바라보는 눈빛이 반짝거린다.

"통일 정부를 반대하는 민족 반역자들의 행태에 대해서 우리가 그동안 숨어서 활동해 왔지만, 이제는 우리가 나서서 선거를 치르지 못하록 해야 합니다. 남한만의 총선거를 막기 위하여 남북연석회의를 개최해도 남쪽에서는 김구 선생님 일행만 참석하고 돌아왔습니다. 우리가 이제 행동해야 할 때가 다가왔습니다."

강진태가 재차 말하자 구성만이 고개를 끄덕인다.

"단선, 단정은 무조건 반대합니다!"

강진태가 결의에 찬 목소리로 말한다.

"옳소! 반대합니다!"

어둠 속에서 서로의 눈빛이 반짝거린다.

"일이 성공하려면 학교 사정을 잘 아는 구 선생, 최 선생, 윤 선생의 도움이 필요합니다. 세 분의 역할이 중대합니다."

"예, 학교 투표장은 철저히 파악해 놓겠습니다. 염려 마십시오."

지시만 내리면 무슨 일이든 바로 실천할 기세다. 남한만의 총선거 날짜가 잡히고 말았으니, 어떻게 해서라도 막아야만 하는 일이다. 남로당에 가담하지 않은 사람들도 단선, 단정은 모두가 바라지 않는 일이라 동조자가 늘어나고 있다. 모두가 미군정에 불만이 고조되고 있다.

학교 교무실에 구성만 선생을 비롯하여 선생들이 창가에 모여 수군거린다. 학교 선생들도 요즘 들어 모이기만 하면 선거 얘기다. 선거를 치른다는 것에 대한 불만으로 가득 찬 상태다. 선거에 대해 끼리끼리 모여서 시국을 성토하는 것이다. 남한만의 단독정부를 위해 선거를 밀어붙이는 이승만에 대한 불평불만을 토로하는 것이다. 좌우 합작도 물건너간 일이 되어 버렸다. 이제 남한만의 총선거 날짜가 정해져 버렸으니 불만만 쏟아진다. 일이 손에 잡히지 않는 날의 연속이라 오늘도 삼삼오오 모여서 이야기를 하는 중이다.

김민기가 때마침 교무실 문을 드르륵 열고 들어선다. 셋이서 모여 이야기를 하고 있다가, 김민기가 교무실에 들어오는 것을 보고, 서로 눈짓을 하며 자리를 뜬다. 김민기와는 이야기하기 싫은 눈치다. 일부러 이야기하기 싫어서 자리를 피하는 것이다. 김민기를 대놓고 왕따시키는 것이다. 김민기가 구성만에게 다가온다.

"구 선생님, 선거 장소 관련하여 교장 선생님이 찾습니다. 교장실로 가 보세요."

"예."

구성만이 김민기로부터 연락을 전달받고 떨떠름한 표정을 지으며 건성으로 대답한다. 김민기가 교장의 말을 전해 주는 것 자체가 기분 좋지 않은 표정이다. 구성만이 못마땅한 듯 고개를 숙인 채 교무실 문을 열고 나간다. 서로 눈도 마주치지 않고 사무적인 말만 오간다. 김민기도 전혀 개의치 않는다. 다른 선생들의 눈치를 보지 않고 자기 자리로 가서 앉는다. 다른 선생들끼리 실컷 자기 흉을 봐도 좋고, 미군정과 이승만이를 욕해도 상관없고, 자기는 자기 나름대로의 소신을 가지고 살아간다. 학교 선생들 대부분이 사회주의가 좋다느니, 남로당과 내통해도 본인과는 상관없는 일이라고 관심을 두지 않는다. 일부러 어울리려고 하지도 않는다. 한민족 전체의 통일이 아니고, 남북으로 갈라진 정부를 세운다는데 누군들 좋아할 사람들이 있겠는가? 그러나 어쩔 수 없이 강대국들 맘대로 미국과 소련이 주둔해 버린 마당에, 남한만의 정부를 세우기 위하여 총선거를 실시한다는 것은 나름대로의 애로사항을 극복하기 위한 일이 아닌가? 해방된 지가 언제인데 계속 정부 수립도 하지 못하고, 언제까지 무정부 상태로 갈 것인가? 남한만이라도 정부를 빨리 세우는 일도 나쁘진 않다는 소신을 가지고 있기 때문이다. 시국 얘기만 하면 서로 의견 충돌로 싸움이 번지기 일쑤여서 서로 피하는 게 상책인 것이다.

짙푸른 녹음과 함께 날씨도 점점 더워진다. 중방들과 반대편 평바대들은 보리와 밀 이삭이 활짝 피어오르고 있다. 여인의 가느다란 허리만큼이나 하늘거리는 모습이 황홀하기까지 하다. 끝없이 펼쳐진 보리밭이 하늘과 이어질 만큼 길고 긴 푸르름이다. 사방을 둘러봐도 온통 짙은 녹음이어서 가느다란 실바람에도 상쾌함이 밀려온다. 서시천을 통해 불어오는 바람이어서인지 더욱더 상쾌하다. 만식과 인철이 서시천 둑방을 거닐고 있다.

"남한만의 총선거일이 정해져, 바빠지게 생겼는데."

"그러게, 5월 10일로 정해졌다는데, 나는 맘에 안 든다."

인철은 선거에 대해 부정적으로 말한다. 만식이 인철의 부정적인 대답에 즉각 반응한다.

"뭐가 맘에 안 드는데?"

"이대로 남한만 총선이 치러지면, 남과 북이 분단되어 버린다는 거지. 미국과 소련 놈들도 얼굴에 철판을 깐 점령자들일 뿐이야. 일본이 항복하자마자 자기들 맘대로 삼팔선을 정해 버리지 않나, 신탁통치를 한다고 하지를 않나, 남북을 각각 점령하고서는 각각의 정부를 세우려고 수작을 부리는 모습을 난 인정할 수 없다는 거지."

"그래도, 언제까지 미군정 체제로 갈 수는 없는 일이잖아. 하루라도 빨리 우리 민족의 정부를 세워야 하는데, 나는 잘된 일이라고 생각하는데."

"그렇긴 하지만, 조금 더 기다리고 노력을 해 봐야 할 일인 것 같아. 남북으로 갈라져 민족의 역사에 천추의 한이 남을 것 같아서 그렇지."

"그렇긴 한데. 이승만 세력들도 어쩔 수 없었을 거야. 제아무리 자주독립을 외쳤어도 우리 힘으로 해방이 된 게 아니잖아? 연합군의 힘으로 우리나라가 해방됐잖아. 미국과 소련이 저렇게 강하게 대립하고 있는 상황에서 우리 민족끼리 무슨 힘으로 통일 정부를 세운단 말이야? 나는 어쩔 수 없는 선택이라고 봐."

"그래도 그렇지, 알 만한 사람들은 모두 이승만을 욕하고, 김구 선생이 주장하는 통일 정부를 바라고 있어. 미군정하에서 이승만 세력들은 꼭두각시 역할만 하는 것 같아. 형식적인 정부를 세울 뿐, 남과 북이 합치지 못하고 영영 각자의 길을 가 버린다고 생각해 봐. 장차 미래를 생각하면 남한만의 단독정부가 수립된 후에도, 미군들은 계속 점령군의 행세를 할 것 같아. 그래서 김구 선생처럼 나는 단선, 단정에 찬성할 수가 없어."

인철이 강하게 나온다.

"그래, 통일 정부, 다 원하지…. 그런데 미군과 소련 놈들이 양보를 하겠냐고. 그놈들은 둘 다 양보를 안 할 거야. 이제 남한만이라도 정부가 수립되면 국제기구에도 가입을 하고, 차차 통일 정부를 우리 스스로 만들어 나가야 할 거야."

청년단원 활동을 하여 많은 교육과 정보를 받은 만식도 한 치의 양보가 없다.

"이번 선거일은 우리 민족에게는 역사적인 날인데, 투표장의 질서 유지를 위해서 청년단원들이 수고하기로 했어. 지서장과 면장으로부터 도움 요청을 받았어. 투표장에 경계를 서는 일과 질서를 유지하는 일로 교육도 이미 마쳤어."

인철은 정만식의 얘기를 들으며 기분이 편치 않다. 만식과 이렇게 대립이 있을 줄은 알았지만, 얘기를 해 보니 옛날의 만식이 아니다. 만식과 길게 얘기를 해 봤자 다툼만 일어날 게 뻔하다. 내심 불만이 있으면서도 남로당원들이 투표장을 박살을 낼 거라는 얘기는 차마 입 밖으로 꺼내지 못한다. 소문이 나서 발각이라도 되는 날에는 또 어떤 불상사가 생길지 모르는 일이라 여긴다. 여기서 만식과 옥신각신한다고 해결될 일이 아니다. 인철은 먼 산을 쳐다보기만 한다.

"강진태 형님은 요즘 어떻게 지내고 있나? 요즘 뭘 하시는지 통 보이질 않던데… 어디 가셨나? 워낙 바쁘신 분이긴 한데, 그 형님, 요즘은 또 무슨 일을 꾸미는지 알 수가 없어."

정만식이 강진태를 경계하는 말투다.

"그러게 말이야…."

인철도 태연하게 만식의 말을 받아넘긴다. 서울을 은밀하게 다녀왔고, 선거 방해 운동을 꾸미고 있는데 나도 참여할 거라고 얘기해 줄 수가 없다.

"워낙 사회주의에 심취한 분이라서, 뭔 일을 또 꾸미고 있는지도 모르지… 그 양반이야 오로지 통일 정부가 되기만을 바라는 것 같던데…."

화창한 오월의 날씨다. 학교에 투표소가 만들어졌다. 삼삼오오 마을 사람들이 모여서 학교로 투표하러 가는 길이다. 옷맵시를 단정하게 하고, 각 마을에서 투표소로 향하는 행렬이 길게 이어진다. 사람들이 학교로 속속 모여든다. 여자들에게도 투표권이 주어졌다. 호적에도 이름을 올리지 못하는 남존여비의 차별을 받던 여자들에게도, 당당하게 한 표를 행사할 수 있는 권리가 주어진 것이다. 여자들은 태어나서 생전 처음 투표를 하러 온 사람들이다. 기대와 호기심으로 가득한 얼굴이다. 아이를 등에 업고 투표장에 온 사람들도 눈에 띈다. 학교 입구부터 경비가 삼엄하다. 투표소 운동장에는 경찰 서너 명이 총을 들고 서 있다. 투표소 입구에는 죽창 수십 자루를 세워 놓았다. 그 죽창 옆에는 정만식을 비롯하여 한청단원들이 완장을 차고 주위를 두리번거리며 서 있다. 경찰들의 지시에 따라 움직인다. 투표하러 온 사람들이 투표장 입구에 세워져 있는 죽창을 힐끔힐끔 쳐다본다. 어깨에 총을 멘 경찰을 보자 사람들은 긴장한 모습이다. 학교에 속속 도착한 주민들은 경찰과 한청단원들의 삼엄한 경비에 눈치를 본다. 조용히 줄 뒤로 가서 차례로 기다린다. 한청단원들 중에는 투표하러 온 사람들의 동태도 살피면서, 사람들이 질서 있게 투표장에 들어가도록 줄을 세우느라 분주하다. 운동장에서 질서 유지를 하는 곳에 최현종과 김민기 선생도 함께 있다. 학교 선생 모두가 투표소 관리에 투입되었다. 구성만, 윤기석, 최현종에게는 투표장을 박살 낼 계획을 가지고 있던 차에 잘된 일이다. 경찰과 죽창만 봐도 위압적인 분위기다. 무슨 사태가 벌어지면 금방이라도 죽창을 들고 달려들 기세다. 경찰 서너 명이 총을 들고 투표소 입구를 계속 서성거린다. 혹시라도 총선을 반대하는 반동분자들이 투표소에 난입하여 투표를 망치게 할까 봐 경계가 삼엄하다.

강진태를 비롯한 좌익들은 투표장을 박살 낼 궁리에 여념이 없다. 투표장을 아수라장으로 만들어 남한만의 총선을 못 하게 하라는 명령이 상부로부터 떨어졌다. 투표장에 선거하러 왔지만 선거는 뒷전이고, 투표장을 망쳐 놔야 한다. 강진태가 남형석과 함께 먼저 투표장 인근에 나타났다. 멀리서 봐도 경찰의 경계가 삼엄함을 느낀다. 좌익들이 소요를 일으킬까 봐 미리 투표장 경계를 단단히 하라는 상부의 지시가 떨어졌을 줄로 알지만, 죽창까지 준비한 걸 보니 섬뜩함이 느껴진다. 여차하면 투표장에서 불시에 일어날지 모를 소요를 용납하지 않겠다는 의지다. 지난달 제주에서 폭동이 일어나자 경찰을 동원하여 무력으로 제압하지 않았던가? 투표 반대의 폭동은 전국 곳곳에서 일어나고 있으니, 미군정은 무력으로라도 반대 세력을 잠재우고, 투표를 강행하고 있는 것이다. 강진태가 눈치를 봐 가며 사람들의 대열에 줄을 선다. 남형석도 강진태 뒤를 바짝 따라 붙는다. 무슨 꼬투리를 잡아서라도 투표장을 박살 내고야 말 궁리를 한다. 투표장 안으로 서서히 사람들 대열을 따라 발걸음을 옮긴다. 최현종 선생과도 눈을 마주친다. 서로 눈빛을 교환하고 투표장으로 들어선다. 투표장에서 구성만과 눈이 마주친다. 눈빛으로 서로 의견을 교환한다. 투표를 마치고 나오면서 윤기석과 마주친다. 서로 눈빛을 교환하며 투표장을 나간다. 강진태가 먼저 투표를 하고 학교를 다시 빠져나온다. 남형석도 강진태를 뒤따라 투표를 하고 빠져나온다. 만일의 사태를 대비해야 하므로 먼저 현장 답사를 철저히 한 후 행동을 개시하기 위해서다. 먼저 투표를 하는 척하며 투표장 곳곳을 면밀히 관찰해 두는 것이다. 투표를 마친 강진태가 학교를 빠져나온다. 인철이 명일을 만나 이야기를 나눈다. 인철이 학교에 들어선다. 학교에 들어서자 두리번거린다. 구성만 선생을 찾는 중이다. 학교 곳곳의 사정을 잘 아는 구성만과 접촉을 해야 한다. 투표하는 것처럼, 줄을 서 있는 대열에 합류한다. 투표소 대열에 서로 거리를 두고 인철과 명일이 서 있다. 서로 눈을 마주치며 눈빛으로 교감을 한다. 투표하면서 가까이 가서 주변 상황을 면밀히 파악하라는 지시를 내린다. 경찰과 죽창의 위치, 죽창의 개수, 한청단원들의 수를 꼼꼼히 세어 가면서 날카로운 눈빛을 번뜩인다. 먼저 투표장 입구에서 최현종과 만난다. 교실 안 투표장에 들어선다. 교실 안에는 구성만 선생이 투표 진행 업무를 보고 있다. 인철은 투표장 안에 몇 사람이 있는지 두리번거린다. 투표장 안에서는 나이 든 사람들에게 투표할 사람 명부를 큰 소리로 확인하느라 시끄럽다. 인철이 들어서자 서로 눈빛을 교환한다. 뒤이어 명일도 투표장으로 들어선다. 구성만과 눈인사를 한다. 투표장 안은 구성만이 전체 상황을 파악하고 예의주시하며 틈만 노리고 있으니 서로 눈빛으로 정보를 주고받는 셈이다. 투표장에는 나이 든 어른들이 면민을 대표하여 의자에 점잔을 빼고 앉아 있다. 투표장 전체를 보고 있는 것이다. 면 전체의 유지들은 모두 불러 놓은 듯하다. 계속해서 투표하는 사람들이 오고 간다. 안내하는 사람들과 함께 투표장은 제법 많은 사람들이 서성거린다. 투표장을 보고 빈틈을 찾아내기 위해 형식적으로나마 먼저 투표를 하고 나오면서 윤기석과도 눈빛을 교환한다. 서로의 위치를 모두 파악한 셈이다. 투표장을 빠져나온 명일이 강진태와 으슥한 골목에서 만나 투표장 상황을 강진태에게 귓속말로 보고 한다. 강진태도 투표소 상황을 파악한 상태라 눈빛을 빠르게 보낸다. 명일이 학교 골목을 완전히 빠져나와 남로당원들과 접선한다. 투표장을 박살 내기 위한 지령이다. 학교 인근에 투표를 하려는 주민들이 학교로 계속 몰려들고 있다. 사람들이 몰려들기 시작하자 총을 어깨에 멘 경찰과 보이지 않던 한청단원들도 더 늘어난다. 투표장에서 소란을 피우면 일시에 튀어나와 투표소를 덮칠 기세다. 완장을 찬 안내 위원들도 선거하러 온 사람들을 줄 세우고 안내를 한다. 시간이 흐를수록 투표장에는 더 많은 사람들이 불어난다. 동네별로 이장들과 면 직원들이 투표하지 않은 사람들을 독려하여 일시에 많은 사람들이 학교로 나왔기 때문이다. 투표인은 점점 늘어 긴 줄을 늘어선 채 투표하기만을 기다린다.

　강진태와 남형석과 이명일이 변장을 했다. 남형석과 이명일은 투표를 했는데도 강진태와 다시 투표장에 들어선다. 이인철도 변장하여 뒤따라 투표장에 들어선다. 남로당원들도 중간 대열에서 눈치를 보며 투표자 대열에 서 있다. 서로 눈빛을 교환하며 소란이 시작되면 함께 투표장을 망치려고 때를 기다리고 있다. 교실 입구에 들어서자 구성만과 눈빛을 주고받은 후, 강진태와 이명일이 큰 소리를 낸다. 남형석이 넘어지는 척하면서 사람들을 밀어제친다.
　"아, 밀지 말고 저리 가란 말이오!"
　"뭐여! 이 사람이 누굴 저리 가라 마라야!"
　"뭐요! 투표를 두 번씩이나 하면 안 된단 말입니다!"
　"당신이 뭔데, 일을 하려면 똑바로 하란 말이야!"
　"내가 언제 투표를 했다고 이러는 거야!"
　일부러 큰 소리를 지른다. 남형석이 먼저 시비를 걸고 나서자, 강진태와 이명일과 구성만이 일부러 싸움을 하는 것처럼 투표장 입구를 아수라장으로 만들어 간다.
　"뭐야! 당신이 뭔데 이래라저래라 간섭이야! 싸가지 없는 놈!"
　"뭐! 싸가지 없는 놈!"
　"그래! 이놈아! 나 싸가지 없는 놈이다, 어쩔래!"
　이명일과 강진태가 구성만에게 주먹을 날린다. 구성만도 질세라 강진태와 이명일에게 주먹을 날리고 서로 멱살을 잡는다. 일시에 남로당 일당들이 달려들어 싸움을 말리는 척하면서 서로 엉겨 붙어 싸우기 시작한다. 남형석도 싸움을 말리는 척하며 눈치를 살핀다. 인철도 뒤늦게 투표장 안으로 달려온다. 주위에 있던 다른 사람들도 몰려들어 싸움을 뜯어말린다. 일시에 큰 싸움으로 번진다. 사무실 집기를 들어서 사람을 내리쳐 박살을 낸다. 싸우는 척하면서 선거인 명단이 들어 있는 서류를 내팽개친다. 서류는 바닥으로 떨어진다. 서류를 발로 짓뭉개 버린다. 서로 밀치는 사이에 구성만이 바닥으로 넘어진다. 서류를 박박 찢어 버린다. 싸우는 척하면서 서류를 망가뜨려 버린다. 책상을 밀어 엎어 버린다. 기표 도구도 던져 버린다. 서로 치고받고 멱살잡이를 거세게 한다. 다른 남로당원들도 합세하여 싸움이 시작되자, 싸움을 말리는 척하면서 서로 엉겨 붙는다. 그러는 사이 순식간에 서류는 점점 망가져 간다. 투표장 안에서 서로 치고받고 고함을 지르자 밖에 있던 경찰들이 호루라기를 불며 달려온다. 구성만이 강진태에게 눈짓한다. 투표인 명부를 망가뜨렸다는 사인이다. 운동장에 있던 한청단원들도 달려와 죽창을 하나씩 들고 투표장 안으로 달려간다.

　호로로 호로로 호로로—!

　서로 엉켜서 싸우는 모습에 경찰이 당황한다. 바닥에는 종이가 짓뭉개져 있다. 싸움을 멈추게 해야 한다. 호루라기를 불어 싸움을 말리려 해도 싸움이 계속된다. 선거 사무실은 아수라장이 되어 버렸다. 싸움은 계속된다. 호루라기를 불어 대도 싸움은 그칠 줄 모른다. 구성만은 찢어져 바닥에 뒹구는 서류를 발바닥으로 다시 한번 짓이겨 버린다.

탕 탕 탕!

경찰이 총을 쏜다. 사람들이 총소리에 놀라 교실 바닥으로 몸을 낮춘다. 적극적으로 가담을 하려던 인철도 총소리에 놀라 멈춘다. 경찰이 달려들어 총까지 쏜 마당에 싸움을 계속할 수는 없는 일이다. 갑작스런 총소리에 모두가 혼비백산하여 몸을 움츠리고 교실 바닥에 엎드린다. 총선 현장을 빨리 빠져나가야 한다. 비겁하지만 좌익들이 가담하지 않은 것처럼, 투표하러 왔다가 봉변을 당한 사람처럼 행동해야 한다. 엎드려 있다가 잽싸게 몸을 움직인다. 인철은 제일 먼저 투표장을 빠져나와 버린다. 총소리에 놀란 사람들이 투표장을 먼저 빠져나가기 위하여 출입문 쪽으로 몰려들면서 혼란에 빠진다.

"아! 악!"

사람들에 밀려 넘어지고 밟혀 아수라장이 된다. 서로 밀치고 밀리면서 우르르 사람들이 투표장에서 빠져나온다. 남로당원들도 사람들 틈에 밀려 투표장을 빠져나온다. 투표장에 줄을 섰던 주민들도 투표장을 뛰쳐나가고, 학교 운동장에 모였던 사람들도 몸을 피해 흩어진다. 인철이 투표장을 천천히 빠져나오면서 옷매무새를 고친다. 인철은 좌익들이 모인 장소로 가지 않고 집으로 들어가 버린다. 그냥 투표하러 학교에만 다녀온 사람이 된다. 누가 봐도 인철은 이번 총선 반대에 관여하지 않은 사람처럼 시치미를 떼고 집 안에서만 맴돈다.

구례 총선 현장 곳곳이 좌익들의 폭동으로 투표 현장이 아수라장이 되어 버렸다. 읍내와 토지, 산동 투표장에서는 남로당원들이 투표장을 아수라장으로 만들려다 실패를 하고 몸을 숨기기에 바쁘다. 소란이 일어난 투표 현장에 경찰이 총을 쏘며 달려들어 질서를 정리하여 투표가 마무리된다.

강진태가 신문을 펼쳐 든다. 총선의 결과가 신문에 대서특필되었다. 총 200의석 가운데 제주도 2석을 제외한 198개의 선거구 198명의 제헌국회의원이 선출되었다. 강진태가 신문을 보다 말고 벌떡 일어선다. 일어서서 화를 못 이기고 신문을 박박 찢어 버린다. 소문에 의하면 투표장 곳곳에서 불상사가 일어났지만, 아수라장이 된 투표소와 상관없이 전국에서 국회의원이 선출된 것이다.

투표 현장에서 폭동을 일으켰던 좌익들에 대한 검거령이 내려졌다. 강진태와 이명일, 남형석, 박판규, 김정욱, 구성만, 윤기석, 최현종이 노고단으로 일단 몸을 피한다. 학교 선생을 하던 김정욱, 구성만, 윤기석, 최현종 모두 학교에 나갈 수 없게 되었다. 노고단 선교사 별장은 선교사들의 신사참배 거부로 일제에 의해 출입 금지령이 내려졌었다. 그 후로 인적이 없어졌다. 선교사들이 세운 건물들은 관리하지 않고 방치되어 있었다. 해방 후, 그 사이에 구례 지역 주민들이 알게 모르게 들락거렸다. 아무도 관리하지 않는 틈을 타 건축물을 은밀히 파괴하였다. 건축물 일부를 뜯어 가거나, 건물 안으로까지 들어가 건물을 파손시켜 버렸다. 좌익들은 임시방편으로 허물어져 가는 건물을 보수하여 은신처로 삼아 지낸다. 만약에 경찰들이 추적해 오면, 지리산 속으로 숨어 버리면 그만이다. 노고단에 은신하던 일행 중 일부는 지리산 깊숙한 곳으로 숨어든다.

함동일은 섬진강 건너편 오산 꼭대기로 향한다. 노고단만큼이나 읍내에서 바라보면 특이한 구조의 오산 봉우리다. 삼각뿔을 세워 놓은 듯 뾰족하게 솟아 올라있다. 오산에는 사성암 암자가 있다. 문척면에 있는 사성암으로 향한다. 사성암은 일반인들에겐 잘 알려지지 않은 곳이다. 인적이 드물어 함동일이 피신을 선택한 곳이다. 인적이 없는 구불구불 오솔길을 따라 한참을 올라왔다. 기암절벽에 매달려 있는 사성암이 눈에 들어온다.

"와!"

함동일은 사성암을 발견하자마자 탄성을 지른다. 그야말로 소문으로만 전해 들었던 사성암의 자태에 눈이 번쩍 떠진다. '바위의 형상이 빼어나 금강산과 같아서, 소금강小金剛이라 부를 만큼 절경이 빼어난 곳'이라고 전해지던 것 이상이다. 오묘한 바위와 암자가 어우러진 모습이 꿈속에서나 볼 듯한 상상 이상의 절경을 이루고 있다. 절벽에 매달려 있는 암자의 자태는 또 어떤가? 깎아지른 절벽에 대롱대롱 매달려 있는 암자를 보자마자 가슴이 쿵쾅거리기 시작한다. 절벽에 매달려 있는 암자가 금방이라도 땅으로 쏟아져 내릴 것만 같아 불안하기 그지없다. 절벽에 기둥 몇 개를 받치고 매달려 있는 모습은, 절벽 틈새에 매달린 소나무처럼 아슬아슬한 경지를 뛰어넘었다. 바람이라도 불면 암자가 흔들려 절벽 아래로 쏟아져 내릴 것만 같다. 절벽에 매달린 암자를 보고 얼마나 놀랐던지, 저절로 심호흡이 크게 나온다. 숨을 고르고 암자를 향해 합장한다. 순간 고개를 들자 공중에 매달려 있는 암자가 평온해 보인다. 어떻게 저런 상상을 했을까? 절벽 중간에 암자를 세웠을까? 암자를 향해 절벽을 올라야 한다. 벼랑에 계단이 놓여 있다. 계단을 따라 한 걸음씩 조심조심 움직인다. 긴장을 놓을 수 없다. 엉금엉금 기다시피 계단에 올라 약사전에 다다른다. 벼랑 끝에 서 있다. 발아래를 내려다본다. 올라오려고 할 때와는 달리 오히려 평온해진다. 약사전에 들어선다. 불상은 없다. 거대한 암벽에 법의를 걸친 마애여래입상 선각線刻이 눈에 들어온다. 먼저 절을 올린다. 절을 올린 후 가까이 다가가 선다. 바위 절벽에 손톱으로 그렸다는 마애여래입상의 선각을 바라보면 바라볼수록 마음이 평온해진다. 바위에 새겨진 마애여래입상 선각의 높이를 가늠하여 암자를 바위에 대롱대롱 매달아 놓았다. 벼랑을 타고 올라와 전각을 세우는 작업은, 원대한 불심이 없이는 상상조차 할 수 없는 일이다. 원효, 진각, 의상대사, 도선국사 고승들이 수도하며 머물렀던 곳이라 하여 사성암이라 불렀다.

암자를 내려와 소원바위를 향하는 계단에 발을 들인다. 소원바위에 올라섰다. 발 아래 섬진강이 동서 방향으로 유유자적 흐르고 있다. 구례 곳곳의 마을이 성냥갑을 엎어 놓은 것처럼 오밀조밀하게 한눈에 보인다. 저 멀리 노고단, 차일봉, 만복대, 성삼재, 화엄사, 천은사… 구례 경관이 시원스럽게 들어온다. 지리산과 섬진강을 끼고 있는 구례의 들판은 그야말로 천혜의 경관을 갖춘 곳이다. 구례에서 이토록 좋은 경관을 바라볼 수 있는 곳이 또 있을까 싶다.

함동일은 사성암에 숨어 지내다 문척마을을 가끔 다녀온다. 해가

뜨기 전에 문척에서 사성암을 바라보면 섬진강의 자욱한 물안개로 인해 사성암이 보이지 않는다. 사성암을 향해 오른다. 소원바위에 올라 구례의 경관을 바라본다. 섬진강의 물안개가 구름이 되어 서서히 오산으로 밀려 올라온다. 순식간에 운무가 발아래 머문다. 사성암이 운무 속에 둥둥 떠 있다. 운무로 인해 사성암은 신선이 사는 별천지로 변해 버린다. 운무가 계속 휘몰이를 한다. 운무는 마애여래입상의 선각 높이에서 서성거리고 있다. 황홀한 광경에 놀라 함동일이 눈을 감는다. 운무에 앉아 손톱으로 바위 절벽에 마애여래입상을 새기고 있는 도승의 모습이 아른거린다. 도승이 손톱으로 바위 절벽에 마애여래입상을 그리는 동안은 운무가 사라지지 않는다. 잠깐 동안 도인들의 세계가 된다. 아! 사성암이 이런 곳이었구나. 운무가 한바탕 지나간 사성암은 꿋꿋이 제 모습을 다시 보여 준다. 운무가 지나가면 구례의 풍광이 다시 펼쳐진다.

뜨거운 여름 뙤약볕을 잘도 견디어 온 들판은 곡식들이 알알이 영글었다. 나락이 제법 여물어 고개를 숙이고 있다. 서시천 양쪽 중방들과 평바대들은 황금 들판을 이루고 있다. 서시천 뚝방을 인철과 만식이 걷는다.

"아, 드디어 대한민국 정부가 수립되었구나!"

만식에게는 정부 수립이야말로 감격스러운 일이다. 해방 때처럼 만세라도 부르고 싶은 심정이다.

"그러게 말이야. 가슴 뿌듯한 일이지… 그런데 남한만의 반쪽짜리 정부 수립이어서 조금 아쉽기는 하다."

인철이 아쉬움을 드러낸다.

"그렇긴 하지만, 나는 남한만이라도 대한민국 정부가 수립된 걸 감사하게 생각한다. 일제 치하에서 해방이 되고 나서, 3년 동안 얼마나 많은 우여곡절을 겪었는지 생각해 보면 참으로 감사할 일이지."

"나도 남한만의 단독정부를 강하게 반대했었지만, 지금 생각해 보면 다 지나간 일로 여기고 싶어. 모두가 바라던 통일 정부는 미국과 소련이 버티고 있는 한 희망 사항일 뿐인 것 같아. 미국과 소련이 철수한다고 하니까 두고 볼 일이지만… 북에서도 정부가 따로 세워졌으니, 이제부터는 각각의 정부를 존중해 주고, 별일 없이 순탄하게 자리를 잡아 갔으면 좋겠어."

"나도 남쪽, 북쪽 각각의 정부를 인정하면서 조용하게 지나갔으면 좋겠어."

"문제는 남이니 북이니 하면서 서로의 정부를 인정하지 못하고, 남과 북 서로가 정통 정부라고 우기니까 문제지. 이왕지사 이렇게 된 마당에 당분간은 통일 정부를 내세우는 일로 싸우지 않았으면 좋겠어. 미국과 소련이 버티고 있는 동안은 우리 스스로 통일 정부를 이룰 수가 없는 일일 것 같아."

"그러게 말이다. 모두의 희망 사항이지…."

"그건 그렇고, 신문을 보니까 제주에서는 선거도 치르지 못했나 보더라고. 혼란이 아직도 수습이 안 된 것 같아 안타깝기는 해. 제주 사람들도 이제 남한만의 정부가 수립된 마당에 모든 걸 내려놓아야 하지 않나?"

"금방 수습이 될 것 같지는 않아."

인철은 수습이 금방 되지는 않을 거라고 대답한다.

"수습이 금방 안 되다니…"

만식이 인철을 바라보며 묻는다.

"내가 알기로는 제주 사태는 간단하지가 않은 것 같아. 단순한 제주 주민들의 폭동이 아니라 북측의 지령을 받은 남로당원들이 깊이 개입돼 있는 거 같아서… 나도 처음에는 제주도민들의 단선, 단정에 반대 논리로만 저항하는 줄 알았지. 나 역시도 단선, 단정에 반대했었으니까. 남한만의 총선 반대라면 남로당이면 어떻고, 한민당이면 어때. 어느 당이 누가 주도를 하고, 누구의 지령을 받는 게 중요한 일이 아니라고 생각했거든… 들리는 소문에 의하면, 제주 사태는 점점 수습할 수 없을 만큼 일이 커지고 있는 것 같애…"

"좀 더 자세하게 얘기해 봐."

"너도 알다시피 제주는 시위를 넘어 폭동으로 변해 버렸어. 삼일절 기념 대회 후 가두시위를 막던 기마경찰의 말굽에 아이가 치었고, 아이가 치인 줄도 모른 채 도망가는 경찰을 향해 군중들이 돌을 던지며 시위를 하는데 경찰이 시민들에게 발포하여 시민들이 죽었어. 학생, 노동자, 시민들, 민관이 합동하여 경찰의 발포와 시민이 죽은 것에 대하여 정부의 공식적인 사과를 요구했지. 그러나 미군정은 제주도민 전체의 요구를 묵살하고 강경 진압으로 몰고 갔어. 제주도민들도 강경 진압에 무력으로 맞섰지. 좌익과 남로당의 세력들이 지서를 습격하여 무기를 탈취하여 무장하고, 경찰들의 무력 진압에 대항을 한 거야. 경찰들과 군인들이 무차별적으로 제주 도민들을 살상하니까, 살기 위한 몸부림으로 경찰서를 습격하여 무기를 탈취하여 무장을 하게 된 거로 봐야 할거야. 산으로 숨은 세력들을 소탕하기 위한 군경의 무력 진압은 점점 더 강도가 심해졌고. 제주도민 대부분을 좌익으로 몰고 가는 데 혈안이 되었어. 참으로 어이없는 일이 벌어진거지. 남한만의 단독정부 수립을 위한 선거 날짜는 점점 다가왔지만, 제주도민들을 무차별 학살하는 미군정에 대항하여 총선 반대는 더욱 격렬해졌고, 전국을 통틀어 제주도만 유일하게 선거를 못 치르게 된 거야. 총선거 후 정부 수립이 된 이후에도 제주에서는 산으로 도망친 세력들을 완전히 진압하지 못한 상황이었고, 경찰만으로 진압할 수 있는데도 불구하고 군대를 투입하기에 이르렀지. 제주를 진압하기 위하여 파견된 연대장이 암살당하기도 하고, 폭동은 수그러들 줄 몰랐어. 육지에서 경찰과 군인이 증파되고, 서북청년단까지 가세하여 무자비한 진압을 본격적으로 시작했어. 주민들은 무자비한 학살을 피하기 위하여 산속으로 숨어들었고, 토굴 속에 숨어서 정부에 대항하기보다, 그저 목숨만 연명하고 있다는 거야. 정부가 수립된 이후엔 제주도를 가만 놔두지 않았지. 제주민과 반란 세력의 근거지를 없애기 위한 무시무시한 소개령 疏開令으로 100여 개 이상의 산간마을을 불태우는 처절한 보복이 가해졌고, 쫓고 쫓기는 자 사이에 군경들의 무자비한 진압이 자행되고 있다는 거야. 군경을 동원하여 어린아이, 여자, 노인들까지 닥치는 대로 부락민 전체를 몰살시키는 무시무시한 악행을 저지르고 있어. 죽음이 무서워 산으로 도망친 사람들을 찾아내느라 혈안이 되어 있다는 소식이 전해지고 있어. 남한만의 단독정부를 인정할 수가 없다는 거지. 남한에 정부가 수립된 마당에 이승만이 가만 놔둘리가 없지. 그래서 제주도에는 점점 더 무력 충돌이 심해지고 있어. 더 큰 일이 벌어질 것 같애. 새로운 정부가 수립되었는데 가만히 놔두지는 않을 거야. 본격적인 토벌이 시작되겠지."

만식이 고개를 끄덕인다.

"나는 남로당이 문제인 것 같아."

"남로당이 문제가 많지…."

"해방 후 나는 청년단에서 주로 활동을 해 왔는데, 민애청이나 남로당 사람들을 보면 참으로 안타까워…."

"나도 강진태 씨랑 일본 놈들과 싸우면서 함께 일을 많이 해 왔지만, 해방 후에는 완전히 남로당 쪽으로 돌아서 버리더라고… 단선, 단정에 대한 반대는 나도 열심히 도와주고 싶고, 나 역시 최일선에서 반대했었지만, 최근에 와서는 정부 수립이 된 마당에 북측에서 세운 조선민주주의 인민공화국이 정통 정부인 것처럼 얘기하는 게 맘에 안 들더라고. 왜 저러는지 남로당 사람들이 점점 안 됐다 싶어…."

"나도 총선에 인철이 네가 반대하는 것이 안타까웠어."

"그때야 단선, 단정은 우리 민족을 분열시키는 일로만 여겼지. 나만 그랬나? 남한에서 글깨나 아는 지식인이라면 대부분 단선, 단정이야말로 민족 분단의 길이기 때문에, 반대하는 사람들이 많았지. 오천 년 역사를 가진 조선 민족이 이념 대립으로 남과 북으로 두 동강이 난다는데, 반대를 안 한 지식인이 오히려 이상한 사람들이지. 이유를 따지기 전에 통일 정부를 바라는 마음에서 공산주의나 민주주의가 눈에 들어오지 않은 거지. 지금 와서야 어쩔 수 없이 남북한 각각의 정부가 수립되어 버렸지만…."

"나는 남로당이 그렇게 과격하게 나올 줄은 몰랐어."

"해방이 되자마자 좌익 성향의 여운형이 조선총독부로부터 정권을 이양받았지. 공산당 활동을 하다 감옥에 있던 인사들을 석방하고, 건국준비위원회와 함께 활동하는 바람에 좌익들이 해방정국의 주도권을 쥐었다고 봐야지. 정판사 위조지폐 사건으로 미군정의 남로당원 검거령으로 인해, 지하 활동을 하면서도 대구 사건에 대해서도 남로당이 배후에서 조종했다고 봐야 할 거야."

"해방 다음 해에 대구에서 사건이 일어났잖아? 나는 잘 모르는데, 아는 대로 얘기해 봐."

"대구 사건은 해방 후 여러 가지가 복합적으로 뒤엉켜 일어난 일이라고 보는 게 좋을 거야. 한마디로 단정하기 어렵다고 보면 돼. 대구 사건을 폭동이라고 말하는데, 그건 미군정 자기들의 입장에서 입맛대로 붙여진 명칭일 뿐이야. 해방 후 미군정에 대해 민중들의 불만이 폭발해 버린 민중 항쟁일 뿐이야. 가장 큰 원인은 미군정의 미곡 정책 실패라고 보면 돼. 해방 후 미군정에서 실시하는 미곡 정책은 미군정이 원하는 대로 이루어지지 못했지. 일본 놈들에 의한 화폐 발행의 남발로 인플레이션 현상이 나타나 물가가 폭등해 버렸으니까. 쌀값의 폭등에 따른 식량 정책을 효율적으로 극복하지 못한 데서 오는 불만이 제일 컸다고 봐야 할 거야. 물가는 살인적으로 치솟았어. 특히 쌀값이 해방 후 1년도 안 되어 200배 이상 올랐고, 도시에서는 쌀을 구하려고 해도 구하기 어려웠던 거야. 식량난으로 사회경제적으로 불안이 계속되었어. 그러자 미군정은 쌀의 시장 경제를 막아 버리고, 식량 배급제를 내놓았지. 농민들에게는 피같이 소중한 쌀을 수매하는데, 쌀값 보전은 시중 쌀 가격의 5분의 1에서 최고 10분의 1 가격으로 쌀값을 보전해 주니까 농민들이 말을 들을 리 없는 거지. 미곡 정책을 한답시고 미곡 공출제를 실시했는데, 쌀 공출 목표 달성률은 12퍼센트대에 머물렀지. 미곡을 수매해서 시중에 유통시킨다는 계획은 실패로 돌아가 버린 거야. 쌀값은 점점 폭등하고 길거리에는 먹지 못해서 죽어 가는 사람들이 점점 늘어나게 된 거야. 도시에서는 쌀을 구하기 위한 쟁탈전이 벌어지고만 거야. '배고파 못살겠다! 쌀을 달라!' 죽기 아니면 살기로, 쌀을 달라는 구호는 곳곳에서 터져 나왔지. 그런 상황 속에서 공산당들과 노동자들이 함께 가세한 거야. 또 한편으로는 북한의 토지개혁도 영향을 미쳤다고 볼 수 있지. 특히 북한에서 실시한 토지개혁을 보면서, 민중들은 남한에서도 은근히 북한에서의 토지개혁과 같은 일이 벌어졌으면 하는 기대를 하고 있었어. 사회 구조상 소작에 의존하는 농민들이 대부분인 상황에서, 남한에서는 토지개혁이 안 되고 있는 데 대한 민중들의 불만이 가득 차 있는 상태였지. 물론 북한에서 공산당들이 했던 것처럼 토지의 전원몰수, 무상분배란 있을 수 없는 일이란 걸 알면서도, 은근히 북한에서처럼 남한에서도 그렇게 되기만을 바랐던 거야. 배고픈 민중들은 막연하나마 공산주의에 대한 동경이 극도에 달했을지도 몰라. 그 영향으로 미군정에 대한 불만이 가득차 올랐을거야. 때마침 대구 시민들이 미군정에서 실시한 미곡 수집령에 문제를 제기했었지. 민초들에게 먹을 것을 해결해 달라, '쌀을 달라'는 살기 위한 몸부림이었지. 지금은 공산당과 인민당, 남조선 신민당이 합당하여 남로당(남조선노동당)으로 합당이 됐지만, 그 당시에는 공산당이었지. 공산당은 조선노동조합전국평의회(전평)를 배후 조종하여 '남조선 노동자 총파업'을 대구에서도 조직적으로 전개시킨 거야. 대구 시내 곳곳에서 일어나는 시위대의 투석과 파업을 막기 위한 경찰과의 대치 상태에서 시민들을 향한 경찰의 발포가 도화선이 되었지. 미군정의 미곡 수집령에 반발하여 대구 시민들과 학생들까지 합세하여 함께 반발하자, 미군정은 경찰을 앞세워 폭력으로 진압하기에 바빴던 거야. 경찰이 쏜 총탄에 시민이 죽자, 이에 분노한 대구 시민들의 항쟁으로 변해 버린 거야. 경찰들이 시민들을 계속 총으로 쏴 죽이니까, 시민들도 무장하기 위하여 경찰서를 습격하여 무기를 탈취한 거지. 무장을 갖춘 시민들은, 시민들을 총으로 쏴 죽인 경찰과 우익 인사들을 살해한 거야. 대구에서 시작된 사건은 인근 지역으로 점점 확산되었고, 사태는 점점 악화되어 갔어. 단순히 쌀을 달라는 요구만이 아니었어. 미군정이 조선 땅을 점령하며 벌이는 짓거리에 불만이 쌓여 민중들이 폭발한 것이기도 해. 해방 이후에 조선을 장악한 미군정은 일본과 마찬가지로, 침략자나 다름없다고 여긴 거지. 친일을 일삼았던 경찰이나 공무원들 대부분을 그대로 중용하여 왔고, 친일 세력들을 척결하지도 않은 채 그들을 옹호하면서 민중들을 지배하고, 억압하기에 혈안이 되어 왔잖아. 그런 행태야말로 우리 민족에게는 자존심이 걸린 문제였는데도, 무시해 버렸기 때문에 민중들의 가슴에 쌓인 울분이 함께 폭발한 것이기도 해. 그러지 않고서야 경상도 전역에서 호응을 얻기가 어려웠겠지만, 민중들은 순식간에 동조 세력으로 규합이 되었어. 성주, 왜관, 영천 경찰서를 습격하여 무기를 탈취하고, 무장을 갖춘 시위대는 점점 경상도 전역으로 확산되어 갔어. 자신들을 방어하기 위해 무장을 갖춘 시민들이 폭도로 변해 버린거야. 미군정은 계엄령을 선포하고, 군대와 경찰을 동원하여 장갑차까지 시내에 진입하게 된 거야. 그야말로 폭력으로 진압하였지. 그러는 과정에서 무고한 사람들까지 무차별로 죽게 된 거야. 경상도 지역의 수많은 젊은 이들이 잡혀가 감옥으로 가고, 셀 수도 없이 수많은 사람들이 죽어나갔어. 사건에 가담한 사람들을 잡아내지 못하면, 남아 있는 가족들에게까지 보복이 자행되었어. 아무 죄도 없는 남은 가족들에게도 공산당이라는 누명을 씌워 빨갱이 가족이라고 몰아붙인 거야. 그야말로 하루 아침에 빨갱이 굴레를 뒤집어 쓴 가족들은 연좌제의 피해를 당하고 있지. 얼마나 억울하겠어. 그 당시는 남한만의 정부 수립이 안 되었을 때이기도 하고, 공산당이 개입한 사건이라고 하지만, 미군정에 대한 불만은 최고조에 달했지. 공산당이 아니더라도 민중들 모두가 마음속에 불만을 가지고 있었지만, 밖으로 드러내지 못한 것들이 한꺼번에 폭발한 거라고 봐야 할 거야. 참으로 안타까운 일이 벌어졌던거지. 해방후 조선땅에서 불시에 벌어진 좌익이니 우익이니 하는 논쟁으로 점점대립의 강도가 심해졌지만, 단지 신념이 다를 뿐, 모두가 평범한 민중들이야. 세상에 나쁜 사람은 없어."

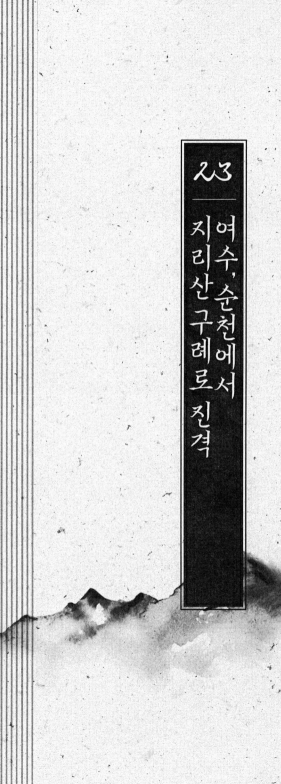

23

여수, 순천에서

지리산 구례로 진격

경찰서에 전화벨이 요란하게 울린다.

따르르릉 따르르릉….

"구례경찰서입니다."

"서장 바꿔!"

전화를 받자마자 날카로운 목소리로 경찰서장을 찾는 목소리가 들린다. 전화기에서 들려오는 목소리가 심상치 않음을 알아차린 경찰이 순간적으로 부동자세를 취한다. 상부에서 걸려 온 전화다.

"서장님은 지금 순찰 중입니다."

"구례는 이상 없나?"

"예, 현재까지는 이상 없습니다."

"경찰 병력은 어떻게 됐나?"

"모든 병력이 출동 준비 중입니다."

"그래? 긴급 상황이 발생하면 즉시 상부에 보고하도록, 알겠나?"

"예, 알겠습니다."

"경찰 병력을 추가로 지원할 테니, 정신 똑바로 차리고 어떠한 일이 있어도 구례를 무조건 사수해야 한다. 알겠나?"

"예, 알겠습니다."

여수, 순천까지 반란군이 접수했다는 소식이 들려오지만, 구례, 곡성, 남원의 경찰서는 사태 파악을 위한 전화벨 소리만 요란할 뿐이다. 여수, 순천에서 반란군들이 더 이상 올라오지는 않았다. 순천 다음 역으로 규모가 큰 역은 구례구, 곡성, 남원이어서 구례구 역전으로 반란군들이 기차를 타고 올라올까 전전긍긍하고 있다. 여수, 순천에서 반란 사건이 일어나자 각지 경찰서에 비상 상황이 시달되었다.

따각 따각 딱각 따각….

구례경찰서에도 비상이 걸렸다. 장상기 서장과 경찰들이 기동성이 있는 말을 타고 읍내를 돌아다니며 경계를 늦추지 않는다. 수상한 자들이 혼란을 일으키지는 않는지 곳곳을 돌아다니며 살핀다. 문제가 생기면 즉각 달려가 진압할 기세다. 사람들은 말을 탄 경찰이 칼과 총을 차고 있기 때문에 안심하고 생업에 종사하느라 바쁘게 움직인다. 경찰서 외곽인 봉성산에도 경찰 병력이 경계 근무를 서고 있다. 밤샘 근무에 지쳤는지 보초를 서는 경찰들이 연신 하품만 해 댄다. 비상 상황이 언제 풀릴지 모르는 상태다. 한청단원들이 경찰서 뒷마당에 소집됐다. 읍내로 들어오는 곳곳에 경찰과 함께 경계 근무를 선다. 여수, 순천이 이미 반란군들의 수중에 들어갔고, 계속 북으로 진격해 오고 있다는 소식만 간간이 들려온다. 경찰은 반란군들이 구례로 진격해 오리라는 예상을 한다. 금방이라도 반란군들이 들이닥칠 것만 같다.

구례경찰서에서 작전 회의가 열린다. 장상기 서장이 지도를 펴 놓고 지휘봉으로 구례 역전 다리를 가리킨다. 역전에서 시작된 지휘봉이 제비재에서 멈춘다. 모두가 지도를 주목한다. 반란군이 여수에서 순천까지 기차로 이동했으니, 구례까지도 쉽게 열차를 이용하리라 예상한다. 기차를 타고 다리를 건너면 제비재를 통과해야 한다. 기차를 타지 않고 자동차로 병력을 이동한다고 해도, 자동차 도로가 있는 쏘련재를 넘어 구례구 역전 다리를 건너야 한다. 남북으로 흐르는 섬진강에 구례, 광양, 하동 지역에 제대로 세워진 다리는 구례구 역전 다리가 유일하다. 1936년 전라선이 개통되던 다음 해에 세워진 다리로 구례와 구례구 역전 순천 황전면을 연결해 주고 있다. 스물두 개의 교각을 세워 철근 콘크리트로 세워진 2차선 다리다. 장상기가 제비재를 주목하는 이유다. 역전 다리에서 적을 공격하면 다리를 건너기도 전에 적들이 도망을 가 버릴 것이다. 그렇다고 철근 콘크리트 다리를 폭파시킬 수도 없는 일이다. 반란군들이 역전 다리를 통과하여 구례로 들어온다면, 매복 작전을 해야 한다. 매복 작전이야말로 적은 인력으로 적에게 큰 피해를 줄 수 있는 작전이다. 적들을 유인하여 제비재에 접근했을 때 적을 기습 공격하는 작전이다. 장상기가 작전 회의를 끝내고 경찰서 뒷마당으로 나온다. 마당에는 각 면 지서에서 비상소집 된 경찰 병력과 각 마을에서 소집된 한청단원들이 운동장을 가득 메웠다. 모두 부동자세로 정렬하고 있다. 서둘러 작전을 개시해야 한다. 장상기가 구령대 위로 올라선다.

"모두 집합했나?"

"예!"

"자, 반란군들이 여수, 순천을 정복했다. 곧 구례로 넘어올 것으로 예상하고 있다. 상부에서는 어떠한 일이 있어도 구례를 사수하라는 명령이다. 반란군들은 열차를 이용할 것으로 보인다. 우리 병력은 찬수 역전(구례구역)을 주시한다. 또 반란군 일부는 쏘련재를 넘어올 것으로 예상하고 있다. 쏘련재를 넘어온다면 차량을 이용할 것이다. 차량을 이용하지 않는다면, 걸어서 온 병력들도 찬수 역전을 지나 역전 다리를 건널 것이다. 수적으로 불리한 우리 병력으로는 막아 낼 수 없다. 역 앞 광장에서 싸움을 벌일 수는 없다. 우리 병력은 제 비재에 매복한다. 적들을 유인하여야 한다. 최대한 은폐해서 일격을 가해야 한다. 최대한 반란군들을 사살하여 저들이 구례로 들어올 수 없도록 막아야 한다. 상부에서 지원 병력이 곧 도착한다고 했으니, 그때까지 최대한 방어해야 한다. 알겠나?"

"예!"

일제히 한목소리다. 구례경찰서 경내가 들썩거릴 정도로 결의에 차 있는 목소리다.

"준비 됐나?"

"예!"

"출동하라!"

병력을 둘로 나눈다. 일부 병력은 구례 읍내를 한눈에 내려다 볼 수 있는 봉성산에 매복시킨다. 경찰서와 가까운 곳으로 적들이 어디에서 나타나는지 동태를 파악하기 쉬운 곳이다. 일부 병력은 봉성산으로 출발했다. 출동 명령과 함께 트럭에 탑승한다. 차량이 경찰서 문을 나선다. 읍내를 빠져나와 제비재를 향하여 먼지를 일으키며 신작로를 달린다. 경찰 병력과 한청단원들은 제비재에 도착하여 신속하게 매복에 들어간다. 제비재는 구례구 역전의 동태를 한눈에 파악할 수 있는 곳이다. 섬진강 다리를 건너 구례로 들어오는 모든 사람은 이 길을 통해서 제비재를 넘어야만 읍내로 들어갈 수 있다. 역전과 구례로 들어오는 길 양옆과 산속에 몸을 숨긴다. 역전에서 올라오는 길을 향하여 총구를 겨눈 채 숨을 죽이고 있다. 반란군이 오면 바로 총을 발사할 태세다. 한청단원들도 경찰 옆에서 죽창을 들고 있다. 어둠 속, 사람들 눈에서 나오는 빛이 반짝거린다. 반란군들이 섬진강 다리를 건너 제비재로 올라오기만을 기다린다. 밤이 깊도록 경찰과 한청단원들이 밤을 새워가며 경계를 하고 있다. 섬진강과 구례구 역전 광장은 개미 새끼 한 마리 얼씬거리지 않는 적막강산이다. 섬진강은 유유자적 조용히 흐른다. 장상기 서장이 매복해 있는 병력들을 독려한다. 밤은 점점 깊어 가지만, 인기척이 없다.

여수에서 군인들이 혁명을 일으키고 순천까지 점령하였다는 소문은 삽시간에 퍼졌다. 총선 때 방해 공작으로 검거령이 내려져 지리산 속에 숨어 지냈던 좌익들이 모두 돌아왔다. 좌익에 대한 검거령도 풀려 훈방 조치된 상태다. 해가 지고 날이 어두워지자 읍내 진주옥에 검은 그림자들이 속속 들어선다. 각 면에서 긴급하게 연락을 받고 모여든 남로당원들이다. 강진태를 주축으로 읍내의 함동일, 산동면 김정욱과 토지면 박판기와 각 면을 대표하는 사람들이 신속하게 모였다. 업무 전달을 하는 강진태를 향한 눈빛이 흐트러짐이 없다. 혁명군들이 구례에 입성하면, 어떻게 할지 의논하기 위함이다. 여수, 순천에서 지시가 하달된 것은 없지만, 미리 대비하기 위한 의견이 오고 간다. 총을 든 경찰들이 비상근무를 하고 있고, 수시로 말을 타고 다니며 치안을 유지하고 있다. 한청단원까지 동원하여 경계 태세를 더욱 강화한 상태다. 혁명군들만 구례에 입성한다면, 혁명군들과 함께 경찰에 일격을 가하자는 의견이 모아진다. 긴급한 사안이 발생하면 즉각 대응할 수 있는 전달 체계도 구축한다. 산에 봉화를 올려 신호를 보내자는 데 의견을 모은다. 노고단, 만복대, 서산 간미봉, 문척 오산의 봉화 올리는 장소를 미리 알려 준다. 서로 굳게 악수를 하면서 결의를 다진다. 진주옥에서 한 명씩 빠져나와 주위를 두리번거리며 신속하게 어둠 속으로 사라진다.

국민회관 사무실에 한청단원들이 모였다. 연파리의 정만식, 이인영, 정기수, 송기섭, 김민기. 공북의 강찬기, 장민성. 하대, 상대, 신지리, 구만리, 온동, 난동, 당동, 방광리, 수월리, 대산리, 지천리 각 마을의 청년 대표가 모인 한청단원들이다. 지서에서 한청단원을 소집하자 즉각 모여들었다. 여수, 순천에서 반란이 일어났다고 하지만, 얼마만큼 심각한지 모르는 단원들이다. 아직 구례에 반란군들이 들어오지 않아 긴장한 모습은 아니다. 면장과 지서장은 한청단원들과 일일이 악수를 나눈다. 한청단원들의 노고에 고마움을 표한다. 구례의 각 면사무소와 지서는 비상근무 중이라고 한다. 면사무소 직원과 경찰력으로는 이 상황을 대처하기가 어려워 한청단원들의 도움을 요청한 것이다. 박기석 지서장이 앞으로 나선다.

"긴급 상황이 발생하든지 수상한 사람이 나타나면, 한청단원들은 즉각 지서로 출동하시기 바랍니다."

광일다방에 인철이 앉아 담배를 피우고 있다. 강진태가 만나자고 해서 기다리고 있기는 하지만, 뭐라고 해야 할지 곰곰이 생각에 잠긴다. 강진태와의 만남에 고민하지 않을 수 없다. 여수, 순천에서 들려오는 소식이 걱정스럽다. 강진태가 뭐라고 나올지? 이번에도 남로당원이 되어 함께 반란군들 속으로 들어가자고 하지는 않을지? 분명히 도와달라고 할 텐데, 남로당에 가입하여 함께 일하자고 할 텐데…. 여수, 순천에서 반란군들이 곧 구례에도 들이닥치리라는 예상을 한다. 반란군들이 구례에 들어오면 남로당원들이 득세할 게 뻔하다. 신문과 라디오에서는 연일 여수와 순천의 상황이 보도되고 있다. 인철이 야학 선생을 하고 있지만, 여수에서 군인들이 반란을 일으켰다는 소식을 듣고는 곰곰이 생각해 봤다. 저들이 하는 일이 과연 옳은 일인지? 유엔의 감시하에 남한만의 단독선거가 치러졌고, 정식으로 대한민국 정부가 세워진 마당에 반란을 일으켜서 뭘 어쩌겠다는 건지? 군인들 일부가 일으킨 일이 잘한 일인지? 미군정과 이승만 정부가 버젓이 살아 있는 마당에 반란군들을 가만히 놔두지 않을 텐데…. 제주에서의 사건도 일어나자마자 미군정과 국군들이 진압하지 않았는가? 여수에서의 반란 사건은 무모한 짓이라고 여기고 있던 차다. 강진태가 다방 안으로 들어선다.

"어서 오세요!"

박금옥이 강진태를 반갑게 맞이한다. 강진태는 박금옥에게 웃음으로 인사를 대신한다. 곧장 인철이 앉아 있는 자리로 다가온다. 인철이 일어서서 강진태와 악수를 나눈다.

"야학 선생을 하느라고 고생이 많지. 별일 없었는가?"

"예, 형님도 잘 지내셨나요?"

"그럼."

서로 악수를 나누고 자리에 앉는다. 자리에 앉자마자 박금옥이 다가온다.

"뭘 드릴까요?'

"우리 둘 다 커피 줘야지."

"예."

박금옥이 주문을 받고 자리를 비켜 준다.

"자네도 여수, 순천 소식 듣고 있지?"

"예, 점점 일이 커지고 있는 것 같던데요."

"그럼, 보통 일이 아니지. 이번에야말로 제대로 일이 벌어졌다고 봐야지. 자넨 어떻게 생각하고 있나?"

강진태가 급하게 묻는다. 인철은 잠시 망설인다. 인철이 머뭇거리자 강진태가 인철의 표정을 놓치지 않는다. 반란군들이 여수, 순천을 점령하고, 열차로 곧장 구례로 들어올 것 같은 분위기였지만, 아직까지 구례로 입성하지는 않고 있다. 전해 오는 소식에 의하면 진압군들이 여수, 순천으로 출동하였고, 혁명군들의 일부는 지리산이 있는 구례로 입성할 분위기다. 시간이 촉박하다. 그래서 인철에게 같이 일하자고 제의하기 위해, 마련한 자리다.

"자네, 나와 이번에도 일을 해 보지 않겠나?"

인철에게 급하게 일을 함께 해 보자는 의견을 내놓는다.

"저는 생각이 좀 다릅니다."

인철 역시 강진태의 질문에 빠르게 답한다. 강진태는 인철과 일을 같이했으면 하는 기대를 하고 만났는데, 인철의 대답에 실망하는 눈빛이 역력하다.

"나는 자네가 이번에도 나와 함께 일을 같이 할 줄 알았네."

"저도 형님이 보자고 해서 고민을 많이 하고 있었습니다. 어떻게 하는 게 잘하는 일일지…"

"자네 생각이 그렇다면 할 수 없는 거지."

"형님은 어떻게 하실 생각인가요?"

"나야 뭐, 물어볼 필요도 없는 일 아닌가? 혁명군들과 함께 하는 거지…. 며칠 전부터 준비를 해 왔네."

인철은 예상하고 있었지만 걱정이 되기도 한다. 벌써부터 반란군들이라 하지 않고, 혁명군들이라고 스스럼없이 말하는 것을 보니 이미 준비가 다 되어 있는 듯하다.

"내가 지금 자네와 차를 마시고 앉아 있을 시간이 없네. 안타깝게도 자네를 설득할 시간은 없네. 일이 긴급하게 돌아가고 있거든. 시간이 없어서 당장 일어서야 하는데, 이왕에 이렇게 만났으니 한 가지만 충고하겠네. 분명히 말하지만, 혁명군들이 구례에 입성하는 날에는 천지가 개벽할 것이네. 내 말 허투루 듣지 말고, 자네 집안이 걱정돼서 하는 말인데… 지주 집안이라서 당장 반동분자로 몰릴 가능성이 있단 말이야. 어떻게 처신해야 살아남을 수 있을지 잘 생각해 보라고… 내가 자네와 자네 부친의 친분을 생각하지 않을 수 없는데…"

강진태는 맘에 있는 모든 말을 쏟아 내고 싶지만, 아직 닥친 일도 아니고, 말을 조심해야 할 시기이기도 해서 안타깝기만 하다. 이대길이 반동분자로 몰릴 게 뻔한데, 자상하게 인철을 설득할 수도 없는 일이다.

"집에 가서 아버님이랑 좀 더 상의해 보게. 오늘 내가 자네와 했던 얘기를 말일세…"

강진태도 인철에게 할 말이 많지만 바쁜 몸이다. 바로 자리에서 일어나 악수를 하고 다방을 나간다.

밤이 되자 장터 여수옥으로 검은 그림자들이 신속하게 움직인다. 어둠 속에서 강진태를 비롯하여 이명일과 구성만, 윤기석, 최현종, 박금옥, 남형석이 결의에 찬 눈빛으로 지시 사항을 전달받는다. 강진태가 읍내에서 오고 갔던 내용들을 전달한다. 혁명군들이 구례에 입성하기 전까지는 조금 더 기다려 보자는 것이다. 지시 사항이 있기 전에 섣불리 행동해서는 안 되는 일이다. 총을 가진 경찰들에게 붙잡히기라도 하면, 당장 경찰서 유치장에 잡혀가 혁명군들을 도울 수가 없다. 특히 한청단원들과 시비가 붙으면 안 된다. 소집 명령을 내리면 신속하게 집합할 장소를 알려 준다. 다음 모임 장소는 연파리 도갯집 옆 당산나무다. 강진태가 일일이 악수를 나눈다. 한 사람씩 주위를 살피며 여수옥을 신속하게 빠져나가 어둠 속으로 사라진다.

이명일, 박금옥, 구성만과 남형석을 비롯한 좌익들이 우르르 몰려 다닌다. 밤에만 사람들 눈을 피해서 은밀하게 모였었는데, 오늘은 상황이 달라졌다. 지서와 면사무소의 동태를 살핀다. 멀리 떨어진 곳에서 지서 쪽을 바라본다. 경찰 몇 명이 지서를 지키고 있는지 체 크한다. 남로당원들이 삼삼오오 몰려다니며, 사람들 눈치를 봐 가면 서 바쁘게 움직인다. 남로당원들을 챙기는 것이다. 원래 당원들 외 에도 새로운 행동대원들을 은밀히 모집한다. 곳곳에 동네 여자들까 지 사람들이 모여들어 수군거린다. 사람들이 모인 자리에 남로당원 들이 당원 가입을 설득하자 고개를 끄덕인다. 혁명군들이 곧 들이닥 치면 함께할 동지들을 규합하는 것이다. 박금옥도 스카프를 머리에 둘러썼다. 누구인지 눈에 잘 띄지 않게 변장을 하였다. 도갯집에서 배달하는 사람들과 장터 푸줏간의 지승호까지 좌익들에게 포섭되었 다. 구성만이 몇몇 주민들을 설득한다.

"혁명군들이 들어오면, 만민이 평등한 사회가 될 겁니다. 남녀노 소, 지위 고하를 막론하고 부자나 가난한 사람들도 구분이 없어지 는 사회, 사농공상의 구분 없이 만민이 평등한 사회가 될 겁니다. 북쪽에서처럼 토지개혁을 하여 지주들의 땅을 몰수하여, 농지를 공 평하게 나누어 주는 혁명이 일어날 겁니다. 이승만 일당이 북측을 제외한 남한만의 단독정부를 세운 일은 역사에 큰 과오를 범한 일 입니다. 혁명군들이 여수, 순천을 장악했습니다. 구례에도 곧 들어 올 겁니다. 남로당에 가입해 주십시오."

모여 있던 사람들이 고개를 끄덕인다. 박금옥도 사람들을 포섭하 느라 바쁘게 움직인다. 포섭 대상을 상대로 설득을 계속해 나간다.

좌익들의 선전에 많은 사람들이 남로당의 일원이 되었다. 평등한 사회가 된다는데, 평소에는 보이지 않던 세력들도 동조자가 된다. 날이 어둑해지자 당산나무 아래로 사람들이 꾸역꾸역 모여든다. 읍내에서 들려오는 농악 소리가 아련히 들려온다. 밤이 되자 꽹과리 소리가 더 크게 들려온다. 좌익들이 당장 행동 개시는 못 하고 농악놀이를 밤이 늦도록 한다는 소식이다. 당산나무에 모여든 사람들도 그 소리를 들으면서 기분이 들떠 있다. 명일을 비롯하여 제법 많은 사람들이 당산나무로 모여들고, 강진태의 집으로 사람들이 들락날락거린다. 밤이 깊어 갈수록 점점 더 많은 사람들이 모여든다. 당산나무 인근 대나무밭에서 대나무를 가져온다. 자르고 다듬어 죽창을 만드느라 바쁘게 움직인다.

광의 지서는 텅 비어 있다. 오늘따라 경찰들도 어디를 갔는지 보이지 않는다. 읍내 경찰서로 차출되고, 나머지 경찰들도 박기석 지서장과 함께 바쁘게 업무를 보는가 싶더니, 어디로 갔는지 보이지 않는다. 저녁이 되자 개미 새끼 한 마리 얼씬거리지 않는다. 국민회관 사무실에 연파리 한청단원들이 모였다. 가끔 농악 소리가 읍내 쪽에서 들려온다. 대낮부터 좌익들이 치는 농악 소리라는 소문이 퍼졌다.

"아따, 저 좌익들은 지치지도 않는갑구망… 밤을 샐랑갑네."

"그렁깨 말이시."

송기섭 단장이 한청단원들을 둘러보며 얼굴을 확인한다.

"다 모였당가?"

정만식 부단장도 한청단원들을 일일이 확인한다.

"모도 다 모인 것 같은디요."

"여수에서 군인들이 반란을 일으켰다는디 구례는 언제 올랑가 모르겠네 잉!"

"낮에 좌익들이 막 설치고 돌아다니긴 하던디… 아직은 큰 동요가 없능 것 봉깨로 광의는 조용히 넘어갈랑갑구만…."

"여기 촌구석까지 큰일이야 있겠어요? 반란군들이 들이닥친다 해도 우리가 나서서 경찰들과 여기를 지켜야 하지 않겠나 싶은데 자네들은 어떤가?"

"그야 말이 필요없지라 잉!"

"당연히 우리가 여길 지켜야 하지 않겠습니꺼?"

"경찰과 군인들이 버젓이 살아 있는 마당에 뭔 일이야 있겠어요?"

"그야 나도 그렇게 생각하고 있지만, 여기 부락 대표로 모인 한청단원들과 각 마을에 있는 한청단원들을 모도 합치면 꽤 많은 숫자가 되니깐, 힘을 모투면 그놈들 하나 못 이기겠어요?"

"물론 쉬쉬하면서 여기저기 남로당에 가입했던 사람들은 뭣도 모르고 가입한 사람들이 많은깨로, 그자들도 사람들잉깨로 뭔 일을 저지르진 않을 거그만요? 그라고 대한민국 정부가 들어서면서 남로당들을 잡아들일 때 쏙 들어가 버려서, 이제 와서 활동한다는 것도 어려블 것이구만요."

"그럴 것이여. 그자들도 우리들처럼 착해 빠져서 뭔 일을 크게 저지르지는 않을 거구만, 갸들도 말로만 남로당이지 별일이야 있을라고요? 산동면이나 토지면 사람들은 해방이 된 후로도 좌익들끼리 모여 데모를 하기도 하면서 경찰과 맞서는 바람에 피바람이 불긴했지만서도, 광의면에서는 지금까지 해방 이후로 남로당 사람들이 뭔, 큰일이 없었응깨로 별일이야 있을라고요."

"아니야, 남로당과 민애청 사람들은 조금 달라. 그놈들이 이번에는 행동을 개시할지도 몰라. 지금 여수와 순천에서 반란군에 합류한 남로당과 민애청 사람들이 무기를 가지게 됐고, 이미 반란군에 의해 점령되었다는 소문이 들리더라고. 삼팔선을 지나 이북에서 인민군이 서울로 향하여 진격해 내려오고 있으니 얼마 안 있으면 구례도 여수, 순천처럼 될 거라는 유언비어를 퍼트리고 있다니까! 반란군들이 구례를 들어오게 되면, 어떻게 될란지는 모를 일이지. 그놈들이 광의에도 발을 들이면, 뭔 일을 저지를란지 통 모를 일이랑깨로."

"그러게 말이시. 짜들도 총을 가지지는 못할꺼니까 별일이야 있을라고? 오늘까지는 이상한 낌새도 안 보이고 별일 없었응깨로, 앞으로도 제발 별일이 없었으면 좋겠구망."

"우리가 이참에 미리 선수를 쳐서 저놈들을 잡아다가 족치면 안 될까요?"

인영이 나선다.

"아, 내가 저 자식들을 그저 한 방에 날려 버리면 속이 다 시원하겠네 그려. 저놈들이 뭘 믿고 저리 날뛰는지 모르겠당깨로."

"아니야, 저놈들이 지금 직접 설치는 것도 아니고… 경찰이 있는디… 우리는 경찰들이 시키는 대로 따라하면 되지 않겠어요?"

"아, 그란디, 오늘은 뭔 일인지, 지서에 경찰들이 어디로 갔는지 코빼기도 안 보이능구만. 아, 여그도 반란군들이 들이닥치면 어쩌려고 지서를 싹 비워 버렸을까 잉!"

"아까 봉께로 순경들도 전화를 받고 있고, 박기석 지서장도 왔다 갔다 하던디요."

"금매? 어디로 갔을까? 경찰들이 저 좌익 놈들을 잡아다가 박살을 내줘야 하는디…"

"아, 성질대로라면 남로당과 민애청 저놈들을 혼내 줘야 하는데… 나는 저놈들이 설치는 꼴을 못 봐 주겠다니까요!"

"자, 오늘까징은 별일이 없었으니깽, 모도 집으로 돌아갑시다. 내일 또 봅시다. 뭔 일이 나면 서로 비상 연락망을 통하여 긴급하게 이리로 모이든지, 지서로 모이든지 합시다. 우리 부락은 우리가 지켜야 할텡께. 앙 그렇소? 그리 알고 돌아갑시다."

"그랍시다."

"형님들! 조심해서 들어가씨오!"

"그러세!"

국민회관에 모였던 사람들이 밖으로 나온다. 밤이 깊었는데도 읍내 쪽에서 나는 징과 꽹과리 소리가 귀를 간질거릴 정도로 들려온다. 국민회관에 모였던 사람들이 손을 흔들며 헤어진다.

날이 어두워지자 산동장터 개성집에 검은 그림자가 하나씩 들어선다. 각 마을에서 모인 남로당 당원들이다. 경찰들 눈을 피해 밤에 모였다. 여수, 순천에 혁명이 일어났다는데, 구례에도 혁명군들이 곧 들어올 것이라는 기대로 가득 차 있다. 김정욱이 중앙에 자리를 잡았다. 혁명군이 들어서면 곧바로 혁명군을 돕고, 행동을 개시하기 위하여 각각 역할을 분담하는 자리다. 각 마을 사람들을 상대로 남로당 가입도 서둘러야 한다. 이 기회에 많은 동지들을 모집해서 함께 행동해야 한다. 회의를 마치고 서둘러 한 명씩 잽싸게 사라진다.

인철은 강진태를 만나고 와서 잠을 이룰 수가 없다. 아버지에게 여수, 순천에서 반란 사건이 일어난 것을 얘기해야 할 텐데, 뾰족한 방법이 없다. 강진태가 어떻게 행동할 것인지도 궁금하기만 하다. 인철의 생각은 반란군들이 일어서면 분명히 진압군들이 진압할 텐데, 여수도 지금쯤은 진압군들이 진압하고 있을 텐데… 그러면, 강진태는 산으로 올라갈 것인가, 아니면 도망칠 것인가? 반란군들이 구례에 곧 들이닥칠 것 같은데, 공산당들은 북한을 장악하고서 토지개혁을 시행하지 않았던가? 지주들의 토지를 무상몰수하여, 농민들에게 무상분배하여 준 일을 반란군들도 요구할 것은 뻔한 일이다. 어떻게 처신하는 것이 좋을지 걱정이 돼서 잠을 이룰 수가 없다. 아무리 생각해도 묘안이 떠오르지 않는다. 인철은 잠을 못 이루고 담배만 피워 댄다.

장기만은 부대를 백운산으로 집결시킨 후 한숨을 돌리며 그동안의 여정을 돌아본다. 그야말로 긴박했던 순간이 주마등처럼 스쳐간다. 14연대에서 군인들이 일으킨 혁명. 시작과 더불어 여수, 순천, 광양… 등지에서 가담한 좌익 동지들의 세력은 놀랍기만 하다. 미군정과 합세하여 남한만의 단독정부를 수립한 이승만 정권에 대한 불만과 저항이 이토록 크리라고는 상상도 못 한 일이다. 수백 명도 아닌 수천 명의 좌익 동지들이 목숨을 걸고 혁명 대열에 동참한 것이다. 여수에서 봉기한 장기만 부대는 순천에 입성한 후, 최기용 부대와 합류하면서 세력이 더 커졌다. 광주 4연대 소속의 최기용은 반란군들을 진압하라는 상부의 명령을 받고 진압군의 장교로 부대를 이끌고 순천으로 출동했다. 순천에 도착한 최기용 부대는 반란군을 진압하지 않고, 장기만 부대와 손을 잡았다. 장기만 부대원들과는 이미 서로 잘 아는 사이이다. 여수에 14연대가 창설될 당시, 광주에 주둔한 4연대에서 차출된 병사들이 여수 14연대로 전출되었다. 여수의 14연대 창설 멤버 중에는 4연대에서 한솥밥을 먹었던 사람들이다. 장기만은 최기용을 반갑게 맞아 악수를 나눈다. 최기용 부대는 장기만 부대와 합류하여 총구를 진압군에게 돌려 진격해 나간다. 장기만 부대는 점점 더 세력이 커졌다.

장기만이 수개월 동안 군부대 안에서 일어났던 일들을 떠올린다. 5월 10일 총선이 결정되자 단선, 단정에 대한 반대로 전국적으로 민심이 동요되었다. 4월 3일을 기점으로 제주에서 일어난 사건 당시 9연대장으로 지휘봉을 잡았던 김익렬은 같은 민족을 살상하는 무력진압보다는 평화적인 해결을 주장하다가 상부와 갈등을 겪었다. 김익렬은 제주 사건을 평화적으로 마무리하지 못한 채 제주를 떠났다. 여수 14연대장으로 전출되었다. 제주에서는 새로 부임한 박진경 연대장이 더 가혹하게 제주를 진압한다는 안타까운 소식이 들려왔다. 김익렬 연대장은 14연대 부하들에게 제주 진압에 대한 불만을 쏟아 냈다. 김익렬 연대장의 영향으로 14연대 병사들도 같은 민족끼리의 살상은 아니라는 분위기가 전달되었다. 6월 제주에서는 박진경 연대장의 무차별 진압에 불만을 품은 부하들이 하극상을 일으켰다. 문상길 중위를 비롯한 몇몇 하사관들이 박진경 연대장을 암살했다는 소문이 14연대에도 날아들었다. 김익렬 14연대장 후임으로 오동기 연대장이 부임했지만, 바다 건너 여수에 있는 14연대 병사들은 같은 민족끼리 죽이는 제주에서의 군경에 의한 토벌은 안타까울 뿐이다.

일제 강점기에 일본 앞잡이 노릇을 해 오며, 수많은 독립운동가들을 잡아다가 고문하고, 인민들을 수도 없이 못 살게 굴었던 경찰이다. 해방 후 승전국인 미군정이 들어서면, 일제 앞잡이 노릇을 해 왔던 경찰들을 모두 중죄로 다스리거나, 양심상 가책을 받아 스스로 경찰복을 벗어 버리거나, 민중들에게 몰매를 맞아 죽을까 봐 숨어 지낼 줄로만 기대했다. 미군정은 들어서자마자 일제 치하에 민중들에게 악랄하기만 했던 경찰은 그대로 미군정에 복귀되었고, 아무 일도 없었던 것처럼 다시 활보하며 국민들 위에 군림하여 왔다. 일제 강점기에 경찰에게 주어졌던 3개월 이하의 징역이나 소액의 벌금을 즉결 집행할 수 있는 권한은 없어졌지만, 아직도 그 이상의 권한 행세를 하려고 안달복달이다. 해방 후 창설된 국군인 조선경비대를 무시하기 일쑤고, 그 위에 군림하려는 잘못을 저지르고 있다. 미군정 치하에서 창설한 조선경비대는 경찰에 비하면 아직 조직적인 체제를 갖추지 못하였다. 특히 경찰 입장에서는 경찰 내에 있는 조직이 아닌데도 불구하고, 조선경비대를 경찰의 하부 조직처럼 대하려고 한다. 그만큼 군 조직은 힘이 없었다. 영암에서 발생한 우발적인 군인과 경찰의 충돌 사건도 발단은 경찰이 먼저 군인들에게 시비를 걸어 생긴 일이었다. 하사관 한 명과 군기병(헌병) 네 명을 경찰이 두들겨 패고 경찰서 유치장에 가두어 버렸다. 그 사건을 해결하려다 군인들과 경찰들의 충돌이 발생하였다. 경찰서로 출동한 300여 명의 군인들과 경찰 간의 총격 사건으로 이어졌다. 군인들이 지서 두 곳을 박살 내고, 영암경찰서를 포위하고 전투까지 벌어졌다. 가까스로 사건은 확대되지 않았다. 경찰들은 피해가 없었지만, 군인 여섯 명이 사망하고 약 열 명이 부상을 입었다. 그 사건으로 군인들을 구속해 버렸다. 군인들 중에는 파면되거나 징역형을 받는 억울한 일이 벌어졌다. 구례에서도 군인과 경찰이 충돌하는 사건이 벌어졌다. 구례구 역전 인근 이발소에서 경찰이 이발사를 때리는 것을 군인들이 목격하였다. 휴가를 나온 14연대 군인들이 이발사가 술에 취한 경찰관에게 맞는 것을 보다 못해 경찰을 말렸다. 그야말로 경찰은 민간인에게도 안하무인이었다. 싸움을 말리는 군인 여덟 명과 경찰관의 싸움으로 번져 수적으로 우세한 군인들에 의해 경찰 한 명이 두들겨 맞는 사태가 벌어졌다. 이에 화가 난 경찰들이 비상소집 하여 다시 군인들을 집단 구타하고 경찰서에 구금시켜 버렸다. 연락을 받은 여수 14연대 헌병들과 지휘관들이 구례경찰서로 달려와 경찰들에게 항의하여 군인들을 석방했다. 그야말로 경찰과 군인이 충돌하는 일이 계속 반복되고 있는 실정이다. 영암 사건에 이어, 구례 사건을 계기로 직접 피해를 입은 14연대 군인들은 경찰에 대한 반감이 증폭되어 왔다.

해방 후에 남조선국방경비대가 만들어졌고, 남한만의 정부 수립과 함께 국군으로서 자리를 잡아 가는 중이지만, 군 내부에서도 남한만의 단독정부 수립에 대한 불만은 언제 폭발할지 모르는 화약고와 같았다. 단선, 단정에 대한 불만을 막기는 어려운 일이다. 국방경비대라고 하지만, 군인들 중에서는 누가 좌익 성향을 가지고 있고, 누가 우익 성향을 가지고 있는지 구분하기 어렵다. 좌익 성향 세력들의 불만은 곳곳에 도사리고 있다. 남쪽과 북쪽에 각각 정부가 수립되는 과정에서도, 서로가 정통성을 가진 정부라고 한 치의 양보도 없다. 한반도에 통일 정부를 세워야 한다고 하지만, 대립은 수시로 일어나고 있다. 남쪽에 대한민국 정부가, 북쪽에 조선민주주의인민공화국이 수립 공포된 후에도, 남한의 혼란을 도모하기 위해, 북쪽에서는 남로당을 통해 계속 지령을 내려보내고 있는 상황이다. 언제, 어디서 무슨 폭동이 일어날지 모르는 불안한 상황이었다.

9월 말경에는 김익렬 연대장 후임으로 부임한 오동기 연대장이, 최능진과 연계된 국가 전복을 도모한 '혁명의용군 사건'에 휘말린다. 오동기 연대장이 현역 군인인데도 불구하고, 하루 아침에 구금이 되는 불상사까지 겹쳐 버린다. 이승만과 동시에 서울 동대문 국회의원 후보로 출마했던 최능진 후보를 우여곡절 끝에 제거하고, 국회의원이 당선되는 사태가 벌어진다. 대한민국 초대 대통령이 된 이승만은 최능진을 가만히 놔두지 않는다. 최능진에게 올가미를 씌우기 위해, 서울에서 멀리 떨어진 남쪽 최남단 여수에서 14연대장을 하고 있던 오동기를 엮어 맸다. 최능진, 오동기와 몇몇 사람들이 국가를 전복시키려는 반란을 일으킨 주동자로 몰아붙여 체포한다. 14연대가 창설된 후로 연대장이 또 바뀌는 사태에 이른다. 알게 모르게 14연대 군인들에게는 이승만에 대한 반감이 점점 고조되고 있다. 오동기 연대장이 9월 28일에 붙들려 간 직후, 10월 19일 14연대에게 제주도 파병 명령이 떨어진 것이다. 그렇잖아도 14연대 병사들에게는 제주도 사건을 무력 진압하면서, 제주도민을 살상하는 것에 대한 불만이 도사리고 있던 참이다. 제주에서 폭동이 일어났는데, 여수에 주둔한 14연대 군인들을 파견하여 제주 폭동을 진압하라는 명령은 군인들에게 소요를 일으킬 만한 이유가 됐다. 군의 명령 체계는 명령 즉시 수행해야 하는 조직이라서, 제주 파병을 드러내 놓고 반대를 표할 수는 없었지만, 끼리끼리 수군거리는 분위기다. 특히 제주도에서 박진경 연대장 암살이라는 하극상이 일어난 사건 소식이 14연대에도 날아든 후로는 더 분위기가 어수선해졌다. 14연대 군인들중에는 좌익 세력들도 다수 포진되어 있는 상황이다. 좌익들끼리 모여서 단선, 단정에 대한 불만을 얘기하며, 제주에서의 연대장 암살사건을 수시로 거론한다. 서로 대놓고 말은 못 하지만, 이건 아니라는 기운이 감도는 상황이다. 14연대의 제주 파병 명령이 떨어지자 비밀리에 모여 수군거린다. 파병 날짜가 점점 다가올수록 파병 반대를 위한 구체적인 계획을 비밀리에 모의한다.

여수에서 제주로 파병되기 전날 밤이다. 14연대 군인들 중에 좌익 세력들이 주동하여 반란을 일으킨다. 동족을 죽이기 위해 제주로 파병된다는 것은 수긍할 수 없는 일이다. 남한만의 단독정부 수립을 위한 총선거로 대한민국 정부를 수립하기 전부터, 지식인들과 좌익들의 반대 공세는 점점 거세졌다. 그도 그럴 것이, 남이냐 북이

냐를 따지기 전에 해방 후 한민족 염원인 통일 정부를 세우지 않고 남북으로 갈라서는 걸 용납할 수가 없었다. 강대국들에 의하여 해방된 힘없는 백성들이지만, 미국과 소련을 모두 몰아내길 원했다. 미국과 소련을 몰아내고 통일 정부가 들어서길 간절히 원했다. 공산당을 모토로 북쪽을 점령한 소련군이 좋을지, 남쪽을 점령한 미군이 좋을지를 제쳐 두고라도, 어디가 좋을지는 판단하기 힘든 상황이다. 미국과 소련은 한반도를 점령한 점령군일 뿐이다. 남한만의 단독정부를 세우는 일은 폭동을 일으킬 만한 요인이 됐다. 14연대 군인들이 제주도 파병 명령을 실행에 옮기는 것은 쉽게 용납되지 않는 일이다. 제주에 도착해서 반란을 일으킬 것인지, 제주로 가는 선상에서 반란을 일으킬 것인지, 출발하기 전 여수에서 반란을 일으킬 것인지를 모의하다, 출발 직전에 14연대 부대 안에서 봉기를 한 것이다.

"같은 민족끼리의 살상을 하기 위해 제주도로 파병한다는 것을 우리는 절대 용납할 수 없다. 제주도로의 출동을 강력히 반대한다. 제주도 인민들은 온 겨레의 염원인 통일 정부를 원한다. 단선, 단정을 반대하며, 미군정을 앞세운 이승만 정부에 항거하여 지금도 열심히 싸우고 있다. 그들을 도우지는 못할망정, 미 제국주의자들과 이승만 일당에게 항거하는 제주 인민들처럼, 우리도 힘을 모아 항거해야 한다. 이 시간 이후로 제주도의 출동은 우리가 막는다. 그래서 민족의 염원인 남북이 하나되는 정부를 세워야 한다. 북조선에서 인민해방군이 삼팔선을 돌파하여 남쪽으로 내려오고 있다. 우리는 지금부터 인민해방군이 되어 미군과 이승만 일당을 쳐부숴야 한다. 그동안 그들의 앞잡이 노릇을 해 왔던 장교들도 죽여야 한다. 지금부터 내 말을 거역하면 즉시 사살한다. 탄약고와 무기고를 이미 접수했다. 무기와 실탄을 최대한 확보한다. 경찰들이 우리를 잡기 위하여 대대적으로 습격해 올 것이다. 그동안 우리 군인들을 괴롭혔던 경찰을 죽여야 한다. 여수경찰서를 향하여 돌격한다!"

"와! 와! 와!"

14연대는 순식간에 수백 명의 항명 세력이 만들어졌다. 제주 인민들을 죽여야 하는 동족상잔에 군인들을 앞세우는 일은 절대로 용납할 수가 없다. 주동자의 연설에 의하면, 지금 북쪽에서 인민해방군들이 남쪽으로 내려오고 있다고 하지 않는가? 해방 후 새로 조직된 군인들이지만, 남한만의 단독정부 수립에 대한 불만이 많은 좌익 세력들도 군대 내부에 상당했다. 이승만 일당이 남한만의 단독정부 수립에 대한 불만이 있었기 때문에 순식간에 세력을 규합할 수 있었다. 그렇지 않고서야 무기를 든 군인들이, 어떻게 순식간에 수백 명의 동조 세력을 규합할 수 있단 말인가? 마지못해 동조한 세력들은 그 순간을 극복하지 못하고 금방 배신하게 되어 있다. 세력을 모으기 위해 반대 세력들을 즉석에서 사살함으로써 반란의 불길을 붙일 수 있다. 군 체계는 계급이 우선이지만, 이 순간은 계급이 필요 없다. 군중 세력을 잡기 위해 반대 세력을 죽여 버리면, 갈피를 잡지 못한 세력들을 동조 세력으로 만들 수가 있다. 몇몇 주동자들만으로 반란을 일으킨다는 것은 무모한 일이다. 규율이 엄한 군대다. 지휘 체계가 잡히지도 않은 하극상의 반란은 얼마나 위험한 일인가? 부대 안에서는 당장 총구가 무서워 반란 세력에 동조했다 치자, 부대 밖으로 나와 여수경찰서를 향하여 진군할 때, 모두 도망가 버리면, 반란 세력들은 오합지졸이 될 수도 있는 상황이지만, 그렇게 되지는 않았다. 더 똘똘 뭉쳐 혁명을 일으키겠다는 강한 신념으로 살아났다. 14연대의 군인들 대부분 명분이 충분하다는 의식이 발동한 순간이다. 누군가 주동해 주기만을 바라고 있었다는 듯이 순식간에 세력이 모였다. 경찰에 대한 반감을 복수할 기회로 여겼다. 14연대 군인들의 사기는 하늘을 찌를 듯 충천해 있다. 여수를 먼저 점령한 후, 곧바로 기차를 타고 순천까지 점령한다. 여수와 순천에서는 우선 경찰들을 모조리 사살해 버렸다. 우익 세력도 살해해 버렸다. 여수, 순천의 좌익들이 합세하여 혁명군의 세력은 기하급수적으로 불어났다. 14연대 군인들이 가지고 나온 무기와 탄약을 비롯, 경찰서를 습격하여 확보한 무기로 무장한 혁명군의 세력 앞에는 시민들도 동조 세력이 늘어났다. 해방이 된 후에 일제의 앞잡이 노릇을 했던 경찰이, 미군정이 들어선 후에도 민중들을 향해 더욱 가혹하게, 일제 강점기보다 더 심하게 설치는 꼴이 속상하기만 했다. 더군다나 남한만의 단독정부를 세운 이승만 정권에 대한 불만이 한꺼번에 폭발했다. 시내 곳곳에는 삐라와 벽보가 나 붙었다. 사람들이 벽보 앞으로 모여든다. 급조된 여수 인민일보에 호소문이 대서특필된다. 사람들이 신문을 손으로 펼치고 들여다본다. 고개를 끄덕거린다.

애국 인민에게 호소함

우리는 조선 인민의 아들들이다. 우리는 노동자와 농민의 아들들이다. 우리의 사명은 외국 제국주의의 침략으로부터 조국을 지키고 인민의 이익과 권리를 위해 목숨을 바치는 것이다. 그럼에도 미국에 굴종하는 이승만 괴뢰, 김성수, 이범석과 도당들은 미 제국주의에 빌붙기 위해 우리 조국을 팔아먹으려 하고 드디어는 조국을 파는 것과 마찬가지인 분단 정권을 만들었다. 그들은 미국인을 위해 우리 조국을 분단시키고 남조선을 식민지화하려 하고 있으며, 미국 노예처럼 우리 인민과 조국을 미국에 팔아먹고 있다. 이런 식으로 한일협정보다 더 수치스러운 소위 한미협정을 맺었다.

친애하는 동포들이여! 만약 당신이 진정 조선인이라면, 어떻게 이런 반동분자들이 저지른, 이런 행동에 대한 분노를 참을 수 있겠는가? 모든 조선인은 일어나 이런 행동에 대해 싸워야 한다. 제주도 인민은 4월에 이런 행위에 대해 싸우기 시작했다. 그러나 미국과 붙어 있는 이승만, 이범석 같은 인민의 적들은, 우리를 제주도로 보내어, 조국 독립을 위해 싸우고 또한 미국인과 모든 애국 인민들을 죽이려는 사악한 집단과 싸우기 위해 자신의 목숨을 바치는 애국적 인민과 싸우도록 우리에게 강요했다.

모든 동포들이여! 조선 인민의 아들인 우리는 우리 형제를 죽이는 것을 거부하고 제주도 출병을 거부한다. 우리는 조선 인민의 이익과 행복을 위해 싸우는 인민의 진정한 군대가 되려고 봉기했다.

친애하는 동포여! 우리는 조선 인민의 복리와 진정한 독립을 위해 싸울 것을 약속한다.

애국자들이여! 진실과 정의를 얻기 위한 애국적 봉기에 동참하라. 그리고 우리 인민과 독립을 위해 끝까지 싸우자.

다음이 우리의 두 가지 강령이다.

1. 동족상잔 결사반대.

2. 미군 즉시 철퇴.

위대한 인민군의 영웅적 투쟁에 최고의 영광을!

- 제주도 출동거부병사위원회 -

좌익 성향을 가진 여수, 순천 인민들은 순식간에 14연대 군인들과 함께 손을 잡게 된다. 세력은 순식간에 수백, 수천 명으로 불어났다.

작전 회의를 위해 지휘부가 모여든다. 부대 일부는 백운산에 주둔하기로 한다. 장기만은 주력부대를 이끌고 지리산으로 향해야 한다. 칠흑 같은 어둠 속에서 지도에 불빛을 비춘다. 장기만이 지휘봉으로 먼저 구례구역을 향하는 쏘련재를 가리킨다. 쏘련재를 넘어 구례구역 다리를 건너는 길을 가리킨다. 쏘련재 방향은 순천에서 구례로 향하는 길로 구불구불한 산길이지만 자동차가 다니는 잘 닦여진 도로다. 지리산으로 들어가기 위하여 섬진강을 어디로 해서 건널지 작전을 짠다. 구례구 역전에서 다리를 통해 건널지, 섬진강 한 곳을 정하여 나룻배로 건널지 숙의한다. 섬진강 다리는 역전 한 곳뿐이다. 구례구 역전 다리에는 이미 경찰들이 매복하고 있다는 정보가 입수되었다. 그곳을 통과하려면 한바탕 전쟁을 치러야 한다. 야밤에 매복조에 걸려들면 낭패다. 많은 희생을 치러야 한다. 지휘봉은 방향을 돌려 백운산에서 간전면을 통과한다. 동방천으로 섬진강을 건너는 길을 가리킨다. 간전면에서 토지면과 만나는 동방천 나루터를 경유하기로 한다. 장기만이 간전면 동방천으로 건널 것을 확정짓자 서로를 쳐다보며 고개를 끄덕인다.

백운산을 넘어 간전면으로 넘어오는 검은 그림자의 숫자가 점점 많아진다. 순천에서 백운산을 넘어왔으니 지리산으로 진입하려면 이제는 섬진강을 건너야 한다. 검은 그림자들이 간전 지서를 멀찌감치서 살핀다. 무기를 가진 경찰을 처치하는 일이 급선무다. 간전 지서는 도로변에 위치해 있다. 지서 인근 학교와 면사무소가 들어서 있는 마을 전체는 어둠 속에 묻혀 있다. 유일하게 지서에서 환하게 불을 켜 놓은 채 경찰 두 명이 비상근무를 하느라 분주하다. 구례 전역에 비상이 걸린 상황이라 수시로 울려오는 전화를 받느라 바쁘게 움직인다. 간전 지서 경찰들은 읍내 구례경찰서의 호출로 인하여 일부 경찰들이 차출된 상태다. 소수의 인원만 지서를 지키고 있다. 지서 인근은 조용하다. 모두가 잠이 든 밤중이라 인기척도 없다. 어두움에 적막감만 흐른다.

장기만이 수신호를 한다. 수신호를 받은 부하들이 총부리를 겨누면서 간전 지서로 천천히 접근한다. 혹시 모를 사태를 대비하기 위하여 지서를 겹겹이 에워싼다. 총소리를 내지 말아야 한다. 총소리가 구례 전역에 새어 나가게 해서는 안 된다. 간전 지서를 에워싼 부하들이 지서 담벼락으로 낮게 엎드려 접근한다. 지서 앞길에서 민간인 복장을 한 사람들이 소리를 지르며 다투게 한다. 그 소리가 지서에 전달되도록 큰 소리로 외친다.

"야! 이 새끼야! 뭐? 이 새끼…"

경찰 한 명이 지서 앞길에서 싸우는 소리에 고개를 창밖으로 돌린다. 두 사람이 길에서 서로에게 욕을 하며 멱살을 잡고 싸우는 모습이 보인다. 한밤중에 민간인들이 싸우는 소리에 짜증이 난다. 비상이 걸려 바빠 죽겠는데 민간인들의 싸움이라니…. 지서 밖에서 싸우는 소리를 듣고 경찰 한 명이 다급하게 문을 열고 밖으로 나온다. 싸우는 사람들을 향해서 문을 나서자마자, 담벼락에 숨어 있던 군인이 경찰 뒤에서 일격을 가한다. '픽!' 일격을 당한 경찰이 그 자리에서 툭, 쓰러진다. 쓰러진 경찰에게 재빠르게 달려들어 입을 틀어막는다. 쓰러진 경찰을 끌고 어둠 속으로 사라진다. 순식간에 벌어진 일이다. 민간인들의 싸우는 소리는 계속된다. 먼저 나간 경찰이 들어오지 않자, 지서 안에 남아 있던 경찰이 창밖으로 자꾸 시선을 돌린다. 싸우는 소리가 계속되자 무슨 일인지 궁금하여 밖으로 나온다. 밖으로 나오자마자 뒤에서 군인이 달려들어 일격을 가한다. '픽!' 일격을 당한 경찰이 쓰러진다. 순식간에 총 한 방 쏘지 않고 지서 경찰들을 처치해 버린다.

경찰을 해치운 후 산을 향하여 깜박깜박 불빛을 보낸다. 불빛 신호를 받은 검은 그림자들이 섬진강 주변으로 속속 모여든다. 백운산 간전계곡에서 흘러나온 물줄기가 동방천에서 합수하는 지역이라 섬진강 폭도 또 한 번 넓어진다. 강물의 속도가 한바탕 느려지는 곳이기도 하다. 여름에는 강물이 불어서 섬진강을 건너기가 쉽지 않지만, 지금은 가을이라 섬진강의 물줄기도 약해졌다. 강을 건너는 데 강폭이 좁은 지역을 택한다. 간전면 사람들이 읍내를 가려면 나룻배로 건너다니는 곳이 동방천이다.

어둠 속에서 조용하고 신속하게 행동 개시 명령이 하달된다. 달빛에 비친 검은 그림자들이 움직이기 시작한다. 선발대가 먼저 강을 건넌다. 강을 무사히 건넌 선발대가 간전 쪽을 향하여 깜박깜박 신호를 보낸다. 그 신호를 접수한 검은 그림자들은 점점 많아져 수십, 수백을 헤아린다. 검은 그림자들이 나룻배에 올라탄다. 올라탄 일행들이 노를 젓는다. 나룻배는 섬진강을 건너 토지면 쪽으로 사람들을 계속해서 실어 나른다. 동방천을 건넌 검은 그림자들은 신속하게 움직인다. 검은 그림자들은 토지면 오미리 마을을 지나 문수골로 향한다. 주력부대는 북쪽 방향 배틀재를 넘어 마산면 화엄사 초입 청내마을 과수원으로 향한다. 함동일이 장기만을 반갑게 맞이한다.

"함동일입니다."

"장기만입니다."

과수원에 진지를 구축한다.

섬진강을 건넌 부대는 마산면 청내마을 과수원에 속속 도착한다. 부대의 규모는 수천 명이 되었고, 부대원들의 사기는 하늘을 찌를 듯이 충천해 있다. 도착한 부대원들이 잠시 휴식을 취할 새도 없이 작전에 나선다.

함동일과 장기만이 지도를 펴 놓고 구례 읍내 상황을 안내한다. 장기만이 고개를 끄덕인다. 장기만이 진두지휘한다. 부대는 서시천을 건너 구례로 서서히 진격한다. 동이 트기 전에 작전을 완료해야 한다. 병력의 이동을 경찰들에게 노출시켜서는 안 된다. 쥐도 새도 모르게 진격하여 구례경찰서 진격을 단시간에 끝내야 한다. 서시천을 건넌 부대를 장기만이 일시 정지시킨다. 병력을 세 곳으로 진격

시켜야 한다. 지휘관을 부른다. 손짓으로 일부 병력은 역전 입구 제비재로 향하도록 지시한다. 총을 가진 경찰의 주력부대가 제비재에 몰려 있다는 정보다. 제비재에 주둔한 경찰 병력이 읍내 경찰서로 다시 들어오지 못하도록 막아야 한다. 읍내 남쪽 중학교를 지나서 봉서리 쪽에 경찰들이 읍내로 들어오지 못하도록 방어벽을 치면서 매복을 지시한다. 부대원 일부는 봉성산 정상을 향해 오르도록 지시를 내린다. 봉성산 정상에서 경계 근무를 서고 있는 경찰 병력들을 처치해야 한다. 부대원들이 봉성산으로 오르기 시작한다. 외곽에 배치된 경찰들이 경찰서로 들어오지 못하도록 철저히 막아야 한다.

주력부대는 읍내 한복판에 자리를 잡고 있는 경찰서를 습격해야 한다. 어둠 속에서 읍내로 서서히 부대원들이 접근한다. 검문검색을 하는 이는 아무도 없다. 장기만이 뒤따라오는 부대원들에게 수신호를 해 가며 조용조용 접근해 간다. 아무런 제재를 당하지 않는다. 밤이라 인적도 없다. 군인들은 어느새 구례 한복판 로터리에 있는 경찰서 인근까지 접근했다. 경찰서 입구에는 모래주머니를 쌓아서 참호를 구축해 놨다. 참호 안에는 경찰이 총을 들고 보초를 서고 있다. 군인들이 총을 겨누며 구례경찰서를 향해 한 걸음 한 걸음 서서히 진격한다. 경찰서는 사통팔달로 구례의 한복판 오거리에 위치해 있다. 구례경찰서 담벼락에 바짝 다가선다. 동이 트기 전이라 인적은 없다. 고요한 어둠만이 군인들의 접근을 지켜보고 있다. 경찰서 건너편까지 로터리 인근의 골목에도 검은 그림자들이 소리 없이 속속 도착한다. 간혹 수신호만 오고 갈 뿐이다. 경찰서 주위를 이중삼중으로 수백 명의 군인들이 포위한다. 군인들의 총구는 일촉즉발이다. 철모를 눌러쓴 군인들의 눈동자가 어둠 속에서 빛을 발한다. 숨죽이며 모두 경찰서를 향하고 있다. 장기만이 수신호를 보내자 경찰서 담벼락까지 접근한다.

퍽퍽!

보초를 일격에 처단한다. 보초를 처단한 후 경찰서 건너편에 몸을 숨기고 있던 군인에게 신호를 보낸다. 신호와 함께 동시에 경찰서로 진입하면서 총격을 가한다.

탕 탕 탕 탕 탕….

수십 명의 군인들이 한꺼번에 경찰서로 진입한다. 경찰서 안에 있던 경찰이 총에 맞고 쓰러진다. 총소리에 놀란 경찰이 경찰서 뒷마당에 매어 놓은 말을 타고 뒷문으로 도망친다. 총성이 계속 울리고 경찰서 안에 있던 경찰을 모두 사살한다. 구례경찰서를 순식간에 점령한다. 총소리를 통해서 구례경찰서 진입이 성공했음을 판단한다. 경찰서 입구 참호에 따발총을 고정시킨다. 구례경찰서 입구의 보초가 경찰관에서 반란군들로 바뀌어 버렸다. 봉성산을 향해 따발총을 발사한다.

따다다다다….

공포의 따발총 소리가 읍내 전역에 메아리쳐 울린다. 봉성산에서 경계 근무를 하던 경찰들과 한청단원들은 경찰서 쪽에서 들려오는 총소리에 놀란다. 총소리에 혼비백산하여 도망치기에 바쁘다. 경찰서 쪽에서 나는 총소리가 제비재에 매복해 있던 경찰들에게도 들린다. 경찰서 쪽에서 나는 소리에 깜짝 놀란다. 역전이 아닌 경찰서를 향하여 고개를 돌린다. 장상기 경찰서장도 총소리에 고개를 읍내로 돌린다. 읍내에서 나는 소리를 재차 확인하고 서둘러 경찰들을 출동시킨다. 당장 경찰서를 사수해야 한다. 제비재에 있던 경찰 병력을 서둘러 철수시킨다. 읍내 외곽에 장기만 부대가 매복해 있는 줄도 모르고 읍내를 향하여 진격한다. 경찰서에 도착하기도 전에 봉서리에 매복해 있던 반란군들과 총격전이 벌어진다.

탕 탕 탕 탕 탕….

경찰들은 반란군들의 기습 공격을 당한다. 아직 깜깜한 밤이어서 어디에서 총알이 날아오는지도 알 수가 없다. 기습을 당한 경찰들은 피를 흘리며 쓰러진다. 총알을 피한 경찰들과 한청단원들은 반란군들과 싸워 보지도 못하고 도망치기에 급급하다. 경찰서를 사수하라는 상부의 지시가 계속 떨어졌지만, 워낙 많은 군인들이 어둠을 틈타 들이닥치는 바람에 경찰들도 어찌할 수 없는 상황이다. 일이십 명도 아니고 수백 명의 반란군들이 들이닥쳤으니 경찰들은 제대로 총 한 방 쏴 보지도 못하고 흩어져 버린다.

날이 밝았다. 구례경찰서에 인공기가 펄럭인다. 완장을 차고 죽창을 든 좌익들과 총을 멘 군인들이 함께 삼삼오오 읍내 전역을 돌아다닌다. 지역 유지들과 경찰 가족들을 찾기 위해 혈안이다.

"검은 개들 어디 갔어? 그놈들이 어제까지도 있었는데 코빼기도 안 보이네?"

"그놈들을 찾아 봐, 어디 숨었는지. 멀리는 못갔을 꺼야."

"이놈들이 말을 타고 도망갔어. 말 두 필이 경찰서 마당에 매여 있었는데 말도 안 보이는데?"

"빨리빨리 그놈들을 찾아서 잡아 오라고…."

경찰서 마당에 말이 두 필 있었는데 보이지 않는다. 반란군들이 구례를 들어오기 전, 경찰들이 구례 전역의 각 면을 돌며 지서와 면사무소를 사수하라고 독려할 때 타고 다녔던 말이다. 그 말을 타고 경찰들이 도망친 것이다.

읍내 곳곳에는 총을 겨눈 군인과 죽창을 든 사람들이 삼삼오오 우르르 몰려다닌다. 경찰과 가족, 면사무소와 군청 직원, 지역 유지들은 손이 묶인 채 끌려 나온다. 끌려 나온 사람 뒤에서 총과 죽창을 겨누고 있다. 경찰서 마당에는 수십 명이 고개를 숙이고 꿇어앉아 있다. 계속해서 사람들이 포박된 채 잡혀 들어온다. 경찰서 안에서는 사람을 확인하고 취조하느라 와자지껄하다. 취조가 끝난 사람들은 경찰서 뒷마당으로 끌려간다.

군인들이 금융조합 창고에 우르르 몰려든다. 창고지기에게 총을 겨누고 창고 문을 열게 한다. 겁에 질린 창고지기는 벌벌 떨면서 창고 문을 연다. 창고 문이 활짝 열린다. 창고 안에는 쌀가마니가 산더미처럼 쌓여 있다. 군인들의 지시에 따라 뒤따라온 주민들이 우르르 달려들어 쌀가마니를 창고 밖으로 메고 나온다. 쌀가마니를 지게에 짊어진다. 창고에서 가마니를 짊어진 주민들 일부는 긴 대열에 맞춰 산으로 향한다. 가마니를 짊어진 주민들 대열 뒤에는 군인들이 총을 겨누며 따라간다. 총을 든 군인의 지시를 따르지 않으면, 그 자리에서 총살감이다. 겁먹은 채로 군인들의 지시를 따른다.

탕 탕 탕!

읍내 골목마다 총구에서 불을 뿜는다. 주민들에게 총구를 들이대며 경찰서 마당으로 모이게 한다. 총소리에 겁먹은 주민들이 눈치를 보며, 빠른 걸음으로 경찰서 마당으로 속속 모여든다. 경찰 가족과 군청 직원을 비롯하여 국민회 간부, 지역 유지들도 잡혀와 경찰서 마당에 고개를 푹 숙이고 앉아 있다. 군인들이 앉아 있던 사람들을 일으켜 군중들을 향하게 한다. 고개를 숙였지만 누구인지 주민들은 금방 알아차린다. 주민들은 손이 묶여 있는 사람들을 보자 웅성거리기 시작한다. 고개를 삐쭉이 내밀어 누구인지를 확인한다.

"밤사이에 반란군들이 쳐들어왔다는디? 뭔 일이 벌어진 거여?"

"그렇깨 말이여! 나도 뭔 일인지 통 모르겠당깨. 여수, 순천에서 반란군들이 구례까지 쳐들어왔다는디⋯. 총소리가 나고 난리가 난 것은 난 것인디, 뭔 사람들을 잡아가고 난리당가?"

"나는 새벽에 난 총소리에 아직도 가슴이 덜덜 떨리고 진정이 안 된당깨."

"그렁깨로, 나도 그랬당깨로. 먼 일이, 일어나도 크게 일어날 것만 같구먼⋯."

"저건 군청 직원 아니라고?"

"맞어! 맞당깨!"

군중들이 수군거린다. 장기만이 지휘봉을 들고 대중 앞에 나선다. 장기만이 앞으로 나서도 주민들의 웅성거림은 계속된다. 웅성거림이 계속되자 옆에 서 있는 군인을 쳐다보며, 주민들의 웅성거림을 멈추게 하는 신호를 보낸다. 주민들은 강제로 경찰서 마당에 소집되었지만 불안한 마음이 진정되지 않는다.

"자, 자, 조용히 하십시오!"

군인이 나서서 큰소리를 지르지만, 주민들의 웅성거림을 멈추게 할 수는 없다.

탕!

총소리에 주민들이 깜짝 놀란다. 순간 경찰서 마당은 일순간 조용해진다. 사람들은 모두 장기만을 쳐다보며 침묵한다.

"여러분 이 자들이 누군지 압니까?"

군중들이 수군거리기 시작한다.

"자, 이 자들은 그동안 일제의 앞잡이 노릇을 해 오면서 인민들의 피를 빨아먹었던 놈들입니다. 일본의 앞잡이 노릇을 해오던 자들입니다. 해방이 되고서도 반성하는 기미 없이 미군정의 앞잡이에 놀아나더니, 이승만의 앞잡이 노릇까지 계속해 오던 자들입니다. 자기 배만 불려 오면서 엄청난 재산을 축적한 반동분자들이란 말입니다. 경찰서장과 군수의 사택에서는 우리 인민들이 먹어 보지도 못한 진귀한 것들이 산더미처럼 쌓여 있는 걸 발견했습니다. 자! 이걸 보십시오. 군수와 경찰서장의 관사에서 나온 진귀한 물건들입니다."

구령대 앞에는 농협 창고에서 가져온 쌀가마니가 쌓여 있다. 관사에서 가져온 물건들도 수북이 쌓아 놓았다. 귀한 외제 식품과 설탕, 옷감이며, 각양각색의 진귀한 물건들이 쌓여 있다. 쌓아 놓은 물건들을 인민들에게 나누어 주기 위해서다.

"이 진귀한 물건들은 그동안 저 반동 악질들이, 인민들에게 돌아갈 몫을 부정으로 축적한 것입니다. 이자들을 인민의 이름으로 처단해야 합니다."

"옳소! 옳소!"

"이, 반동 새끼들! 죽여라! 죽여라!"

"인민공화국 만세!"

꽹과리와 징 소리를 요란하게 내면서 군중들은 더더욱 한목소리를 내고 흥분되어 간다. 잡혀 온 사람들은 고개를 푹 숙인 채 모든 걸 체념한 자세다. 대부분의 사람들은 수일 전에도, 이들 앞에서 굽신거리며 부탁하는 입장에 섰던 군중들이다. 군중심리를 이용하여 죽이라고 고함을 지르는 상황으로 변했다. 순식간에 구례는 좌익들의 세계가 되어 버린다. 그들만이 살아 판치는 세상이 되어 간다. 주위 사람들도 그 세력에 금방 동조되어 버린다. 그 세력에 휩싸여 동조 세력이 되는 건 그야말로 순식간이다.

"자, 구례는 오늘부터 인민위원회가 행정기관 업무를 모두 접수합니다. 그동안 나라를 미 제국주의에 통째로 팔아먹으려는 이승만 분단 정권을 분쇄할 것입니다. 이제 새로운 세상이 오고 있습니다. 저 악질 지주들이 가지고 있던 토지를 인민의 이름으로 몰수하여 농민들에게 무상으로 나누어 주겠습니다!"

"와! 와! 와…"

"인민들을 위해서 쌀도 무상으로 나눠 주겠습니다."

"와아—!"

"인민공화국 만세!"

좌익들은 신이 나서 꽹과리와 징을 치며 새로운 세상이 되었음을 축하하느라 춤을 춘다. 인민재판이 끝나고 반동으로 몰린 사람들은 손이 묶인 채 줄줄이 한 줄로 서서 끌려간다. 서시천으로 끌고 간다.

탁 탁 탁…

어두컴컴한 새벽인데 대문 두드리는 소리가 요란하게 들린다. 사랑채에서 김 서방이 서둘러 나간다. 대문을 열자마자 작은댁 명일 아재가 급히 들어선다.

"아재, 이 새벽에 무슨 일이다요?"

명일 아재를 보자, 김 서방이 놀란다.

"큰아버님 일어나셨나요?"

"아직, 주무실 텐데요."

"얼릉 깨우셔요. 지금 급한 일이라서, 한시라도 지체할 때가 아닙니다."

명일이 급하게 서두른다.

"그라고, 김 서방은 얼른 인철이 성도 깨우시오."

"뭔 일이 있당가요?"

김 서방은 명일 아재가 자초지종을 설명도 하지 않고 독촉을 하니 더욱더 궁금하기만 할 뿐이다.

"시방, 한시가 급하당깨요."

"그랍시다."

대문 입구에서 김 서방과 명일이 수군거리는 사이에, 이대길이 인기척을 느끼고 일어나 방문을 열고 마루로 나온다. 천천히 마당으로 내려선다.

"이 꼭두새벽에 명일이 네가 웬일이냐? 무슨 급한 일이라도 있는 거냐?"

"큰아버님, 급한 일입니다."

인철도 잠이 덜 깬 채 눈을 비비고 하품을 하면서, 명일이 서 있는 마당으로 걸어 나온다.

"급한 일이라고?"

"긴히 상의드릴 일이 있습니다."

"그래, 찬찬히 말해 보거라."

"혁명이 일어났습니다."

명일의 입에서 혁명이라는 말이 서슴없이 나온다. 이대길과 인철이 명일의 입에서 혁명이라는 말에 놀라는 표정을 짓는다.

"뭐라고? 혁명이라니? 그게 뭔 소리다냐?"

이대길이 재차 묻는다.

"여수에서 혁명이 일어났습니다."

"그래. 나도 여수, 순천에서 반란이 일어났다는 소문은 들었다만… 혁명은 또 뭐다냐?"

"여수에 있는 14연대가 제주에서 일어난 혁명을 진압하려고 추가 파병을 하려다, 반기를 들고 혁명군들이 되어, 여수와 순천을 장악하고 구례도 장악했습니다."

"그래. 나도 새벽에 읍내 쪽에서 난 총소리를 들었다만…."

"여수와 순천에서는 혁명군들에게 민간인들이 협조하기 시작했습니다."

"이놈아 혁명군이라니? 난 당최 이해가 안 간다. 반란군이 아니고 혁명군이라니? 지금 미군정하에 남한에서 총선거까지 치르고 대한

민국 정부가 들어선 마당에 혁명이라니? 너 그러다가 붙잡혀 가면 어쩔라고 함부로 그러는 거냐?"

"아따, 큰아버지도… 반란군이 아니라 혁명군이라니까요. 큰아버지 아직도 잘 모르시는군요. 지금 혁명군들이 여수, 순천을 싹 다 장악해 뿌렀고, 수천 명의 민간인까정 합세하여 구례로 진격해 와 부렀당깨요."

"…"

이대길은 명일이 혁명군이라고 우기는 바람에 강하게 훈계를 하려다 만다.

"구례도 새복(새벽)에 혁명군이 들어와서 벌써 구례경찰서를 접수했뿌렀당깨요. 아직도 모르고 계셨어요?"

"…"

이대길이 인철을 쳐다본다.

"그럼, 읍내 쪽에서 새벽에 들려온 총소리가 반란군들이 들어왔다는 총소리냐?"

인철이 곧바로 대답을 하지 않자 명일이 대신 대답을 가로챈다.

"그렇당깨요. 읍내는 이미 혁명군들이 장악을 해부렀당깨요. 광의로 들어오는 것은 이제 촌각을 다투는 문제랑깨요. 날이 훤하게 새면 혁명군들이 광의로 들어온다고 했당깨요."

이대길은 꼭두새벽에 명일이가 올라와서 하는 얘기를 믿을 수 없다는 눈치다. 그러면서도 여수, 순천 반란 여파가 구례에 미쳤는가 하는 의심을 가지면서 명일의 얘기에 귀를 기울인다.

"내가 이 꼭두새벽에 잠깐 들른 이유는… 큰아버지 생각해서…

얼릉 대비를 하시라고 귀띔해 주러 온 겁니다. 오늘 안으로 광의면에도 혁명군들이 들이닥친다고 했응깨로, 얼릉 피하시든지, 아니면 혁명군에 얼릉 가담하셔야만 살아남습니다. 지주들은 싹 다 반동분자로 몰려서 인민재판을 받을지도 모른당깨요."

명일은 아직 잠이 덜 깬 채로 우두커니 서 있는 인철을 향한다.

"인철이 성도 큰아버지와 함께 빨리 판단해야 한당깨라. 얼릉, 혁명군들을 도우는 게 살아남는 길일 껍니다."

"나도 여수에서 반란 사건이 났다는 얘기는 알고 있는데, 새벽에 구례까지 들어왔다는 얘기지?"

인철이 명일에게 확인차 물어본다.

"그렇당깨라. 새복에 읍내에서 난 총소리가 혁명군들이 쏜 총소리당깨라."

명일이 단호하게 대답한다. 인철이 감을 잡았는지 명일의 말에 귀를 기울인다.

"그렇당깨요! 내 길게 얘기 안 할랍니다. 저는 큰아버지가 걱정돼서 살짝 다녀가는 길입니다. 이참에 혁명군에 협조하셔야 할 껍니다. 아니면 빨리 몸을 숨기시던지요. 반동분자로 몰려서 총살을 당하는 건 순식간입니다. 경찰이나 지주들은 반동분자 일 순위랑깨요. 여수, 순천에서도 경찰과 공무원과 지주들과 일제 앞잡이를 했던 사람들이 총살을 당했다고 합니다. 그리고 삼팔선 이북에서 인민군들이 남쪽으로 내려오고 있다는 소식입니다. 무슨 얘긴지 알아들으시겠죠? 자, 난 여기서 오래 지체할 시간이 없습니다. 알아서 하시고 난 바쁜깨로 이만 가 볼랍니다."

명일이 더 이상 지체할 시간이 없는지 서둘러 대문을 열고 나간다. 명일이 갑작스럽게 나타나서 귀띔을 해 주는 게 미심쩍기도 하다. 혁명군에 가담해야 살아남을 수 있다는 얘기에 기분이 언짢아지긴 하지만, 어찌해야 할지 고민이다.

"명일이 그놈이 남로당이니 민애청이니 하면서, 강진태를 따라다니고 좌익에 가담한다는 소리를 들었지만, 저놈이 저렇게 좌익에 물들었을 줄은 꿈에도 몰랐다. 꼭두새벽에 이렇게 귀띔을 한다는 것은 실없는 소리가 아닐 텐데… 그나저나 명일이 저놈이 우리 집안 생각해서 미리 귀띔해 준 것일 텐데…."

"명일이 저놈은 원래 불만이 많은 놈이여요. 맨날 불만투성이인 거 이제 아셨어요?"

인철이 불안한 심정을 명일에게 화풀이하며, 며칠 전에 다방에서 강진태를 만났던 기억을 떠올린다. 강진태가 스스럼없이 반란군들을 혁명군이라고 들먹거리면서 함께 일하자고 했던 기억을 떠올린다. 반란군들이 광의까지 쳐들어온다면 어떻게 해야 할지 순간적으로 고민을 한다.

"인철이 너는 당분간 나서지 말거라. 일이 어떻게 될지 천천히 두고 보거라. 알겠느냐? 지주 집안 사람들은 잡아간다고 하니까, 잡혀가면 뻔한 거 아니냐? 잡혀가도 큰 죄 지은 거 없응깨로, 설마 무슨 일이 있겠냐마는… 동태를 잘 살펴봐라. 혹시라도 경거망동하지 말고, 당분간 밖으로 절대 나가지 마라."

"예, 알겠습니다. 남로당 저놈들이 대구와 제주에 이어 이젠 여수, 순천에서까지 계속 반란을 일으키고 있네요. 저보다도 앞으로 아버지께서 처세를 잘 하셔야 할 겁니다. 저놈들이 지주들에게 어떤 해를 가할지 걱정입니다. 여수 14연대 일부 병력들이 반란을 일으켰다면, 오래가지는 못할 겁니다. 미군정과 이승만 정부가 당장 진압에 나설 것입니다. 남한에서는 미국의 조종을 받고 있지만, 북한에서는 소련의 사주를 받은 공산당이 이미 토지개혁을 단행했습니다. 지주들의 땅을 무상몰수하여 무상으로 농민들에게 분배를 한 상태입니다. 반란군들이 북한처럼 지주들을 타도해야 할 대상으로 삼는다면, 명일이 말대로 아부지가 제일 먼저 대상이 될 수 있습니다. 명일이도 아버지가 걱정돼서 미리 귀띔을 해 주는 게 맞을 겁니다. 명일이가 강진태를 따라 남로당 일에 앞장서는 게 보기 싫긴 하지만, 반란군들이 쳐들어왔다면 아부지야말로 몸을 먼저 피해야 합니다."

"그래, 나도 뭔 소리인지 알것다."

이대길은 우선 인영이 걱정이 더 앞선다. 큰아들 인철이야 야학 선생으로 얌전히 있는 것 같은데, 한청단원으로 활동해 온 인영을 떠올린다. 인석은 몸이 불편하기도 하거니와 결혼하고 나서는 처밖에 모르고 농사에만 전념하면서 밖으로 돌아다니지 않아 안심이다. 인호는 전주에서 학교를 다니고 있어서 다행이다. 집안 식구들 중에는 인영이 우선 걱정이다.

"김 서방! 자네 얼른 인영이네 집엘 가 보소. 인영이 그놈이 요즘 한청단원으로 돌아다니는 것 같던데, 그놈을 빨리 깨워서 내가 급히 찾는다고 이리로 올라오라고 하게. 어서 서두르게."

이대길이 김 서방에게 독촉을 한다.

"예, 다녀오겠습니다."

아직 날이 새기 전이라 어둑하지만 김 서방이 대문을 열고 급하게 나선다.

이대길과 인철은 일이 어떻게 돌아가는지 알 수가 없어 답답하기만 하다. 밤사이에 무슨 일이 어떻게 벌어졌는지, 이대길은 공산주의자들의 행태를 영 못마땅하게 봐오던 참이다. 일제 때는 모두가 합심하여 일본 놈들에게 대항하기 위하여 목숨까지도 아끼지 않고 독립운동에 가담했던 사람들이, 해방이 되자 각자의 주장이 거세졌다. 해방되어 좌익이니 우익이니 갈라서는 것도 그렇고, 미군정하의 남한에서 공산주의를 추종하는 세력에 대하여 늘 불안했다. 강진태와는 독립을 위해 백방으로 뛰고, 일본 놈들을 대적하여 싸우는 데는 맘이 맞았지만, 해방된 후로는 거리가 점점 멀어져 갔다. 강진태는 해방이 되자, 건준위원회 일과 공산당에도 심취하여 여기저기 정치적인 일에 관여하였다. 이대길에게도 참여를 독려했지만, 이대길은 강진태의 권유를 매번 묵살했다. 인철도 만주에서 돌아온 후로는 강진태와 손을 맞잡고 주재소에 불을 지르는 데 앞장서고, 선거 반대 운동에도 아버지 모르게 일을 해 왔다. 하지만 최근 남로당의 활동에 대해서는 못마땅하다. 조용히 야학 일에만 열중하던 차에 반란군들이 구례까지 들어왔다고 하니 내심 불안하기도 하다.

김서방이 대문 안으로 들어선다.

"인영이는 어떻게 됐는가?"

"곧장 올라온다고 했습니다."

동이 서서히 터오자 도갯집 강진태가 대문을 열고 마당으로 들어선다. 김 서방이 강진태를 맞이한다.

"어서오십시오."

김 서방이 강진태를 맞이한다.

"대감 어른 계신가?"

"예."

"어서 부르시게, 어서!"

강진태가 급하게 재촉한다. 강진태의 재촉에 김 서방이 허둥거리며 급히 돌아서서 안채로 향한다. 이대길은 새벽에 명일이 다녀간후로 다시 잠을 청하지 못하고 날이 밝기만을 기다리며 고민하던차다. 대문 쪽 인기척에 이대길이 방문을 열고 마루로 나선다. 강진태 얼굴을 보자 서둘러 마당으로 내려선다. 강진태가 이른 아침에찾아온 걸 보면 분명히 큰일이 벌어지고 있음을 짐작한다.

"어서오시게. 이 꼭두새벽에 자네가 어쩐 일인가?"

이대길이 반갑게 강진태와 악수를 나눈다.

"형님에게 긴히 상의할 일이 있어서 왔습니다."

"긴히 상의할 일이라니? 무슨 일이라도 난 겐가?"

이대길이 아무것도 모르는 것처럼 강진태를 쳐다본다. 명일이 다녀간 후라 무슨 일이 벌어지는 건지 노심초사하던 터였다. 시치미를떼고 강진태를 쳐다본다. 강진태도 이대길을 똑바로 쳐다본다.

"형님! 혁명이 일어났습니다!"

"혁명이라니?"

이대길이 놀라는 시늉을 한다. 새벽에 명일이 와서 하는 소리와 똑같은 소리를 하지만, 모른 척하고 강진태에게 되묻는다.

"형님도 새벽에 읍내에서 나는 총소리 들었죠? 혁명군들이 구례경찰서를 장악했습니다. 오늘 오전 중으로 혁명군들이 광의로 들이닥칠 것입니다. 지금쯤 면사무소 광장에 사람들이 모였을 겁니다. 당장에라도 형님을 잡으러 들이닥칠지도 모릅니다. 일제에 협력했던 사람들, 각 마을의 국민회 임원들과 한청단원들, 경찰 가족과 면사무소 직원들, 그리고 지주들을 모조리 잡아들일 것입니다. 인민공화국의 시대가 열릴 것입니다. 그동안 남로당이 기를 못 폈는데, 이제야 혁명군들이 여수, 순천을 장악하고 구례까지 모두 접수했습니다. 이 기회에 좋은 세상을 만들기 위해 형님도 같이 동행했으면 합니다. 그동안 형님이 남로당에 대해 별로 좋게 생각을 안 하는 거 다 압니다. 우리나라에 정신이 제대로 박힌 사람이라면 남한만의 단독선거니, 단독정부를 세운다는 것은 오천 년의 역사를 거스르는 창피스러운 일이라 말은 못 하지만, 속으로는 반대를 하고 싶어도 제대로 말을 못 하고 살아온 게 사실입니다. 그러나 지금은 완전히 다릅니다. 새로운 세상이 왔습니다. 날이 새면 당장 사람들을 잡아들일 텐데, 경찰들도 두 손 들고 다 도망치는 형국입니다. 내가 우리쪽 사람들에게 미리 방편을 해 놓고 손을 쓰긴 할 테지만, 조건이 있습니다. 형님이 이 상황을 빨리 파악하시고, 우리에게 협조를 하는 일만이 목숨을 부지할 수 있습니다."

"그래. 뭔 소린지는 알아듣겠네만… 갑작스런 일이라서…"

이대길이 머뭇거리며 강진태의 말에 동조한다. 강진태의 말을 듣고 보니 쉽게 생각할 일이 아니라는 생각이 든다. 강진태에게 잘 보여야 한다는 생각이 퍼뜩 떠오른다. 순식간에 무슨 날벼락이란 말인가? 지주들을 잡아들인다고 하니 겁이 덜컥 나기도 한다.

"형님과의 옛정을 생각해서 일부러 올라왔습니다. 지서로 가는 길인데, 아무래도 형님이 마음에 걸렸습니다. 우리가 일본 놈들을 물리치기 위하여 얼마나 많은 일을 같이해 왔습니까? 나는 그 일만 기억하면… 형님이 이번에 화를 당하는 걸 원치 않습니다. 인철이도 독립군의 일원이었고, 몸도 성치 않은데…. 이번에는 다릅니다. 인민해방을 위해 여수에서 군인들이 혁명을 일으켜 여수, 순천을 장악하고 구례도 장악했습니다. 여수, 순천 시민들이 좌우익 할 거 없이 모두 혁명군들에게 동조했습니다. 제 말을 허투루 듣지 마십시요."

이대길은 좌우익 모두 동조했다는 말이 뜨끔하다. 여수, 순천 상황을 잘 모르니 강진태 말만 믿는 것이다.

"새벽에 읍내 쪽에서 나는 총소리는 들었네. 그럼 광의면 땅에도 그 사람들이 들어온다는 말인가?"

"오전 중으로 들어올 것입니다. 어젯밤에 저희 동지들이 모여서 만반의 준비를 하였습니다. 지금쯤은 동지들이 지서에 모여 행동 개시할 준비를 하고 있을 것입니다."

강진태의 말을 듣고 있자니 점점 초조해진다.

"형님은 내가 시키는 대로만 하면, 화는 면할 수 있습니다."

"그래, 그럼세. 자네가 생각꼬 이렇게 발걸음까지 해 줬으니, 내가 자네 말대로 해야지. 그럼, 그럼."

강진태가 돌아서서 대문을 막 나서려 할 때, 인철이 행랑채에서 걸어 나온다. 강진태와 마주친다. 무슨 말로 인철을 설득해야 할지 망설여진다. 잠시 머뭇거린다. 며칠 전에 다방에서 만나 인철의 의사를 타진했던 기억을 떠올린다. 막무가내로 인철을 끌고 갈 수도 없다. 인철 역시 강진태가 행동을 함께 하자고 해도 쉽게 따라갈 맘이 없다. 이 상황에서 어떻게 하는 게 잘하는 일인지 잠시 혼란에 빠진다.

"자네, 아직도 생각이 정리되지 않았는가?"

강진태의 물음에 인철이 즉시 답을 하지 못하고 머뭇거린다.

"혁명군들이 구례경찰서를 장악했고, 곧 광의 지서도 장악하게 되네. 나랑 함께 가지 않겠나?"

강진태가 다급하게 묻자, 인철이 대답을 하지 못한다. 남로당들이 반란군들과 합세하여 어떻게 하겠다는 건지, 단순히 여수, 순천, 광양, 구례 지역의 국지적 혁명만으로 신생 정부를 전복시키겠다는 건지, 아니면 잠시 주민들을 동요하게 해 놓고서 산속으로 도망을 가겠다는 건지, 사태가 어떻게 될지 궁금하기만 하다. 지금 당장 강진태를 따라간다면, 그동안 염증을 느끼고 멀리하게 됐던, 공산당 일원으로 반란의 대열에 뛰어들어야 한다. 그렇게 되면 지주격인 아버지와 식구들 모두에게 총부리를 겨누어야 한다. 그럴 수도 없는 일이지만, 공산당에 대해 의심을 품어 왔던 터다. 인철은 어젯밤부터 계속 고민해 왔다.

"형님! 저는 아직 결정을 못 했습니다."

인철이 결정을 못 했노라고 얼버무린다.

"자네 생각을 빨리 돌려야 할 거야. 오늘 당장에라도 혁명군들의 등쌀에 상황이 어떻게 될지 나도 장담을 못 하겠어. 빨리 결정을 해서 혁명군 대열에 함께하는 일만이 살길이라는 걸 명심하게. 내가 시간이 없어 자네와 길게 얘기할 수가 없으니, 마음이 결정되는 대로 나한테 오라고. 알겠나?"

강진태가 바쁘게 대문 밖으로 사라진다. 이대길과 인철은 초조해진다. 반란군들이 들이닥쳤다는데, 이제 어떻게 해야 할지 불안하기만 하다. 강진태 앞이라 맞장구를 쳐 주긴 했는데, 아직 날이 밝지도 않았는데, 강진태까지 들이닥치니, 사태가 점점 심각함을 알 수 있다. 경찰들은 뭘 하고 있는지, 집안사람들을 시켜 밖의 동태를 알아보게 한다.

"아버님! 저 왔습니다."

인영이 급하게 대문을 열고 들어선다.

"그래, 밖의 상황은 어떠냐? 너, 요즘 한청단원으로 활동한다는 소리가 들리던데…"

"예. 아버지도 아시다시피 해방된 후로 한청단원으로 계속 활동을 해 왔습니다. 저만 하는 것도 아니고 동네 사람들도 함께 하고 있습니다. 각 마을을 대표하는 사람들을 합치면 숫자가 많습니다. 어제 낮에도 한청단원 각 마을 대표들이 국민회관에서 모였습니다. 반란군들이 들어오더라도, 광의까지야 별일이 없을 거라고 이구동성으로 얘기했습니다. 무슨 일이 생기면 다시 모여서 그놈들을 물리치자고 했습니다. 방금 오면서 동태를 살피니까 새벽인데도 지서와 면사무소 주위를 사람들이 왔다갔다 합니다. 새벽에 아버님이 저를 찾는다 하여, 깜짝 놀라서 동태를 살펴보니 사람들만 분주히 왔다 갔다 하지, 아직은 별일 없는 듯합니다."

"너, 새벽에 읍내에서 나는 총소리 못 들었냐?"

"예. 저는 못 들었는데요… 어젯밤에 피곤해서인지 깊은 잠이 들었었나 봅니다."

"새벽에 반란군들이 읍내에 들어왔단다."

"그래요?"

인영이 놀라는 모습이다.

"그래서, 지서 앞으로 사람들이 꼭두새벽부터 지나다니는 거구나."

"아까, 새벽에 명일이가 다녀갔다."

"그래요? 그 자식 그러잖아도 강진태를 따라다닌다는 낌새는 알았는데, 뭐라 대놓고 말을 할 수가 없었는데, 명일이가 뭐라 합디여?"

"다짜고짜 새벽에 올라와서는 혁명이 일어났다고 하더라. 지 깐으로는, 큰아버지 생각해서 미리 귀띔해 준 거라고 하면서, 지주들은 싹 다 반동분자로 몰려서 총살을 당할 수도 있으니까, 이참에 자기들 쪽으로 들어와서 도와야 한다고 하더라."

"뭐라구요? 혁명이라고요? 그 자식이 그래요? 간뎅이가 부었그만. 지금이 어느 때라고 그런 말을 함부로 하고 다녀요? 여수, 순천이 불바다가 됐다느니, 이북에서 인민군들이 내려온다는 유언비어가 돌고 있긴 한데, 아직은 아무 일이 없었거든요. 그리고 한청단원들도 있고, 국군과 미군이 버티고 있는데 무슨 일이 나겠습니까? 읍내에 반란군들이 들어왔다 해도 곧 진압이 될 겁니다."

"어허! 명일이가 뭐냐? 아무리 사촌이라도, 형은 형이라 해야지!"

"그 자식이 형은 무슨 형이여요?"

인영이 명일을 업신여기는 말투에 이대길이 나무란다. 이대길이 사촌 간에 위계질서를 잡아 주려 해도 인영이 말을 듣지 않을 눈치다. 명일은 인영보다 한 살 위지만, 명일을 형으로 대우하지 않을 때가 더 많았다.

"아니다. 도갯집 강진태 사장도 조금 전에 다녀갔다. 나를 생각해서 일부러 올라왔다고 하더라. 이참에 혁명군에 협조를 하라고… 사람들이 나를 잡으러 들이닥칠 거라고 하더라. 큰일이 닥칠 것 같은 예감이 든다. 좌익들이 저렇게 설치고, 반란군들이 지주 집안이라고 총을 들이대기나 해 봐라. 이거 개죽음만도 못한 일 아니냐? 이러고 있을 때가 아닌 것 같다. 그래서 너를 급하게 부른 것이다. 너부터 얼릉 피해라."

"아버님, 그래도 상황을 살펴본 뒤에 처신해도 되지 않겠어요?"

"아니다. 당장 몸을 피해라. 우선은 당몰 인석이 외삼촌네 집 뒷산으로 가라. 사돈집에 자초지종 이야기를 잘하면, 동네 뒤 까끔(야산)에 인석이 아버지 묘가 있는 곳을 내가 댕겨 온 적이 있다. 그곳이 은신처로는 좋을 것 같더라. 당장 준비해서 떠나거라. 날이 훤히 새기 전에 움직여야 한다."

"아버지는 어떻게 하시려고요?"

"글쎄다. 보통 일이 아닌 것 같은데… 아직 결정하지 못하고 있다. 강진태 그 친구 말대로 남로당 사람들을 도와준다고 해야 할지, 나도 빨리 몸을 피해야 할지… 모르겠다."

인영도 아버지에게 어떻게 하라고 말하기가 난감하다. 현재 상황을 잘 모르기 때문에 일단 몸을 피한다고 될 일인지, 아니면 아버지 말대로 강진태가 시키는 대로만 하면 화를 모면할 수 있을지 판단하기가 어려운 상황이다. 아버지 말을 듣고 보니, 조금 전까지 기세등등하던 모습은 가라앉아 버렸다. 인철이 기다리고 있다. 인영이 인철과 마주한다.

"어떻게 하려고?"

"아버지께서 빨리 몸을 피하라고 하는데…."

"그래서 어떻게 하려고?"

"당몰 인석이 형 외갓집 까끔으로 피하라는데…."

"이 상황에서 우리 가족 모두가 피하는 게 좋을 것 같기는 해. 북한에서는 공산당이 들어서면서 제일 먼저 반동분자로 본 것이 지주들이었어. 토지개혁을 하면서 지주들의 땅을 몰수하여 농민들에게 나누어 주며 지주들을 가만히 놔두지 않았겠지. 지주들은 분명히 반발했을 테고… 아직은 상황이 어떻게 돌아갈지 예측을 못 하겠다. 일단은 내가 있으니까 쉽게 우리 집을 쳐들어오지는 못할 거야. 아버지는 지주니까 그렇다 치더라도… 나야 많은 사람들에게 알려졌듯이, 일제 치하에 앞장서서 강력하게 항거했던 전적을 감안한다면, 남로당원들도 우리 집을 쉽게 어떻게 하지는 못할 것 같아. 만약에 우리 집을 해하려고 한다면 내가 나서야겠지. 강진태도 아버지와는 물론이고, 나와도 각별한 사이니까. 새벽같이 우리 집에 들러서 상황을 미리 알려 주는 것 같기는 해. 인영이 너는 한청단원으로 남로당 사람들과 의견이 달랐던 터라, 몸을 빨리 숨기는 일이 우선일 것 같아."

"성, 그러면 아버지 말대로 우선은 피해 있을께. 집안은 인철이 성이 잘 알아서 대처하기를 바래. 우리 집에도 연락을 해 줘. 급해서 우선 몸을 피했다고 알려 줘."

"그래. 날이 훤해지기 전에 빨리 움직이는 게 좋겠다."

인영과 인철이 움직인다. 인영의 차림새가 변했다. 머리에는 밀짚 모자를 눌러썼다. 꼴망태도 어깨에 둘러멨다. 누가 봐도 들에 나가는 사람 같다. 가까이서 보지 않으면, 누군지 알아볼 수 없는 차림새다. 이대길에게 인사를 하고 조용히 혼자 뒷문을 열고 나간다. 아버지 말대로 이럴 때일수록 몸을 숨겨야 한다는 걸 잘 안다. 뒷문을 빠져나온 인영은 대전교회 뒷산을 넘어 당몰 부락으로 향하는 들판을 빠르게 지나간다. 어젯밤 한청 사무실에서 머리를 맞대고 의논했던 사람들이 걱정이다. 한청 사무실은 아직 괜찮은 건지? 만식이 형님은 도망을 갔을까? 지서 인근이라서 제일 먼저 만식이 형님 집에 좌익들이 들이닥칠 텐데….

만식은 새벽에 읍내에서 들려오는 총소리에 잠을 깼다. 읍내 쪽에서 무슨 일이 일어났는지 궁금했다. 아직 날이 새지 않았는데도 골목에서 사람들이 급하게 오가는 발소리가 들려온다. 살그머니 사립문을 열고 밖을 살핀다. 사람들이 몰려다니는 걸 보고 사태가 심상치 않음을 느낀다. 반란군들이 입성하였음을 직감적으로 알아챈다. 인기척이 없는 틈을 타 집을 나온다. 고개를 숙이고 장터 다리를 빠른 걸음으로 건넌다. 국민회관에 도착한다. 혹시라도 한청단원들이 나와 있으리라는 기대를 해 본다. 사무실은 텅 비어 있다. 어젯밤에 모였던 사람들이 혹시나 올까 기대를 걸고 있다. 한참을 기다려도

아무도 오지 않는다. 불안하여 사무실 문을 닫고 나온다. 장터 한
쪽에 숨어서 국민회관을 계속 살펴보고 있다.

　지서 앞 광장으로 사람들이 몰려든다. 어젯밤 강진태 집에 모였던
좌익들이다. 죽창을 들고 있다. 사람들이 점점 많아지자 장터 대장
간으로 우르르 몰려간다. 대장간 문을 부수고 문을 열어젖힌다. 대
장간에 만들어 놓은 낫, 괭이, 쇠스랑, 곡괭이, 삽 등 농기구를 닥치
는 대로 하나씩 들고 나선다. 농기구들이 순식간에 바닥이 난다. 농
기구를 하나씩 들고 광장으로 다시 모여든다. 날이 밝자 군인들이
도착한다. 군복에 철모를 쓰고 총을 멨다. '저벅저벅, 저벅저벅' 군
화 발소리와 함께 군인들이 계속 들어온다. 뒤를 이어 죽창을 든 사
람들도 함께 광장으로 들어온다. 강진태와 미리 나와 있던 좌익들이
환호한다.
　"와!"
　경찰들이 도망을 간 지서 안은 텅 비어 있다. 군인들이 지서 안으
로 들이닥친다. 총 한 방 쏘지 않고 광의 지서를 접수한다. 지서에
는 인공기가 펄럭인다.
　"와!"
　"인민공화국 만세!"
　좌익들은 신이 났다. 죽창과 농기구를 들고 하늘을 찌를 듯이 치
켜세운다. 만세 소리는 더 큰 함성으로 메아리친다.

　면사무소와 지서 앞 광장 앞에 사람들이 몰려든다. 강진태가 광

장 앞으로 나선다.

"여러분! 새로운 세상이 왔습니다. 이제부터는 우리가 반동분자들을 색출해야 합니다. 어젯밤에 조직한 분대원들이 총을 가진 군인들과 조를 이뤄 각 부락별로 흩어져야 합니다. 빨리 반동분자들을 연행해 와야 합니다. 저 반동분자들이 도망치기 전에 재빠르게 행동해야 합니다. 알겠습니까?"

"예."

"자, 빨리 서두릅시다."

강진태의 명령에 의해 모여 있던 사람들이 움직인다. 총을 멘 군인들과 죽창, 농기구를 어깨에 멘 사람들이 삼삼오오 흩어진다.

만식도 상황이 이렇게까지 되리라고는 예상하지 못하고 있었다. 지서와 면사무소 쪽에서 함성 소리가 들려온다. 그냥 그대로 도망가야 하지만, 집으로 향한다. 좌익들이 사람을 잡아가리라는 예상은 못 한 상태다. 만식이 집으로 오는 길에 죽창을 든 좌익들이 멀찌감치 보이자 다른 골목으로 들어가 몸을 담벼락으로 바짝 숨긴다.

정만식의 집에 총을 든 군인과 죽창과 몽둥이를 든 사람들이 들이닥친다.

"정만식이 나와라!"

남원댁이 방문을 열고 나온다. 남원댁은 만삭이 되어 배가 불룩하다. 아이가 겁에 질린 채 남원댁 치마를 붙들고 따라나온다.

"나도 잘 모르것는디요. 새벽에 일어나 봉깨로 어딜 갔는지 안 보이는구만이라.”

“하! 이 새끼 벌써 도망쳤구먼. 요놈 봐라! 지가 가면 어딜 갈라고, 잡히기만 해 봐라. 정만식이 어디 숨었는지 집 안을 뒤져 봐!”

군인들이 총을 겨눈다. 죽창을 겨눈 사람들이 방문을 열어젖힌다. 방 안을 둘러본다. 방 안에 인기척이 없음을 확인하고 집 안 곳곳을 뒤진다. 집 안을 뒤지던 사람들이 마당으로 다시 모인다.

“없습니다. 도망친 모양입니다.”

서로 얼굴을 쳐다보며 고개를 끄덕인다. 정만식이 없음을 확인하자 우르르 몰려나간다. 만식이 집에서 나온 사람들이 골목길을 우르르 빠져나간다.

멀리서 몸을 숨기고 바라보던 만식이 주위를 살피며 집으로 재빠르게 들어간다. 만식이 급하게 들어오자 남원댁이 기다렸다는 듯이 옷을 잡아당기며 헛간으로 들어간다. 남원댁이 숨을 몰아쉰다. 아직도 가슴이 진정되지 않는다.

“집에 들어오면서 누구 본 사람 없었어요?”

“없었어. 나도 그 사람들을 피해서 집에 들어왔지.”

“방금 총을 든 군인과 죽창을 든 좌익들이 우리 집에 쳐들어왔당깨요.”

“그래? 나도 집에 들어오려다가 그놈들이 우리 집에 들어가는 걸 보고 몸을 숨기고 있었다니까. 우리 집에 들어온 그놈들이 뭐래?”

“뭐라긴요. 당신 잡으로 왔당깨라. 다짜고짜 당신 어디갔냐고 하면서 집 안을 수색하다가 찾지 못하니깐 우르르 몰려나가더라고요.”

"다른 해꼬지는 하지 않았어?"

"예. 그나저나 얼릉 피하셔요. 그러지 않으면 언제 또 그놈들이 우리 집에 들이닥칠지 모르잖아요. 질(길)가 집이라 당장 또 들이닥칠까 봐 심장이 콩당콩당 뛴당깨요."

"그래! 난리가 난 게 분명하당깨. 국민회관에 갔더니 그곳에 아무도 안 오드라니까. 어젯밤에도 반란군들이 들어오면 모이자고 했거등… 모두 몸을 피했나 봐."

"당신도 얼른 피해야 된당깨요. 휴…."

남원댁은 갑작스런 일을 당하고 숨이 가빠 긴 숨을 내쉰다. 임신까지 한 몸이라 몸을 가누기가 불편하다.

"그러세."

만식이 급하게 주섬주섬 챙긴다.

"밖으로 나가다가 또 좌익들을 만날런지 모르니깨, 밀짚모자랑 얼릉 챙기시오."

남원댁의 당부에 정만식이 꼴망태도 메고 삽을 들고 밀짚모자를 눌러쓴다. 바지도 걷어 올린다. 들에 일하러 가는 농부로 변장을 했다.

"당분간 피해 있을 텡께로, 내가 없더라도 당신이 애들 잘 돌보고 있어야 되네잉!"

남원댁에게 당부의 말을 건네고, 꼴망태에 주섬주섬 물건을 담고 급하게 집을 나서려다 남원댁을 다시 한 번 더 쳐다본다. 남원댁의 만삭인 배가 불룩하다. 남원댁을 바라보니 걱정이 된다. 처자식을 두고 집을 떠나려니, 차마 발길이 떨어지지 않는다.

"당신, 너무 걱정하지 말고 방에 들어가서 좀 누워 있으라고…."

남원댁이 걱정되는지 방 안에 가서 누워 쉬라고 한다.

"저는 괜찮웅깨로 걱정 마시고, 당신이나 조심해서 얼릉 도망가란 말이오, 얼릉!"

남원댁은 죽창을 든 사람들이 들이닥칠까 걱정되어 남편이 빨리 도망가기만을 재촉한다. 아이를 배서 배까지 불룩하게 나와 있는 남원댁 본인은 괜찮으리라 여긴다. 남편이 도망가고 나면 방 안에 들어가 누워 있을 참이다. 남편이 빨리 도망하여 별일 없기만을 바랄 뿐이다. 만식은 뒤를 한 번 더 돌아다보며 집을 나선다. 골목길을 두리번거리며 사람들이 지나가는지 경계를 늦추지 않는다. 빠른 걸음으로 고개를 숙이며 장터 다리를 지난다. 장터를 가로질러 장정지로 향한다. 장정지에서 보면 연파리, 신지리, 선월리가 한눈에 들어온다. 신작로에 사람들이 지나가는 모습을 살필 수 있고, 동태를 파악할 수 있기 때문이다. 저 멀리서 사람들이 좌익들에게 끌려가는 모습이 보인다. 군인들이 줄을 지어 신지리마을 쪽에서 연파리로 걸어서 들어오는 모습이 보인다. 저렇게 많은 반란군들이 들이닥치면 반란군 세상이 될는지? 와락 겁이 난다. 상황이 점점 나빠질 거라는 생각에 서둘러 서시천을 따라 북쪽으로 걷는다. 한참을 걷다가 둑방을 넘어 논둑길로 접어든다. 구만리로 가는 대로를 지날 때는 누가 오고 가는지, 혹시 아는 사람은 없는지 살핀다. 다행히 이른 아침이라 사람들은 눈에 띄지 않는다. 대로를 지나 다시 논둑길로 접어 들어선다. 금성재로 향한다.

"청년회 부단장 정만식 악질 반동을 꼭 잡아야 한다."

"아까 집을 수색했는데, 벌써 도망치고 없었습니다."

"그럼 가족들이라도 잡아 와야지."

"예. 알겠습니다."

다시 좌익들이 만식의 집으로 우르르 몰려든다. 남원댁이 마당에서 있다가 깜짝 놀란다. 총을 겨눈 군인들과 죽창과 몽둥이를 든 사람들이 다시 들이닥친 것이다. 이번에는 완장을 찬 박금옥도 끼어있다. 지서나 면사무소에서 가까운 거리라 오다가다 눈에 띄는 집이다. 좌익들이 마당에 들어서자마자 총을 쏜다.

탕 탕 탕!

귀청이 찢어져 나갈 것 같은 총소리에 남원댁이 움찔하며 마당에털썩 주저앉아 버린다. 아이도 총소리에 울음을 터트리며 남원댁 품안으로 달려든다.

"앙! 앙! 앙!"

"정만식이 나와라!"

우르르 몰려든 군인들이 남원댁을 향하여 총부리를 겨눈다.

"아직도… 안 들어왔는디요!"

남원댁이 덜덜 떨면서 대답을 머뭇거린다.

"뭐야! 아직도 안 들어왔다고?"

"예!"

남원댁이 만삭의 몸을 이끌고 겁에 질린 목소리로 대답을 한다. 같이 온 사람 중 박금옥이 남원댁의 얼굴을 보더니 가까이 다가간다.

"동무! 동무는 부인회 간부가 아니요?"

날카로운 목소리로 남원댁을 알아보는 눈치다. 남원댁과 서로 얼굴을 마주친다. 얼굴을 마주친 남원댁이 고개를 숙인다. 남원댁이 아무 대답을 하지 못하고 숨을 몰아쉰다.

"앙!"

우는 아이를 감싸안는다.

"이 집 주인이 집에 없다 이거죠. 이 집 주인 어디다 숨겼습니까?"

박금옥의 날카로운 목소리가 남원댁을 몰아붙인다.

"숨기다니요? 아침에 나가서 아직 안 들어왔당깨요!"

남원댁도 시치미를 떼고 대답을 한다.

"어디다 숨겼는지 말 안 하겠다 이거지?"

"어디다 숨기기는요? 아직 안 들어와서 나도 애들 아부지가 어딜 갔는지 몰라서 걱정이 된당깨라?"

"남편은 청년회 부단장에, 부인은 부인회 간부라… 악질 반동의 가족이구먼!"

박금옥이 날카로운 목소리와 눈빛으로 남원댁을 쏘아본다. 박금옥이 옆에 있는 군인에게 다가가 귀에 대고 뭔가를 얘기한다. 그러자 군인이 알았다는 듯이 고개를 끄덕이며 날카로운 목소리로 명령을 한다.

"집 안을 다시 수색해 봐!"

명령이 떨어지기 무섭게 군인과 좌익들이 죽창을 들고 우르르 몰려들어 집 안을 수색한다. 방문을 열어젖히고 방 안으로 들어선다. 방 안을 살핀다. 헛간에도 얼굴을 들이대고 구석구석을 살핀다. 정만식을 찾아내지 못하고 다시 마당으로 사람들이 우르르 모여든다.

"집 안에는 없습니다."

"그래! 그럼 이 여자를 데리고 가!"

남원댁 뒤에서 총과 죽창을 겨눈다. 남원댁이 겁먹은 얼굴로 배가 불룩한 몸을 이끌고 집을 나선다. 아이가 울면서 엄마에게 매달린다. 아이가 남원댁 치마를 붙들고 울면서 따라간다. 남원댁 뒤에서는 죽창을 겨누며 빨리 가기를 재촉한다. 몸이 불룩한 남원댁이 뒤뚱거리며 아이를 데리고 걸어간다.

동네 한가운데 정기훈의 집에 총을 든 군인과 죽창에 몽둥이를 든 사람들이 들이닥친다. 정기훈은 상황이 급박하게 돌아가는지도 모른 채 집안일을 하고 있다. 지서와는 먼 곳이다. 상황을 전혀 모르고 집에 있다가 죽창을 든 좌익들이 급습하여 포박당하고 말았다. 정기훈을 끌고 간다. 부산댁은 영문도 모르고 겁에 질린 채 그 뒤를 따라간다.

김민기 집에도 군인과 몽둥이를 든 사람들이 문을 박차고 들이닥쳤다.

"김민기 나와라!"

이른 아침에 부엌에서 밥을 짓고 있던 당촌댁이 부지깽이를 들고 허리를 구부리며 나온다.

"아니, 이른 아침부터 뭔 일이다요? 우리 민기, 방에서 자고 있는디… 시끄럽게 뭔 일이다요. 좋게 불러낼 것이지. 요 총을 든 군인들은 뭐고 죽창은 뭐다요?"

밖이 소란하다. 급하게 옷을 챙겨 입고 눈을 비비면서 김민기가 방에서 나온다. 마당으로 내려선다. 반란군들과 좌익들임을 직감적으로 알아차린다. 총을 들이대며 잡으러 올 줄은 꿈에도 생각 못 한 일이었다. 김민기가 나오자 마당에 군인과 좌익들이 총을 겨눈다. 좌익들이 달려들어 새끼줄로 포박을 한다.

"이 반동 새끼."

순식간의 일이다. 김민기가 강하게 뿌리쳐 보지만, 군인들이 총을 겨누고 있어 도망을 갈 수도 없고 순순히 포박을 당하고 만다.

"아니 뭔 일이여. 우리 민기가 뭘 잘못한 거야 이놈들아!"

"야! 지서로 빨리 끌고 가!"

"이놈들아! 우리 민기가 뭘 잘못한 거란 말이냐고?"

당촌댁이 부지깽이를 들고서 달려든다.

"이봐 할멈. 저리 비키시오."

당촌댁을 밀어 버린다. 당촌댁이 바닥에 쓰러진다.

"이 할망구가? 저리 비키란 말이오!"

"이놈들! 차라리 나를 죽여라 이놈들!"

김민기에게 총구를 들이댄다. 총구를 들이대자 김민기가 움직인다.

"이놈들!"

당촌댁이 부지깽이를 들고 그 뒤를 쫓아가다가 넘어진다.

송기섭이 새벽에 요란하게 들리는 총소리에 잠을 깼다. 마을 이장이라서 매일 습관처럼 동각에 나가 동네에 무슨 일이 있는지 둘러보려고 집을 나선다. 새벽부터 오가는 사람들이 눈에 띈다. 어제 한청 사무실에서 반란군들이 광의에 들어오면, 한청단원들이 나서서 반란군을 격퇴하자고 다짐을 했던 터다. 새벽에 일어나자마자 한청 사무실로 가려는데 지서 쪽에서 웅성거리는 소리가 나는 바람에, 반란군들이 들어왔음을 직감적으로 알아차린다. 뒤도 돌아보지 않고 서둘러 서시천 둑방으로 내달린다. 인적이 드문 서시천을 따라 용방 쪽 아래로 몸을 숨긴다. 둑방 수로 사이에 급하게 몸을 피하느라 처에게 기별도 못 하고 몸을 피한 것이다. 마을 이장인 송기섭이 집에도 총을 든 군인과 죽창을 든 사람들이 들이닥친다.

"이 동네에서 이승만 일당의 앞잡이 역할을 가장 많이 한, 악질 반동분자입니다. 청년회 단장 집입니다."

함께 동행한 군인에게 꼭 잡아야 함을 강조한다.

탕 탕 탕!

군인이 알아들었다는 듯이 집 안에 들어서자마자 총을 허공에 쏜다. 미군정의 앞잡이 역할을 한 청년회 단장을 잡아가기 위해 공포감을 조성한다.

"아이쿠, 어매!"

갑작스런 총소리에 두동댁이 귀를 막고 땅바닥에 털썩 앉아 버린다. 귀청이 찢어질 것만 같다. 너무 놀란 나머지 바지에 오줌을 싼다. 총소리를 이렇게 가까이서 들어 보기는 처음이라 너무 놀란 것이다.

"이 악질 반동 새끼! 송기섭 나와!"

큰 소리로 집 안을 향해 소리를 지른다. 송기섭을 반드시 잡아야 할 것처럼 길길이 뛴다. 송기섭은 한청단장으로 사사건건 좌익들과 대립각을 세웠다. 수시로 경찰서에 고자질했고, 좌익들이 경찰에게 불려가 호된 일을 당하기도 하였다. 더군다나 마을 이장에다가 지주 집안이기 때문에 송기섭을 꼭 잡아야만 한다.

"송기섭이 집 안에 없어?"

송기섭이 보이지 않자 신경질적인 목소리로 송기섭을 찾는다.

"예, 새벽에 들에 갔다 온다고 나갔는디요?"

두동댁이 벌벌 떨면서 기어들어 가는 목소리로 겨우 대답한다.

"뭐야! 이 새끼 벌써 도망쳤단 말이야? 이 악질 반동을 꼭 잡아야하는데… 집 안을 뒤져 봐!"

송기섭을 찾기 위하여 집 안 구석구석을 뒤진다. 집 안을 한참 뒤지던 사람들이 다시 마당으로 모여든다.

"집 안에는 없나 봅니다."

"햐! 이 반동 새끼가 도망을 갔다 이거지?"

좌익들은 송기섭을 향해 욕을 해 댄다. 박금옥이 두동댁 옆으로 가까이 다가선다. 두동댁이 부인회 임원임을 직감적으로 알아차린다.

"부인회 임원이시죠?"

박금옥이 두동댁을 향하여 차갑게 쏘아붙인다. 두동댁이 무서워서 벌벌 떨며 얼굴을 들지 못한다.

"이장님은 어디를 가셨나요?"

두동댁이 얼굴을 들어 박금옥을 쳐다보려다 말고 고개를 숙인다.

"이 집은 악질 중에서도 최고의 악질 반동분자 집입니다."

박금옥이 앙칼진 소리로 두동댁을 압박한다.

"그래?"

"그렇습니다."

"끌고 가!"

죽창과 총구를 들이밀며 두동댁을 연행해 간다.

"이인영 나와라."

이인영의 집에도 총과 죽창을 든 군인과 좌익들이 들이닥친다.

"우리 애 아범은 새벽에 큰집에 갔다온다고 올라갔는디요?"

인영이 김 서방과 함께 큰집에 다녀온다고 나간 후다. 천변댁은 이른 아침에 죽창과 총을 든 군인들을 보자 기겁을 한다. 벌벌 떨면서 남편이 큰집에 갔다고 곧이곧대로 말해 버린다.

"집 안을 수색해 봐."

사람들이 우르르 달려들어 집 안을 수색한다. 인영을 찾지 못하자, 들이닥쳤던 사람들이 서로 눈빛을 교환하고 고개를 끄덕인다. 큰집이 어디인지 안다는 표시다.

"자, 오봇대 집으로 올라가 보자고!"

우르르 몰려나간다. 집안 식구들을 건드리지 않고 그냥 큰집에 이인영이 있을 거라는 짐작에 서둘러 나간다.

이대길의 마당에 완장을 두르고 죽창을 든 좌익들이 대문을 박차고 들이닥친다. 총을 든 군인도 함께 뒤따라 들어선다. 이대길은 지난밤부터 명일이 다녀가고, 강진태가 다녀간 뒤로 사태가 심각함을 알아차리고 인영도 피신을 시킨 상태다. 인철은 적극적인 활동을 접은 상태지만, 인영은 해방 후 한청단원의 핵심 일원으로 활동해 왔던 터라 빨리 피신시키지 않으면 무슨 화禍가 미칠지 몰라 날이 새기 전에 서두른 것이다.

"이 반동 지주들! 다 나와라!"

탕 탕 탕!

허공을 향해 총을 쏜다. 이대길을 비롯하여 집 안에 있던 사람들이 총소리에 기겁을 하고, 귀를 두 손으로 막고 그 자리에 털썩 주저앉아 버린다.

총을 쏘며 죽창을 들고 악을 쓰는 소리에 이대길이 방문을 열고 나와 마당으로 내려선다. 좌익들의 얼굴을 바라보니, 이 지역 사람들도 아니고 처음 보는 얼굴이다. 반동 지주들이라니 듣기 거북한 말투다. 우르르 달려든 상대가 총을 겨누고 있기 때문에 겁이 나지만 침착하게 대처한다.

"반동이라니? 무슨 일인데 이러시오?"

강하게 소리를 지르고 싶지만, 총구를 겨누고 있어 이대길의 소리는 점잖다.

"이 반동 새끼들! 지금 무슨 일이라니? 몰라서 묻는 거야? 혁명이 일어났단 말이야, 혁명!"

험악한 얼굴로 총을 들이대고 고래고래 소리를 지른다.

"자, 영감, 지금 당장 이 집 안에 있는 반동 가족들 모두 마당으로 모이게 하란 말이야!"

총을 들이대며 협박을 한다.

"이인영 나와라!"

이인영이 큰집으로 들어왔다는 정보를 듣고 올라온 좌익들이 이인영을 큰 소리로 부른다.

"우리 인영이가 조금 전에 여기 왔다가, 자기 집에 간다고 돌아갔는디 어쩐 일이다요?"

이대길은 조금은 위엄을 가지고 들이닥친 사람들에게 시치미를 뗀다. 하지만 이대길이 이 지역의 영향력 있는 사람이란 걸 모를 리 없지만, 죽창과 총을 든 이상 이대길을 무시하는 투다. 인영은 물론이고 이대길과 인철을 잡으러 온 사람들에게 이대길 쯤은 안면몰수하고 총과 죽창을 들이댄다.

"뭐야! 그놈이 지금 여기 없다고?"

"예. 지금 여기 없다니까요, 조금 전에 다녀갔다니깨요?"

"야하! 방금 올라왔다 했는데, 영감, 거짓말하면 재미 없을 줄 알라고! 자, 집 안을 구석구석 수색해 봐! 여기 어디 분명히 숨어 있을 거야!"

집 안을 수색하라는 말이 떨어지자 인철이 마당으로 걸어 나온다. 마당에 서 있는 이대길 옆에 와 선다. 사람들이 일사불란하게 넓은 집을 돌아다니며 수색을 한다. 시끌벅적 집안사람에게 총과 죽창을 들이대자 놀란 소리를 낸다.

"어머!"

"자, 마당으로 나가!"

좌익들이 총과 죽창을 들이밀자 무슨 영문인지도 모른 채 집 안에 있던 사람들이 모두 마당으로 끌려 나온다.

"이인영이 어디 있나?"

"작은서방님은 아까 다녀 가셨는디요?"

김 서방이 벌벌 떨면서 다녀갔다고 말한다. 그러자 얼굴이 더 험악해진다.

"그래, 이 새끼 벌써 도망쳤구면. 자, 그럼 이 반동 새끼들을 모두 지서로 데리고 가!"

대꾸할 기회도 주지 않고 다짜고짜 연행하려고 한다. 인철이 앞으로 나선다.

"이거 뭐 하자는 겁니까?"

인철이 거세게 항의하자, 군인들과 죽창을 든 사람들이 인철을 째려본다. 전혀 안면이 없는 사람들이다. 인철이 시비를 거는 순간, 총을 든 군인의 인상이 일그러진다. 총구를 인철에게 겨눈다. 군인이 총을 겨누자 인철이 움찔하며 물러선다.

"당신들은 그동안 소작인들의 피를 빨아먹은 반동 지주들이다."

탕 탕 탕!

순간적으로 허공을 향해 총을 쏜다.

"에구머니나, 아이코."

총소리에 놀란 사람들이 소리치며 쓰러진다. 인철도 순간적으로 뒤로 물러선다. 말이 전혀 통하지 않는 사람들임을 알아차린다. 인철이 앞으로 나섰다가 아무 대꾸를 하지 않는다. 여기서 잘못 부딪혔다가는 총에 맞아 나가떨어지기 십상이다. 인철이 대화를 포기하고 머뭇거린다.

"포박하라!"

명령이 떨어지기 무섭게 달려들어 이대길과 이인철의 손을 묶는다.

"아이고! 뭔 일이다요?"

절골댁이 다가와 하소연한다.

"저리 비켜!"

뒤에서 총을 겨눈다. 경자가 놀란 아이들을 챙긴다. 박금옥이 경자 앞으로 가까이 다가간다.

"동무!"

박금옥이 경자를 향해 날카롭게 째려본다. 경자는 박금옥의 앙칼진 목소리에 고개를 들지 못한다.

"동무는 부인회 간부 아니오?"

박금옥이 부인회 활동을 했던 경자를 알아본다.

"이자도 악질 반동이요. 연행하시오!"

사람들이 경자에게 달려들어 손을 포박한다.

"앙 앙 앙…"

아이가 울면서 달려들지만 냉정하게 뿌리친다. 난동댁과 화개댁이 달려들어 우는 아이들을 떼어낸다.

"아이고! 우리 며느리가 무슨 죄가 있다고…"

"저리 비키란 말이오."

반란군들이 이대길과 이인철, 경자를 포박하여 총을 겨누며 끌고 간다. 절골댁이 그 뒤를 종종걸음으로 뒤따라 나선다. 김 서방과 집안 하인들도 그 뒤를 따라나선다.

광장에는 사람들이 점점 늘어난다. 손이 묶인 채, 뒤에서 총을 겨눈 군인과 죽창을 든 사람들에 의해서 광장으로 계속 끌려온다. 각마을 국민회 간부들과 마을 이장들, 청년회 단장들이 붙잡혀 온다.

해방 이후로 좌익들과 수시로 충돌을 해 왔던 사람들이다. 광장에 끌려온 사람들을 면사무소 마당에 꿇어앉혀 놓는다. 광장 주위에는 곳곳에 총을 멘 군인들이 바쁘게 움직인다. 군인 몇 명은 면사무소 마당에 앉아 있는 사람들을 향해 총구를 겨누고 있다. 군복을 입지 않은 좌익 사람들도 총을 겨누고 서 있다. 타관에서 군인들과 함께 들이닥친 좌익들이 무장한 것이다. 총을 들지 않은 좌익들은 죽창을 들고 광장 주변에 보초를 서고 있다. 지서 안에는 군인들이 모여 바쁘게 움직이고 있다. 지서 앞에도 총을 멘 군인들과 죽창을 든 사람들이 곳곳에 서 있다. 손이 묶인 채로 잡혀 들어오는 사람들이 보일 때마다 광장에 모여 있던 사람들이 웅성거린다.

양준기 면서기가 끌려 들어온다. 양준기를 보자 사람들이 웅성거린다. 양준기에게 그동안 징병, 징용으로 한이 맺힌 사람들은 이 모습을 보고 통쾌하기도 하고 분노가 솟구치기도 한다. 어디에 숨어 있었는지 머리가 헝클어졌고 옷차림새도 허술해졌다. 제재소 사장 박진만이도 포박된 채 끌려온다. 다리에 부상을 입어서 절뚝거리며 걷는다. 몰골이 많이 상한 모습이다. 면사무소 마당에 끌려오자 고개를 푹 숙이고 앉아 있다. 낮은 담장 너머 면사무소 마당에는 이미 끌려온 사람들이 포박된 채 땅바닥에 앉아 있다. 이대길과 인철도 면사무소 마당에 끌려와 고개를 푹 숙이고 앉아 있다. 여자들도 한곳에 모여 땅바닥을 바라보며 앉아 있다.

지서 옥상에는 인공기가 펄럭이고 있다. 매일 펄럭이던 태극기 대신 인공기라니 어리둥절할 뿐이다. 광장에 모인 사람들은 사태가 심각함을 알아차린다. 광장에 모인 연파리 여자들이 소리를 낮춰 가며 수군거린다.

"반란군들이 들어왔다는 소문이던데, 아침부터 뭔 난리야?"

"새복부텀, 시방 뭔 일이 일어난거여?"

"죽창은 뭐고 총을 멘 군인들은 뭐당가?"

"나도 몰러, 뭔 일인지 통 모르겠구만?"

"쩌그, 저, 완장 찬 사람, 도… 도… 도갯집 사장 아닌가?"

"맞아. 도갯집 사장 강진태 맞어."

강진태가 완장을 차고 면사무소와 지서를 왔다갔다 하느라 바쁘게 움직인다.

"별일이시. 저 사람이 좌익이었어? 떵떵거리고 잘 사는 도갯집 사장이 뭐가 아쉬워서 좌익이랑가?"

"그러게 말이시, 뭔 일인지 통 모르겠구만."

"쩌그 좀 봐. 쩌그 저 사람들은 국민핵교 선생들 아니라고?"

구성만, 윤기석, 최현종 선생이 붉은 완장을 팔에 차고 죽창을 들었다.

"맞어. 맞당깨로! 국민핵교 선생들 맞구망! 그리고 봉깨로 선생들도 좌익인가 보네. 참, 별일이시. 별일이야. 선생들이 좌익이라고?"

"똑똑한 사람들이 뭐 할라고 좌익을 한당가? 참으로 모르는 일이시. 앙 그런가?"

"…"

"쩌그 좀 봐, 면서기 옆에는 제재소 사장도 잡혀 왔네."

"그러게 말이시, 돈 많은 제재소 사장이 왜 잡혀 왔을까? 그리고 쩌그 저쪽에 있는 사람은 우리 동네 사람 정기훈이랑 김민기 선생 아닌가?"

"맞구망. 아, 저 법 없이도 살 사람들인디… 저 사람들은 뭘 잘못했다고 잡아 왔당가?"

"쩌끄 좀 봐. 쩌끄."

"어디?"

"쩌그, 저, 면사무소 마당 뒤쪽에 고개 푹 숙이고 쪼그리고 앉아 있는 사람 말이야."

"누구 말인가?"

"아, 저, 오폿대집. 이 대감 아닝가?"

"찬찬히 봉께로 맞구망, 맞어. 아이구, 어쩐대야! 저런 부잣집 양반들까지 잡아들이고. 뭔 이런 일이 다 있당가? 오폿대집 이 대감은 동네 사람들에게 인심도 많이 베풀었는디… 뭘 잘못한 것도 없는디…."

"잘못한 것도 없는디, 잡아 왔겠어? 잘못한 게 있응께로 잡아 왔것제?"

"그나이나, 이 대감 같은 사람은 잡아가면 안 댄당께로. 우리 집은 이 대감 집에 소작을 부쳐 먹고 있는디… 이 대감을 잡아가 버리면, 우리 소작은 어쩐대야…."

"거 뭔 소리여… 나는 소작을 못 얻었은 께로 이번 참에 싹 다 세상이 바뀌어 버렸으면 좋겠구망."

"아이고, 저놈의 여편네, 주둥아리 놀리는 것 좀 보소, 뻘소리를 다하네. 사람이 그러면 못 쓰는 거여. 거시기, 홍수 때에 마을 사람들에게 곡식을 나누어 줬을 때, 그때 곡식을 공짜로 받아묵어 놓코…그런 양심 없는 소리를 하면 못 쓴당깨로.”

“무슨, 뻘소리가 아니당깨. 그때야 굶어 죽지 않으려고 받아묵어서 고맙긴 한데, 며칠 전부터 사람들이 여수에서 반란 사건이 났다고 하더라고. 사람들이 모여서 웅성거리는 소리를 내가 들었당깨로… 지금부터는 세상이 달라진다고 앙 그래. 아, 쩌그 북쪽은 공산당들이 들어와서는 토지개혁을 실시했다잖어… 남쪽도 이번 참에 좌익들이 들어와 토지개혁을 실시한다고 하잖어. 이제는 우리 겉은, 땅 한 뙈기 없는 사람들도 땅을 가지게 된다는데, 얼마나 좋은 세상이여. 앙 그래?”

“그렇긴 한데… 그 소문이 진짜로 되면 좋제… 그란데, 진짜로 땅을 공짜로 나눠 줄랑가?”

“며칠 전부터 사람들이 모였는디, 들은 얘기로는 그런다고 했당깨로… 남로당인가 뭔가 가입하라고 해서 나는 통, 뭔 소린지 몰라서 그냥 가만히 있었는데, 그렇깨로, 쬐금만 더 기다려 보자고 잉!”

여자들이 두리번거리며 잡혀 온 사람들을 바라보다가 눈길을 멈춘다.

“쩌그는 뭔 일로 여자들이랑 애들까지 잡아 왔대야. 그리고 봉깨로 쩌그 저 여자들은 우리 동네 남원댁과 이장집 안식구 두동댁 아닝가? 쩌그, 이 대감집 며느리도 보이네.”

“그러네. 맞네, 맞어. 우리 동네 부인회 대표들인데… 그나저나 남원댁은 배까지 부른 것 같은디? 애를 밴 사람까징 뭐 할라고 잡아 왔대야?”

“그러게 말이야. 그 집 남정네들은 안 보이잖어. 그 집 남정네들이 안 보인 거 봉깨로, 안식구들이라도 잡아 왔는 갔구망."

"아니, 그래도 그렇지. 여자들이 무슨 죄가 있다고, 애밴 사람까정 잡아 왔대야? 징헌 사람들이네."

"그러게 말이야."

"쩌그 좀 봐. 각 마을 부인회 간부들을 몽땅 잡아 왔그만…."

"그렁께로. 부인회 간부들이 뭘 잘못했다고 여자들꺼정 몽땅 잡아 왔대야?"

"그렁께로 말이시…."

광장에는 점점 사람들이 몰려든다. 사람들이 많아질수록 광장은 시끌벅적해진다. 사람들이 손이 뒤로 묶인 채 계속해서 끌려 들어오고 있다. 군인들이 총을 겨누며 광장 주위를 에워싼다. 죽창을 든 사람들도 바쁘게 오고 간다. 면사무소 마당에 끌려온 사람들을 분리한다. 일부 사람들은 면사무소 창고로 이동시킨다. 몇몇 사람들을 면사무소 밖으로 이동시킨다. 면사무소 담벼락 쪽에 한 줄로 세운다. 군중들을 향하여 손이 묶인 채 고개를 떨구고 서 있다. 사람들이 담벼락에 서 있는 사람들이 누구인지 알아차리자 계속 웅성거린다. 김민기가 손이 묶인 채 고개를 푹 숙이고 있다. 구성만이 김민기 앞을 지나간다. 날카로운 눈빛으로 김민기를 바라보며 지나간다. 같은 직장에서 동료 교사로 근무를 했지만, 좌우 이념 대립이 심했던 관계가 원수지간이 되어 버린 것이다. 이대길과 인철도 손이 묶인 채로 고개를 푹 숙이고 있다. 절골댁이 군중 속에서 이대길과 인철을 바라본다. 고개를 숙이고 있는 모습을 보니 안달이 날 지경이다. 며느리는 따로 떨어져 있어서 어디 있는지 한참을 두리번거리다 찾아낸다.

"아이고, 어쩔그나…"

각 마을의 청년단장과 국민회 간부들, 마을 이장 대부분이 손이 묶인 채 서 있다. 그동안 남로당원들과 자주 실랑이가 벌어졌었다. 그 사람들은 하루아침에 영문도 모르고 반동분자들로 낙인이 찍혀버린 것이다. 군인들이 총을 겨누며 면사무소 담벼락에 잡아 온 사람들을 광장 앞에 한 줄로 세운다. 두동댁과 남원댁이 아이까지 앞 세우고 손이 묶인 채 고개를 푹 숙이고 서 있다. 남편들이 도망을 친 바람에 대신 잡혀온 부인들이다. 군인들이 총구를 겨누며 광장 앞 군중들을 향해 사람들을 똑바로 세우자 웅성거리기 시작한다. 경자도 잡혀 온 부인들과 함께 고개를 숙이고 서 있다.

탕 탕 탕!

갑자기 허공을 향해 총을 발사한다. 총소리에 놀라 비명을 지르며 주민들 몇 명은 땅에 털썩 주저앉아 버린다. 겁에 질린 사람은 귀를 막는다. 광장은 숨소리도 크게 들리지 않을 만큼 고요해진다.

장기만이 광장에 모습을 나타낸다.

'저벅저벅, 저벅저벅' 군화 소리를 내며 광장 앞으로 나선다. 사람들이 숨죽이며 장기만을 뚫어져라 쳐다본다.

"여러분! 우리는 인민들을 해방시키기 위해서 봉기를 하였습니다. 이제는 가진 자나 못 가진 자나 평등한 세상을 만들어야 합니다."

"옳소!"

"와! 와! 와…!"

"인민공화국 만세! 만세! 만세…!"

죽창을 하늘로 치켜세우며 군중들을 선동한다. 군중들이 우렁찬 박수와 함성을 지른다. 그 소리가 광장에 메아리친다.

"자 여길 보시오!"

장기만이 앞에 서 있는 사람들을 가리킨다. 손이 뒤로 묶인 채 서 있는 사람들에게 군중들의 시선이 일제히 쏠린다.

"저 자들은 그동안 이승만 정권과 결탁하여 인민의 피를 빨아먹은 악질 반동분자들입니다. 인민들의 피를 빨아먹은 악질 지주들도 있습니다. 이승만 일당의 동조 세력들입니다. 저들을 인민의 이름으로 처단을 하려고 한다. 여러분들은 어떻게 생각하십니까?"

"죽여라! 죽여라! 죽여라…."

사람들이 죽창을 하늘로 향해 치켜세우며 소리를 지른다. 침묵하던 군중들도 성난 폭군으로 변해 버린다.

"죽여라! 죽여라! 죽여라…."

그동안에 감추었던 인간의 악마 근성이 군중심리에 편승하여 고함을 지르고 있다.

"죽여라! 죽여라! 죽여라…."

누구랄 것도 없이 군중들은 순식간에 악마로 변해 버린다. 무섭게 소리를 지른다. 당장이라도 죽이라는 명령만 떨어지면 돌을 들고 쳐 죽일 기세다. 군중들의 웅성거림을 단숨에 가라앉게 하기는 어려운 지경에 이르렀다. 함성은 또 다른 함성을 부르고, 그 함성 소리는 죽이라는 판결과도 같은 소리로 변해 버렸다.

군중 속에 있던 연파리 여자들도 얼굴을 찡그리며 옆 사람들의 눈치를 본다. 토지개혁이 되기만을 바랐던 여자가 군중들의 함성을 따라 죽이라는 소리를 지른다. 옆에 서 있는 여자에게 빨리 손을 들어 소리를 지르라고, 입을 삐죽거리며 독촉을 한다. 옆에 서 있던 여자는 주위 사람들의 눈치를 살핀다. 함께 만세를 부르지 않으면 반동으로 찍힐까 봐 겁도 난다. 광장에 서 있는 이 대감을 죽이라고 소리를 질러야 할지, 반대해야 할지 잠시 고민에 빠진다. 머릿속이 혼란스럽다. 군중들의 함성 소리만 강하게 들린다. 순간적으로 이성을 잃어버린 연파리 여자도 함께 함성 소리에 동참하고 만다. 손을 들어 하늘로 향하지는 못하지만 소리를 함께 지른다.

"죽어라! 죽어라! 죽어라…"

고함 소리는 광장에 모인 사람들을 모두 흥분시켜 버린다. 인민재판이 따로 없다. 광장에 모인 군중들의 "죽여라!" 하는 함성이 곧 인민재판이다.

탕!

총소리 한 방에 광장은 순식간에 공포로 변해 버린다.

"우리 혁명군들은 인민들에게 저 반동들로부터 더이상 피해를 당하지 않게 할 것입니다. 저들이 인민들의 피를 빨아먹고 축재한 재산과 토지를 몽땅 몰수할 것입니다. 그 토지를 우리 인민들에게 무상으로 공평하게 분배해 줄 것입니다."

"와! 와! 와…"

"인민공화국 만세! 만세! 만세…"

좌익들은 죽창을 하늘로 향해 찌르며 소리를 지른다. 군중들도 함께 목이 터져라 소리를 지르며 울분을 토해 낸다.

함성 소리와 총소리에 놀란 이대길은 점점 기운이 빠진다. 영문도 모른 채 포박당하여 끌려와 순식간에 이런 수모를 당하고 나니 공포가 밀려온다. 이대길은 고민에 휩싸인다. 이대로 고집을 피우다간 쥐도 새도 모르게 죽을 수도 있다는 두려움이 엄습해 온다. 저렇게 총을 들고 설쳐 대는 군인과 좌익 앞에서 고집을 피웠다가는… 체면이고 뭐고 따질 여유가 없는 상황이다. 인민재판을 받으며 당했던 수모와 분노가 절망 속으로 무너져 버린다. 이제 이대길은 죽은 목숨이나 다름없다. 함성 소리에 무서워서 벌벌 떨던 몸이 공포로 옥죄어 온다. 부들부들 떨리는 몸을 가눌 수 없을 정도로 몸이 축 늘어져 버렸다. 정신을 차려야 한다. 정신을 차려야 살아남을 수 있다. 새벽에 집에 들렀던 강진태를 떠올린다. 이 상황에서 구해 줄 사람은 강진태밖에 없다. 광의면에서 좌익을 대표하는 강진태를 기대하는 수밖에 없다. 강진태가 가까이 와 주기만을 기다린다. 명일이 이대길과 이인철을 발견하고 옆으로 다가온다. 이대길이 명일에게 눈빛을 보낸다. 그래도 이런 판국에 피붙이밖에 없다. 명일이 구세주처럼 천천히 이대길 옆으로 다가온다. 명일이 이대길 앞에 섰다. 이대길이 명일에게 귓속말로 강진태를 불러달라고 한다. 명일이 금방 알아듣고 강진태를 찾아 다가간다. 강진태와 명일이 귓속말을 나눈다. 강진태가 알았다며 고개를 끄덕인다. 강진태가 지서 사무실로 들어가 군인들과 이야기를 나눈다.

강진태가 광장으로 나온다. 광장에는 사람들이 모여서 웅성거리고 있다. 인민재판을 받은 사람들이 감시당하고 있는 모습을 바라본다. 고개를 푹 숙이고 있는 이대길과 인철이 눈에 들어온다. 완장을 찬 강진태가 지서 마당으로 들어선다. 죽창을 들고 서 있는 사람을 시켜 이대길을 지서 안으로 데려오도록 한다. 강진태의 지시를 받은 사람들이 이대길 옆으로 걸어간다. 이대길 옆으로 죽창을 든 사람들이 가까이 다가온다. 이대길이 그 사람들에게 끌려간다. 지서 안으로 이대길이 들어오자 강진태가 맞이한다. 지서 안 취조실로 들어간다. 다른 사람들 눈에 띄지 않게 하기 위함이다. 취조실 안은 시끄러운 소리가 들리지 않는다. 이대길은 강진태 앞에서 고개를 들지 못한다. 너무 놀란 나머지 갑작스런 이 상황을 이해할 수가 없다. 무슨 이런 일이 벌어졌는지 정신을 차리지 못한다. 강진태는 이대길을 강한 눈빛으로 바라본다.

"형님, 앞으로 내 얘기 잘 들으셔야 합니다. 여기서 까딱 잘못했다가는 바로 총살입니다. 여기는 우리 부락사람들만 모인 자리가 아닙니다. 타관에서 온 사람들이 훨씬 많습니다. 사방팔방에서 모인 사람들이기 때문에 형님을 알아보고 대우해 줄 그런 상황이 아닙니다. 지금은 전시상황이나 다름없습니다. 내가 혁명군들에게 형님 이야기를 했습니다. 형님이 그동안 일제에 항거해 오면서 우리와 같이 많은 독립자금을 대 왔고, 의용소방대를 조직하는 데도 앞장섰고, 이 부락 대홍수 때에도 면민들을 위해 많은 기부를 하였다고… 형님의 공적을 들먹였습니다. 아들 인철도 독립운동을 했고, 제재소를 나랑 같이 불태웠고, 총선거 장소를 아수라장으로 만들었고, 야학에 헌신한 일을 얘기하며 나랑 같이 활동했다고 강조를 했습니다. 지주이지만, 악질 반동분자가 아니라는 걸 계속 설득하고 있습니다."

이대길은 고개를 끄덕인다. 이 상황을 모면하려면 강진태밖에 없음을 안다. 어떻게 해서라도 이 상황을 모면해야만 한다. 강진태가 취조실 밖으로 나간다. 강진태가 지서 안에 있던 군인들과 얘기를 나눈 후 다시 취조실 안으로 들어온다. 이대길이 고개를 숙이고 인민재판의 악몽에서 헤어나질 못하고 있다. 군중들이 "죽여라!" 하는 소리가 아직도 귀에 쟁쟁하다.

"형님, 고생하셨습니다."

강진태가 묶여 있던 이대길의 손을 풀어 준다. 이대길이 긴 한숨을 내쉰다. 이제야 벌렁거렸던 가슴이 조금 진정되는 듯하다.

"혁명군들과 상의하여 풀어 주라는 확답을 받았습니다. 그러나 이 상황에서 조건이 있습니다."

고개를 끄덕이며 이대길은 한숨 놓는다. 이 상황에서 살아남으려면 강진태가 말하는 조건은 무조건 들어야만 한다. 죽으라면 죽는 시늉이라도 내야 한다. 강진태가 이렇게 고마울 때가 또 있을까?

이대길, 이인철, 경자가 모두 풀려났다. 이대길 집 마당이 사람들로 붐빈다. 인민재판으로 인해 죽을 뻔한 자리에서 살아났다. 이대길 집에 수백 명의 사람들이 먹을 음식을 해 놓으라는 명령이 전달되었다. 살기 위해서 이대길은 하는 수 없이 집안사람들을 시켜 음식을 준비한다. 그렇게 하지 않았다간 또다시 반동분자로 낙인찍혀 인민재판을 받을 게 분명하다. 인민재판이 아니더라도 가만히 놔두지 않을 기세다. 포박된 채 산으로 잡혀갈 수도 있는 일이 벌어질 것만 같다. 이대로 개죽음을 당할 수는 없는 일이다. 반란군들과 대적했다가는 그 자리에서 죽임을 당할 거라는 공포가 엄습한다.

사람들이 바쁘게 움직인다. 한쪽에서는 돼지를 잡느라 돼지 울음소리가 꽥꽥거린다. 정만식과 송기섭 집을 쑥대밭으로 만들어 놓고 그 집안의 가축들을 모조리 잡아 온 것이다. 집안 여자들은 물론이고, 마을 여자들까지 동원되었다. 음식을 하느라 연기가 피어오른다. 절골댁과 경자도 팔을 걷어붙이고 음식을 나르느라 분주하다. 한쪽에서는 밥을 먹고 있고, 한쪽에서는 밥을 먹고 일어서는 사람들로 분주하다. 이렇게나 많은 사람들이 오고 가는 잔칫집이 따로 없을 정도다. 마당 한쪽에 설치한 가마솥에서는 국물이 펄펄 끓고 있다. 수많은 군인들과 함께 온 사람들로 마당은 북적거린다. 혁명군들이 총을 어깨에 걸치고 국밥을 먹느라 정신이 없다.

"여기 밥 좀 더 줘요!"

"예, 여기 있습니다. 많이 드십시오."

군인들과 좌익 쪽 사람들이 수시로 들락거리며 밥을 요구한다. 집안사람들은 밥을 해 주면서도 무슨 영문인지 모른다. 그저 난리가 나서 이대길이 시키는 대로 밥을 짓고 국을 끓여 사람들을 먹인다. 각 부락별로 지주들이 모두 잡혀가는 마당에 이대길의 집에는 아무도 잡혀간 사람이 없다. 오히려 영웅이 되고 있다. 수많은 혁명군들과 좌익들에게 먹을 음식을 대접하니 얼마나 대단한가? 강진태의 부탁 아닌 부탁을 거절할 수도 없는 상황이거니와, 나중에 어찌 될망정 집안 식구들이 해를 입지 않고 있으니 나중을 생각할 겨를이 없다. 그렇다고 이대길이 앞에 나서서 진두지휘하는 건 아니고 마지못해 음식을 해 내는 처지다. 혁명군들이 어찌 될지도 모르거니와 살벌한 분위기를 일단 넘기고 있는 것이다.

장기만이 이대길의 집에 들어선다. 많은 사람들이 분주하게 오가며 음식을 먹고 있는 모습에 흡족해한다. 이대길에게 가까이 다가가 악수를 청한다. 이 마을의 지주인 이대길이 인민재판을 받던 모습을 떠올린다. 광장에서는 겁에 질린 이대길이 이렇게라도 변하였으니 기분이 좋다.

"장기만입니다."

"아, 예 예, 고상 많으십니다."

이대길이 장기만에게 허리를 굽혀 인사를 한다.

"이봐, 영감 동무! 당신은 이제 영웅입니다!"

장기만이 이대길에게 공치사를 한다.

"이런 시국에 음식으로 많은 혁명군들에게 좋은 일은 했으니 큰일을 한 겁니다."

"아, 예 예."

마당에서는 사람들이 삼삼오오 모여 앉아 김이 모락모락 나는 따뜻한 음식을 먹느라 분주하다. 장기만이 마주치는 사람들에게 고개를 끄덕이며 흡족해한다.

해가 서산으로 넘어간다. 광장에서는 붙잡아 온 사람들을 분류하기 시작한다. 그들 중 몇몇은 면사무소 창고로 들여보낸다. 제재소 박진만과 양준기도 창고 안에 갇힌다. 창고 안이 끌려온 사람들로 꽉 찬다. 창고 안에서 사람들이 서로의 얼굴을 가까이 맞대고 수군거린다.

면사무소 마당에 남아 있는 사람들을 한 명씩 확인한다. 확인된 사람들은 손을 포박한 채 밖으로 끌고 나와 면사무소 담장 길옆에 꿇어앉힌다. 남원댁이 먼저 임신한 몸을 한 채, 면사무소 담 밖으로 불편한 걸음걸이를 하며 끌려 나온다. 어린아이도 남원댁의 치맛자락을 붙들고 따라나온다. 두동댁도 지명을 받아 끌려 나온다. 각 마을에서 활동하고 있던 이장들도 끌려 나온다. 국민회 임원들과 한청단원들, 정기훈과 김민기도 면사무소 밖으로 끌려 나온다. 줄지어 많은 사람들이 면사무소 밖으로 끌려 나온다. 군인들이 총을 들이댄다. 총구를 들이대자 담벼락 밑에 앉아 있던 사람들이 겁을 먹고 후다닥 일어선다. 인민재판을 한 후라 아직도 "죽어라!" 하는 함성이 귓전을 맴돌고 있다. 탕! 하고 총을 쏠 것만 같은 살벌한 분위기다. 면사무소 담벼락에 앉아 있던 사람들을 일으켜 세워 총을 들이대며 걸어가게 한다. 걸어가면서도 자꾸 뒤를 돌아다본다. 어디로 가는지 알 수가 없다. 공북마을을 지나 천은사 쪽으로 몰고 간다. 면사무소에서 출발한 일행들은 총구를 겨눈 반란군들에게 철저한 감시를 받으며 걷고 있다. 정기훈은 가끔 고개를 들어 주위를 두리번거린다. 주위에는 총을 든 군인들이 감시를 게을리하지 않는다. 산으로 끌고 가는 건지, 어디로 가는지도 모른 채 사람들이 끌려간다. 정기훈은 어떻게든 여길 빠져나가 도망을 쳐야 한다는 생각뿐이다. 손이 묶여 있지만 감시하는 군인들이 일대일로 감시를 하지 않기 때문에 잘만 하면 도망을 칠 수 있다는 판단이 선다. 그리고 이쪽 지리를 너무나 잘 알고 있기 때문에 어느 방향으로 도망쳐야 하는지를 생각한다. 끌려가면서 기회만 노린다. 공북마을을 지나면 사람들의 인기척이 없는 들판이 나온다. 들판에 다다르면 도망칠 기회를 잡아야 한다. 학교 뒷등들에 다다르자 신지리 방향 시용골 계곡 초입에 들어선다. 기회는 지금이다 싶어 뛰기 시작한다. 언덕에서 굴러떨어진다. 몸을 일으켜 내달린다. 총을 겨누며 감시하던 군인이 소리를 친다.

"멈춰라!"

정기훈은 그 소리를 뒤로하고 달린다. 그 뒤를 따라 각 마을에서 잡혀 온, 몇몇 한청단원들도 함께 도망을 친다. 방향을 조금 다르게 흩어지면서 도망을 친다. 다행히 오르막길이 아닌 내리막길이다.

탕 탕 탕 탕 탕!

군인들의 총소리는 더욱 요란해진다.

탕 탕 탕 탕 탕!

날도 어둑해지기 시작한지라 총알은 정기훈을 비껴간다. 끌려가던 사람들 몇 명이서 함께 도망가는 바람에 사람들이 술렁거리기 시작한다. 김민기도 정기훈처럼 도망을 치려 해 보지만, 군인들과 좌익들이 우르르 몰려오는 바람에 도망을 칠 수가 없다. 지금 도망을 친다면 총에 맞아 죽기 십상이다. 부모를 따라 왔던 어린아이들이 총소리에 크게 울어 댄다. 우는 아이를 달래느라 여자들이 웅성거린다.

군인들이 총소리에 모여든다. 수군수군 자기네들끼리 속닥거린다. 수십 명을 끌고 산까지 갈 수 없다는 말이 오간다. 이탈자는 계속 생길 것이고, 여자들을 따라온 아이들도 울고 있고, 반동분자들과 그 가족들 아닌가?

"야! 조용히 하란 말이야!"

버럭 소리를 지른다. 정기훈을 비롯하여 청년들을 놓치는 바람에 신경이 날카로워졌다. 당장에라도 또 다른 사람들이 대열을 이탈하여 도망을 칠 것만 같다.

"자, 속도를 내야 한다! 빨리빨리 가야 한다!"

가던 길을 재촉한다. 사람들이 학교 뒷등 공동묘지에 다다른다. 천은사 쪽이 아닌 공동묘지 쪽으로 끌고 간다. 사람들이 힐끗힐끗 쳐다보지만 무슨 영문인지도 모른 채 계속 따라 걷는다. 날도 어둑어둑한 공동묘지는 으스스하다. 죽은 시체들이 묻혀 있는 곳이다. 강신장이 아니고서는 태연하게 지나갈 수가 없는 공동묘지다. 부스럭거리는 소리만 나도 뒷골이 쭈뼛거린다. 수백 개의 무덤이 비스듬한 둔덕을 이루고 있다. 보면 볼수록 공포를 자아내게 하는 곳이다. 초상을 치른 후 시체를 묻을 때 아니면 와 볼 수 없는 곳이다. 이 근처 길을 지날 때면 등골이 오싹거리고 머리가 쭈뼛거려 눈길도 안 주고 지나던 곳이다.

"자, 빨리빨리 올라가란 말이야!"

공동묘지 중간쯤 올라왔을 때 잠깐 대열을 멈춰 서게 한다. 군인들과 죽창을 든 사람들이 한곳으로 모인다. 날도 어두워졌다. 산으로 이 사람들을 끌고 가려면 쉬운 일이 아니다. 공동묘지에서 처치하자는 결론을 내린다. 모여 있던 군인들이 우르르 몰려든다. 순식간에 손이 묶여 있는 사람들에게 달려든다. 총을 하늘로 높이 치켜든다. 총 개머리판으로 사람을 향해 내리친다. 칼과 죽창으로 사람을 찌른다.

퍽퍽 퍽퍽!

"악! 아이코! 사람 살려!"

여자 비명 소리가 나고, 아이 울음소리가 들린다.

"엄마! 엄마…앙!"

숨이 넘어갈 듯 깜깜한 밤중에 엄마를 놓친 무서움에 놀란 아이의 울음소리가 자지러진다. 끌려간 사람들이 어둠 속에서 비명을 지르며 고꾸라진다. 쓰러진 사람들을 향하여 총구가 겨누어진다.

탕 탕 탕 탕 탕….

총소리가 밤하늘의 정적을 깨운다.

인영이 손을 포박당한 채 잡혀 온다. 광장에서 인민재판이 끝난 후에도 좌익들에 의하여 사람들이 계속 잡혀 온다. 좌익들과 대립 각을 세웠던 한청단원들이거나 친일파로 지목된 사람들이 몸을 피했다가 나중에 잡힌 사람들이다. 두 손을 포박당한 채 면사무소 담벼락에 앉아 감시를 당한다. 면사무소 담벼락에 앉혀진 사람들은 인민재판 대상자로 분류된 사람들이다. 인영도 인민재판 대상자로 몰린다. 명일이 인영을 발견한다. 인영도 명일을 발견한다. 명일의 팔에 붉은 완장이 빛을 발한다. 서로 눈인사만 한다. 명일이 인영에게 아는 체를 할 수가 없는 상황이다. 많은 사람들의 눈이 있는데, 서로 아는 체를 했다가는 인영에게 더 불리하다는 판단이다. 인영이 면사무소 담벼락에 앉아 있는 걸 보니 인민재판 대상자로 분류된 것을 눈치챈다. 인영이 한청단원으로 활동이 심했던 걸 좌익들이 용서해 줄 리가 없다. 인민재판 대상자로 점찍어 놓은 것이다. 인민재판 대상자들은 1차로 산속으로 끌고 간 상태다. 산속으로 끌고 가면 어떻게 처리할지는 뻔한 일이라는 걸 알고 있는 명일이다. 악질 반동자로 분류된 사람들이다. 혁명군들의 입장에서는 제일 심하게 대립각을 세웠던 부류들이다. 명일은 인영이 걱정된다. 그래도 피붙이 사촌동생 아닌가? 큰아버지와 인철 형과 형수는 조건부로 살아 나지 않았던가? 인영도 살려 내야 한다. 그러나 명일이 마음대로 처리할 수는 없다. 강진태는 산으로 이미 올라갔는지 보이지 않는다. 강진태가 옆에 있다면 상의해서 살려 낼 방법이 있겠지만, 현재는 인영을 살려 낼 방법이 없다. 명일이 권한으로 인영을 풀어 줄 수가 없다. 일단은 군인들의 명령에 따라야 한다. 각 마을과 타지에서 모인 좌익들이 섞여 있기 때문에 명일이 마음대로 잡아 온 사람을 풀어 줄 수가 없다. 잘못 처신했다가는 명일도 반동분자로 몰려 즉시 총 살당하는 살벌한 분위기다. 묘안을 짜야 한다. 인영이 산으로 올라가는 일에 함께해야 한다. 산으로 가다가 어떠한 수단과 방법을 동원해서라도 인영을 도망가게 풀어 줘야 한다.

명일이 바쁘게 움직인다. 잡아 온 사람들을 산으로 끌고 가는 책임자로 지원한다. 1차로 출발했던 사람들에 비하면, 2차로 출발하는 사람들은 십여 명이다. 이들을 끌고 가는 감시자들도 군인들과 좌익들이 섞여 있다. 제법 많은 인원들이 함께 한다. 2차로 출발하는 사람들이 총을 겨누며 출발한다. 책임자가 되어 명일도 손에 총을 들었다. 명일이 군인들과 함께 인영을 향해 총을 겨눈다.

인영이 끌려왔던 사람들과 함께 움직인다. 인영은 명일이 반란군들 틈에서 높은 자리까지 올라간 것이 분명하다는 생각을 한다. 총까지 들었고, 산으로 가는 사람들을 인솔까지 하는 걸 보니 만감이 교차한다. 친척이랍시고 봐주지는 못할망정, 총을 들이대고 걸음을 재촉하고 있으니, 인영은 겁이 나면서도 명일을 원망할 수밖에 없다. 속으로 '저 자식!'이라고 욕만 할 뿐이다. 저 못난 놈이 딴 세상이 왔다고 완장까지 차고 활개를 치는 걸 차마 봐 줄 수가 없지만, 어쩔 수 없는 일이다. 목숨은 이제 명일에게 달려 있으니 말이다.

반란군들이 산속으로 걸음을 재촉한다. 면사무소를 벗어나고 들판을 지난다. 산으로 오르기 직전이다. 주위를 분간할 수 없을 만큼 날이 어둑해졌다. 명일의 지시에 의하여 잠시 휴식을 취한다. 일행들이 손이 묶인 채 잠시 휴식을 취하면서도 반란군들이 총을 겨누며 감시를 계속한다.

명일이 멀리 떨어져 담배를 피우고 있다. 명일이 인영을 불러오게 한다. 인영이 감시병과 함께 명일이 곁으로 다가온다. 감시병이 총구를 겨누며 주춤거린다.

"내가 이 사람에게 몇 가지 물어볼 게 있으니, 저쪽으로 가 있으라고."

"예."

총구를 겨누고 있던 감시병을 돌아가게 한다. 감시병이 돌아가자마자 명일이 인영에게 가까이 다가온다.

"인영아, 기회는 지금이야. 빨리 도망을 쳐라. 뒷일은 내가 책임질 테니까."

"명일이 성…"

명일을 업신여기고 무시했었는데, 이렇게 구세주처럼 도망치라고 하니, 성이란 소리가 저절로 나온다. 명일이 다짜고짜 인영을 도망을 치라고 서두른다. 팔에 묶여 있던 끈을 칼로 뚝뚝 잘라 풀어 준다.

"인철이 형과 큰아버지도 산으로 잡혀가지 않았고 풀려났어. 인철이 형과 함께 잡혀 왔으면, 풀려났을 텐데, 네가 늦게 잡혀 오는 바람에 어떻게 손을 쓸 수가 없었어. 산으로 끌려가면 넌 총살감이야. 빨리 도망쳐라."

인영이 명일의 독촉에 가슴이 콩닥거린다. 이렇게 고마울 수가…. 내가 도망이라도 가면 총을 쏘면서 잡으러 올 텐데…. 명일이 형에게 해를 끼치지는 않을지…. 명일이 형이 완장을 찬 걸 보니 반란군의 대장이나 지휘관쯤으로 추측된다. 인영은 순간 만감이 교차한다. 주위는 어두워서 어디인지도 분간이 안 간다. 명일의 말대로 어둠 속을 향하여 달린다. 인영이 어둠 속으로 달려 나가자 명일이 허공을 향해 총을 쏜다.

탕 탕 탕!

총소리가 밤하늘을 울린다. 명일이 태연하게 일행들이 있는 곳으로 다가온다.

"반동분자를 신문하는데, 말을 안 들어서 내가 총살했다. 자, 서둘러라! 나머지 인원들을 잘 인솔하도록! 알겠나!"

"예!"

사람들이 휴식을 끝내고, 서둘러 움직인다.

이틀 동안 많은 사람들로 붐비던 마당이 휑하다. 음식상도 다 치워졌다. 군인들이 모두 떠나갔다. 이대길이 멍하니 하늘을 쳐다본다. 순식간에 운명이 바뀐 처지를 생각하면 치가 떨린다. 이제야 숨을 고른다. 밤이 깊어 간다.

갑자기 군인들이 총을 들고 우르르 마당 안으로 들어온다. 수십 명이다. 군인들을 따라 지게를 진 주민들도 마당으로 꾸역꾸역 들어선다. 주민들 뒤에는 총부리를 겨눈 군인들이 따라붙는다. 이대길이 무슨 영문인지도 모른 채 군인들을 맞이한다.

"영감님! 우리 혁명군에게 음식을 대접하느라 고상 많았습니다. 영감님은 이제 우리의 영웅입니다!"

"별말씀을…"

이대길은 군인의 공치사가 달갑지 않다.

"우리가 다시 온 이유는… 쌀을 준비하라는 명령입니다."

쌀을 내놓으라는 군인의 명령이 거침없다. 이대길이 쌀을 준비하라는 말에, 싫은 기색을 내보일 수가 없다. 총을 든 군인들이다. 낮에 광장에서 보았던 광경을 생각하면서 꾹 참는다.

"오늘 밤 안으로 우리가 산으로 가야 하니, 이 집에 있는 쌀을 준비해 주시오."

"쌀이라면… 월매나 필요항가요?"

이대길이 조심스럽게 묻는다.

"아주 많이 필요합니다. 많을수록 좋습니다. 이 기회에 영감님의 광을 확 열어서 몽땅 주서야 합니다."

몽땅이라니… 이놈들이 혁명을 한다면서 총을 든 날강도들이 아닌가? 이건 협박이 아닌가? 몽땅이라니… 이대길은 화가 나지만, 속으로 꾹꾹 눌러 참는다.

"저…."

이대길이 대답은 안 하고 머뭇거린다.

"영감, 배고픈 인민들을 위해서 쌀을 당장 내놓아야 합니다."

"저…."

이대길이 선뜻 대답하지 못하고 머뭇거린다.

"지금 당장 줄 수 있소? 없소?"

이대길이 머뭇거리는 모습을 보자 인상이 험악해진다. 인상을 찡그리며 언성을 높인다. 다짜고짜 군인들이 이대길을 협박한다. 이대길은 군인들이 총을 들고 있는 통에 가슴이 두근거리지만, 거절할 수가 없는 분위기다. 안 된다고 했다가는 당장에라도 무슨 사달이 날 기세다.

탕!

이대길이 총소리에 움찔한다. 겁을 잔뜩 먹는다.

"아! 우리 혁명이 완수되면 몇 곱으로 갚아 줄 테니 광문을 활짝 열어달란 말이오!"

총까지 쏘며 재촉하는 것이다.

"아, 예 예."

생전 처음 보는 군인들이다. 말을 더 붙였다간 총부리를 들이댈 기세다. 이대길은 더욱 위축된다. 민중들을 위한 혁명군이랍시고 완전히 명령조다. 이대길은 주위를 두리번거린다. 강진태가 혹시나 있는지 보는 것이다. 강진태에게 상황이나 듣고 싶어서다. 하지만 강진태는 보이지 않는다. 강진태가 새벽에 찾아온 후로는 이대길 집에는 코빼기도 안 비친다. 옆에 광 열쇠를 들고 서 있는 김 서방을 쳐다본다. 김 서방에게 고개를 끄덕이며 광문을 열라는 지시를 한다. 김 서방이 광문을 열려고 머뭇거린다. 열쇠꾸러미를 들고 광 앞으로 천천히 가서 다시 한번 이대길의 얼굴을 살피며 머뭇거린다.

"야! 뭐 하는 거야! 꾸물거리지 말고 빨리빨리 열란 말이야!"

김 서방은 군인이 지르는 고함 소리에 놀라 벌벌 떤다. 당황한 김 서방이 열쇠를 집고 광문을 열기를 더듬거리기만 한다. 총을 겨누던 군인이 김 서방에게 달려든다. 열쇠꾸러미를 낚아챈다.

달그락달그락.

광문을 열려고 하지만 잘 열리지 않는다. 그러자 총을 든 군인이 다가온다.

"뭐야! 저리 비켜. 시간이 없단 말이야!"

하면서 광문 쇠통을 향하여 총질을 해 댄다.

탕 탕 탕!

총소리와 함께 자물통이 박살 난다. 주위 사람들이 갑작스런 총소리에 기겁을 하고 놀란다. 광문이 활짝 열린다. 광 속에 쌓아 놓은 쌀가마니가 눈에 들어온다. 군인이 지시를 하자마자, 수십 명의 군인과 장정들이 우르르 달려든다. 광 속에서 쌀을 꺼낸다. 한두 가마도 아니고 창고 안에 있는 수십 가마니의 쌀을 마당으로 모조리 꺼내 쌓아 놓는다.

"이 쌀은 인민들의 피를 빨아먹은 악질 지주의 쌀이다. 모두 인민들에게 나누어 줘야 한다. 뭣들하고 있는 거야? 빨리빨리 옮겨라!"

"예 예 예."

대기하고 있던 사람들이 우르르 달려들어 쌀을 지게에 옮긴다. 수십 명의 지게 부대가 움직인다. 쌀을 짊어진 사람들을 군인들이 뒤에서 총부리를 겨누고 따라간다.

광장에는 좌익들이 삼삼오오 모여 수군거린다. 산으로 갈 채비를 서두른다. 이미 많은 사람들이 떠나고 광장은 텅 비어 간다. 광장에 동원됐던 면민들도 해산했다. 완장을 찬 사람이 지시를 내린다. 산으로 모두 데려갈 수 없기 때문에 일부는 산으로 떠나기 전에 창고 안에 가둬 놓고, 반죽음을 시키라는 지시가 떨어진다. 면사무소 마당에 붙잡혀 온 사람들을 면사무소 창고에 가두라고 지시를 내린다. 손이 묶인 사람들이 일어서서 줄줄이 창고 안으로 끌려간다. 창고 안이 사람들로 꽉 찬다. 문을 잠근다. 불도 없는 깜깜한 창고 안은 누가 누군지도 모르고 손이 묶인 채 옹기종기 쪼그리고 앉아 있다. 무슨 일이 벌어질지 불안하다. 갑자기 문이 열린다. 창고 안으로 몽둥이를 든 장정들이 우르르 들어선다. 그리고 창고 문을 다시 걸어 잠근다. 다짜고짜로 몽둥이를 휘둘러 댄다.

퍽퍽!

“악! 아! 아이코!”

여기저기서 비명 소리가 들린다. 울음소리가 들린다. 장정들이 개 패듯이 몽둥이를 휘둘러 댄다. 사람들을 몽둥이로 패 죽일 기세다. 몽둥이에 맞은 사람들이 피투성이가 되어 간다. 아수라장이다. 손이 묶여서 어찌해 볼 도리가 없다. 문이 잠겨 도망갈 수도 없다. 창고 안에서 몽둥이에 맞고 쓰러진다.

“아! 악!”

"사람 살려! 이놈들아!"

"문 열어라! 문 열어!"

몽둥이 세례를 받은 사람들이 정신을 잃고 쓰러진다. 살려 달라는 소리도 어둠 속으로 점점 희미해져 간다.

이른 아침이다. 두동댁이 공동묘지에서 엉금엉금 기어 나온다. 온몸은 피투성이다. 옷은 피에 젖어 너덜거린다. 머리는 헝클어져 있다. 사람들이 다니는 길까지 기어가려고 애를 쓴다. 아침 일찍 길을 가던 사람에게 두동댁이 발견된다. 두동댁을 일으켜 세운다. 지나가는 사람들에게 손을 흔든다. 사람들이 달려들어 두동댁을 업고 달린다.

날이 밝아 오자 광장은 썰렁하다. 면사무소와 지서도 인기척이 없다.

"사람 살려!"

"여기 사람 있어요!"

면사무소 창고에서 살려 달라는 신음 소리가 새어 나온다. 면사무소 앞길을 지나가는 주민들이 달려들어 창고 문을 열어젖힌다.

"아—!"

다리가 부러진 사람, 머리를 개머리판에 맞아 피범벅이 된 사람, 창고 바닥에 쓰러져 피를 흘리며 신음하는 사람… 창고 안에는 부상당한 사람들로 뒤엉켜 있다. 밤새 피를 흘리며 죽음 직전까지 견딘 부상자들이다. 상처투성이 사람들이 고통의 신음 소리를 내고

있다. 주민들이 우르르 달려들어 부상자들을 면사무소 마당에 눕힌
다. 가마니때기 위에 눕혀 놓고 치료를 한다.

"악!"

부상자들이 움직일 때마다 고통을 참지 못하고 소리를 낸다. 제재
소 박진만 사장은 팔이 부러졌다. 다리에 상처를 입었는데, 이제는
팔까지 부상을 입어 일어나지를 못하고 누워 있다. 양준기 면사무
소 직원은 발목이 부러졌다. 부러진 발을 움켜잡으며 몸부림을 치고
있다. 연락을 받은 주민들과 식구들이 광장으로 달려온다. 광장은
부상을 당한 사람들 천지가 되어 버렸다.

"아—악!"

"이놈아! 정신 좀 차려!"

부상자들을 흔들어 깨우는 소리, 부상자들이 고통을 참지 못하고
내지르는 소리로 광장은 정신이 없다. 부상자를 집안 식구들이 도
착하는 대로 후송해 간다. 업고 가는 사람, 수레에 싣고 가는 사람,
어깨에 둘러메고 가는 사람, 여럿이 함께 들고 가는 사람… 한 사람
이라도 부상자들을 살려 내기 위하여 바쁘게 움직인다.

당촌댁이 김민기를 찾아 나선다. 면사무소 마당에 누워 있는 부
상자들을 한 명씩 확인한다. 아들 김민기가 보이지 않는다. 반란군
들에게 광장에 잡혀 온 뒤로 찾을 수가 없다.

"우리 아들 못 봤소?"

마주치는 사람마다 붙잡고 물어본다. 사람들이 보지 못했다며 고개
를 젓는다. 당촌댁이 아들을 찾기 위하여 사방팔방으로 돌아다닌다.

당촌댁이 아침 일찍 일어나자마자 아들 김민기를 찾으러 나선다. 부상병들도 모두 각자 집으로 돌아가고 면사무소 앞 광장은 썰렁하다. 수많은 군중들도 사라졌다. 그 많은 부상자들이 누워 있던 면사무소 마당도 텅 비어 있다. 당촌댁이 식음을 전폐하고 아들을 찾아 나서느라 옷매무새와 머리까지 헝클어져 버렸다.

"민기야!"

아들 민기를 찾는 모습이 처량하기만 하다. 길을 가다가 마주치는 남자들이 모두 아들 민기로 보인다. 동네 사람들을 붙잡고 아들 민기의 행방을 물어본다. 마을 사람들을 붙잡고 울면서 하소연을 한다. 마을 사람들이 당촌댁의 손을 잡고 함께 눈물을 찍어 댄다.

"우리 아들 민기가 없어졌어요. 흑 흑 흑…."

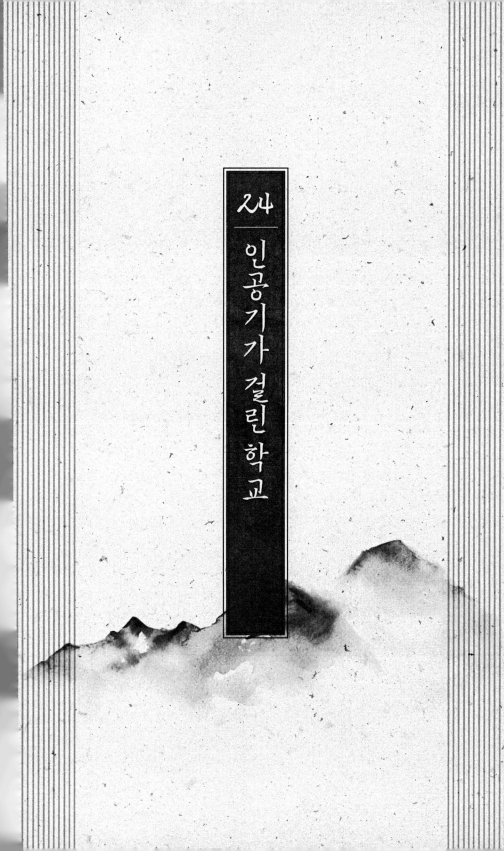

24

인공기가 걸린 학교

김정욱은 읍내에서 들려오는 총소리에 잠에서 깨어난다. 혁명군이 드디어 구례에 입성하였다는 신호로 들린다. 새벽부터 산동 지서 앞 삼거리로 달려간다. 며칠 전부터 모임을 계속 가져왔던 동지들이 이미 도착해 있다. 죽창을 든 동지들도 눈에 띈다. 중동의 송진혁이도 눈에 띈다. 김정욱이 송진혁 앞으로 가까이 간다.

"야, 나보다 빨리 왔구나. 언제 왔어?"

"읍내에서 나는 총소리를 듣고 달려왔지."

"그랬구나."

정욱과 진혁은 동갑내기 친구다. 산동 지역 남로당원 모집에 정욱은 산동 전체를 총괄하고, 진혁은 중동 지역을 책임지는 주동자다. 산동 지서 앞 삼거리에 많은 이들이 모였다. 원촌 지역, 중동 지역, 이평 지역, 수락폭포 삼성 지역, 계천 밤골 지역 등 산동 각 지역에서 모인 남로당원들이다. 산동 지역에서도 좌우로 나누어 해방기념식을 개최해 왔었다. 해방 후 좌익과 우익으로 나뉘어 대립이 심했다. 좌익 기념식에 경찰들이 총을 쏘아 사람을 죽이는 바람에 경찰에 대한 복수의 기회를 엿보고 있었던 터다. 혁명군들의 산동 입성은 남로당원들에게 날개를 달아 준 격이다. 남로당원들이 여러 차례 비밀리에 모여 죽창도 준비하고, 여차하면 만복대에 봉화를 올릴 대원들도 확보해 놓았다.

탕 탕 탕!

총을 쏘며 혁명군들이 원촌에 도착한다. 혁명군들이 도착하자 면사무소와 지서에는 인공기가 펄럭인다. 혁명군들이 도착하자 김정욱을 중심으로 모인 남로당원 동지들이 죽창을 하늘로 향해 치켜올린다. 함성과 만세 소리가 요란하다.

"와!"

"인민공화국 만세!"

"혁명군 만세!"

정오가 다가온 시간인데도 산동 지서는 텅 비어 있다. 경찰들은 이미 도망가 버렸다. 면사무소에 직원들도 보이지 않는다. 면사무소 안이 텅텅 비어 있다. 혁명군들이 산동 원촌을 장악하자마자 남로당원들과 함께 사람들을 잡아들인다. 손을 포박당한 채 사람들이 지서 앞으로 끌려온다. 시간이 지날수록 끌려오는 사람들의 숫자도 점점 많아진다. 끌려온 사람들은 지서 앞에 고개를 숙인 채 앉아 있다. 지서 앞의 원촌 삼거리에는 장날만큼이나 사람들이 많이 모여든다. 혁명군들이 산동에 진격하자 남로당원들이 바빠졌다. 남로당원 세력을 확보하기 위한 작업에 한층 박차를 가한다. 김정욱과 송진혁의 주도로 주민들 설득 작업에 나선다. 각 마을별로 명단을 제출해야 한다. 혁명군들이 산동에 들어 온 후로는 훨씬 설득하기가 수월해졌다. 곧 좋은 세상이 올 거라는 선전에 많은 주민들이 남로당원에 가입하고 있다. 북한처럼 남한도 이 기회에 지주들이 가지고 있는 토지를 무상몰수하여 무상분배를 할 것이라고 강조한다. 남로당 주동자들을 주축으로 이 참에 혁명군들을 도와야 한다며 발 벗고 나서고 있다. 주민들도 그동안 이승만 정부에 불만을 가졌던 사람들이 주축을 이루고 있지만, 일반인들도 관심이 부쩍 높아졌다. 김정욱은 남로당 명단을 작성하고 있는 송진혁을 바라본다.

"인원이 이렇거나 많아?"

김정욱이 바쁘게 명단을 점검하고 있는 송진혁에게 다가온다.

"많이 가입했네."

정욱은 명단을 작성하고 있는 서류가 두툼한 것을 바라보며 서류를 집어 든다.

"생각만큼 많지 않은 것 같은데."

진혁은 정욱과 달리, 아직은 가입자가 부족하다고 여긴다. 사실 각 마을의 젊은이들 몇몇을 제외하고는 나이 든 사람들은 남로당에 관심이 없다. 좋은 세상이 온다고 하니까 멋모르고 가입하는 사람들도 많은 게 사실이다. 그냥 구두로 주위에서 권하니까 그렇게 해놓으라고 하는 사람들도 많다. 자필로 명단을 작성한 것도 아니고, 주위에서 대신 명단을 제출한 경우도 많다. 그래서 본인이 남로당에 가입한 사실을 모르는 사람들도 부지기수다.

"그래, 이 정도면 많은 거지. 인원이 점점 더 늘어날 거야."

시간이 가면 갈수록, 정욱은 많은 이들이 남로당에 가입하기를 바라는 마음이다.

"어디 보자, 중동 지역엔 누가 가입을 했지?"

정욱이 명단을 들여다본다.

"어디 보자, 상관마을엔 누가 가입을 했나?"

정욱이 명단을 유심히 들여다본다.

"추가로 가입시킬 사람이 있으면 더 가입시켜 봐."

"글쎄… 상관마을이 많지 않네. 박민수, 박민국 이름이 없네. 박민수, 박민국 추가 명단에 올려라. 내가 만나서 얘기 잘 해 놀 테니까…"

"박민수, 박민국 명단에 올리라고?"

"그래, 올려 봐."

"그럴까? 박민수, 박민국은 잘 아는 사이인가?"

"응, 사실은 집안 친척 되는 사람들이야."

"친척이라고? 그래, 맞어! 느그 집안하고 친척 되는 거 맞지?"

송진혁이 뒤늦게 정욱이 친척이라고 하자 기억을 떠올리며 맞장구를 쳐 준다. 송진혁은 김정욱의 지시로 박민수, 박민국을 남로당 명단에 올린다.

중동학교에 인공기가 펄럭인다. 김정욱, 송진혁이 원촌에서 혁명군들과 함께 중동학교로 이동하였다. 학교 입구부터 진지를 만드느라 분주하게 움직인다. 많은 주민들이 남로당에 가입하여 중동학교로 모여들었다. 장기만이 부대원들과 함께 중동학교에 도착한다.

탕 탕 탕! 따다다다다.

따발총까지 한바탕 지리산을 향하여 요란하게 울린다. 혁명군들이 중동학교에 도착하였음을 과시하는 총소리다.

"와!"

"인민공화국 만세!"

미리 학교에 도착한 주민들이 만세로 환영을 한다. 학교 앞에서부터 원촌 지역까지 경계병을 세운다. 원촌에서 중동학교까지 검문검색이 강화된다. 지나가는 사람들에게 총구를 들이대고, 행선지를 밝힌 다음 신분이 확인된 사람만 중동학교에 들여보낸다. 중동학교에서는 여차하면 성삼재와 만복대를 한걸음에 달려갈 수 있는 위치다. 산 아래에 위치한 중동학교는 혁명군들의 진지이자 주민들을 교육하기 위한 장소로 정했다. 주력부대는 위안리 마을 뒤편 요봉재를 넘어서 심원계곡에 진지를 구축한다. 지게에 지고 온 많은 물품들이 학교 운동장에 쌓인다. 쌀가마니가 쌓여 있다. 지주들의 창고에서 빼앗아 온 것이다. 주민들을 동원하여 지게에 지고 산으로 옮기는 작업을 진두지휘하느라 바쁘게 움직인다.

정규가 사립문 밖으로 나와 골목길을 자주 쳐다본다. 밤이 늦었는데도 정욱이 집에 들어오지 않아서다. 정욱이 골목길에 들어선다. 골목길을 걸어오는 정욱을 발견하고 웃는 얼굴로 그에게 다가간다.

"정욱이 성!"

"그래, 정규야."

가까이 다가가자 반갑게 서로 포옹한다.

"집에는 언제 왔어?"

"오늘 왔지."

"그동안 전주에서는 별일 없었고?"

"응, 성은?"

"나도 별일 없었지."

"취업 준비는 잘돼 가나?"

"그동안 공무원 시험 준비를 열심히 해 왔으니까 잘되겠지."

"그래. 잘되어야지. 계속 열심히 해라."

"아까 낮에 산동에 도착했는데, 총소리가 나고 난리던데… 여수 반란군들이 구례에도 들어왔다고 사람들이 수군거리던데? 내가 집에 오자마자 이게 뭔 난리야."

"그래, 그야말로 산동 땅에도 오랜만에 난리가 났지…."

정규의 걱정과 달리 정욱은 느긋한 말투다.

"성은 총소리도 나고 난리가 났다는데, 밤늦게 어딜 다니는 거야?"

"음, 일이 좀 있어서…."

"반란군들이 원촌에서 중동까지 장악했다는 소문이 자자하던데… 이 촌구석에까지 뭔 일이대?"

"그래. 원촌은 물론이고, 중동학교도 혁명군들이 장악했지. 지금 거기서 오는 길이야. 정규가 왔다는 소식 듣고, 너 얼굴 좀 잠깐 보고 가려고 일부러 짬을 냈어."

"성이 근무하는 학교인데, 학교는 괜찮아?"

학교는 괜찮냐는 정규의 물음에 정욱은 뜨끔하다. 그동안 몇 개

월 동안 산동에서 벌어진 일에 대하여 전혀 모르고 있는 정규에게
자초지종을 말해 줘야 할지 잠시 망설인다. 총선 방해 실패로 노고
단 꼭대기에서 숨어 지냈던 일을 말해 줘야 할지 고민이다. 정규는
차라리 모르는 게 좋을지도 모른다. 정욱은 정규에게 침묵으로 일
관한다. 남로당원들이 똘똘 뭉쳐서 혁명을 이루기 위해 혁명군들과
산으로 올라가기로 결의가 되어 있다는 말이 망설여진다.

"혁명군들이 중동학교를 진지로 만드는 중이야."

"혁명군들이라고?"

정욱이 혁명군이라고 하자, 정규가 놀라는 투로 반문한다.

"그래, 혁명군들이야."

"반란군들이 아니고 혁명군들이라니?"

"이건 반란이 아니라 혁명이야. 혁명군들이야말로 남한만의 단독
정부를 세운 이승만 일당을 물리치고 이 기회에 제대로 된 나라를
만들어 보자는 거야. 여수에서 군인들이 혁명을 일으키자 여수와
순천 사람들이 모두 함께 동조 세력이 되어 버린 거야. 미군정이나
이승만 일당들에게 그동안 속고 살아왔다고 반기를 든 셈이지. 미군
정의 꼭두각시놀음에 놀아난 이승만 정부를 용인할 수가 없는 것이
라고 보면 될 거야. 그리고 명분은 하나야. 남북한 통일 정부를 세
우자는 데는 반대가 없어. 이대로 이 민족이 남과 북으로 나누어진
걸 보고만 있을 수 없다는 데 있어. 그래서 동조를 하게 된 거야. 지
각이 있는 사람이라면 다른 이유 따지지 않고, 그런 이유로 공산주
의니 민주주의를 떠나서 맘이 서로 통하기 때문에 뭉치는 거야. 이
승만 정부가 하는 짓을 보면 맘에 안 드는 게 한두 가지가 아니야.

남한만의 단독정부가 세워졌지만, 미군정이 언제 끝난다는 보장도 없잖아. 미군들이 계속 주둔한다면, 이 민족의 단일 정부는 먼 나라 이야기일 뿐이야. 김구 선생도 끝까지 단선, 단정을 반대해 왔어. 그런데 아무 효과도 없이 남한만의 단독정부가 세워졌어. 북한에서도 곧 무슨 조치가 벌어지고, 남쪽 사람들과 연합을 하게 될 거야. 북에서 지원군이 내려온다는 얘기도 있어. 그때까지는 혁명군에 힘을 보태야 한다고 보고 있거든."

정규가 반란군들이라고 말하자 정욱은 거침없이 이야기한다.

"성, 나는 아직 뭐가 뭔지 모르겠어. 성 말을 들으면 그런 것도 같지만, 한치 앞도 내다볼 수 없어. 성 말대로 혁명을 일으켜서 뭘 하겠다는 건데?"

"일제 치하나 미군정이나, 남한만의 단독정부가 세워졌다고 하지만, 아무것도 변하지 않으니까 문제인 거지. 북한에서는 해방이 되자, 토지개혁을 하여 지주들의 토지를 인민들에게 평등하게 분배해 주는 놀라운 일을 해낸 거야. 공산당이 앞장서서 한 일이야. 일본 놈들에게 빌붙어서 아부하고, 재산을 축적했던 친일파들을 단숨에 청산하는 개가를 올렸던 일이야말로 앞으로 남한에서도 이루어 내야 할 숙제야. 공산당만이 그런 일을 할 수 있다고 보는 거지. 이승만 일당들이 그런 과업을 완수해 내기는 틀렸다고 봐야 해. 네가 아직은 많이 몰라서 그럴 거야. 그래서 혁명이 필요한 거야."

"성은, 그럼 어떻게 할 건데?"

"혁명 과업을 수행하면서 혁명군들과 함께 산으로 가야지."

"산으로 올라간다고?"

정욱이 산으로 올라간다는 말에 정규는 놀라는 표정이다.

"그래."

정욱의 목소리는 단호하다.

"성, 정말로 산으로 가야겠어?"

정규는 걱정 어린 투로 정욱을 바라본다.

"다니는 직장까지 때려치우고 산으로 간다는 것은 아닌 것 같아. 생각해 봐야 할 문제인 것 같아. 성, 다시 한번 생각해 봐."

정규는 정욱이 걱정되어 설득하려는 목소리다.

"정규야 사실은… 나… 학교 선생을 그만뒀어. 부모님께 알리지는 않았지만. 부모님은 아직 모르고 계셔."

"성, 그게 무슨 소리야? 학교 선생을 그만뒀다고?"

"그래. 그럴만한 사정이 있었어."

"무슨 사정인데?"

"정규야, 네가 성을 걱정해 주는 것은 고맙지만… 너무 걱정하지 마라. 이 혁명은 꼭 성공시켜야만 하는 일이야."

정욱도 남로당원에 합세하여 산동 지역 총선거 현장을 아수라장으로 만들려다 실패하고 산속에서 내려 온 지 얼마 되지 않았다. 그 사정을 모르는 정규는 정욱 형의 말에 의심이 들면서 점점 더 걱정이 앞선다.

"부모님께는 말씀드렸어?"

"아직…"

잠시 침묵이 흐른다.

"부모님께 말씀드리면 노발대발하실 거야. 설득하려면 시간이 필요한데 시간이 없구나. 차라리 말 안하는 게 나을 듯싶구나."

"그래도, 말씀드려야지."

"부모님이 날 찾으면… 나를 밖에서 만났다고만 말해라."

"산으로 가면 언제 집에 다시 돌아올 건데…"

"산으로 간다고 영원히 가는 게 아니야. 곧 돌아올 거야. 너무 걱정하지 말어. 정규야, 너하고 길게 얘기할 시간이 없다. 나는 시간이 없어서 이대로 갈 테니, 틈나면 다시 집에 들를게. 부모님께는 당분간 아무 말 하지 않았으면 좋겠다. 부모님들이 아시면, 당장 집으로 불러들일 것이야."

정욱이 잠시 말을 멈추고 머뭇거린다. 부모님 얘기만 나오면 목이 멘다. 어려운 살림에 전주에 유학까지 보내서, 중등학교까지 가르쳤다. 학교 선생으로 발령이 나서, 남들이 우러러보는 직장을 잡았을 때는 기뻐서 어쩔 줄을 몰라 했다. 주변에서 자식농사 잘 지었다고, 남들이 부러운 눈으로 바라볼 때마다 부모님께 효도하는 기분이 들기도 했다. 직장도 잡았으니 빨리 결혼하기만을 바라는 부모님의 의중을 모르는 바 아닌데도 불구하고, 총선 반대 세력들과 함께 난동을 일으키고 산속으로 숨어 버렸다. 부모님에게 불효를 저지른 일이지만, 그런 사소한 감정에만 머물 수가 없었다. 정욱도 사람인지라 부모님만 생각하면 울컥한다.

"부모님께는 내가 나중에 기회를 봐서 천천히 말씀드릴께. 복자에게도 네가 잘 얘기해 줘라. 여기서 그만 헤어져야겠다. 어서 집으로 들어가라."

정규가 말없이 고개를 끄덕인다. 정욱이 돌아서서 골목길을 향해 걸어간다.

"성! 조심해!"

정규가 형을 향해 소리친다. 정욱이 뒤돌아서서 손을 흔든다. 정
욱이 시야에서 점점 멀어져 간다. 정규는 멀어져 가는 정욱을 향해
손을 흔든다.

중동학교 입구에서는 완장을 찬 송진혁이 보초병이 되어 검문을
한다. 중동학교 주위도 물 샐 틈 없는 경비로 삼엄하다. 죽창을 든
민간인들과 총을 가진 군인들이 함께 보초를 서고 있다. 김정욱이
다가가자 죽창을 든 사람과 군인들이 검문한다. 김정욱의 신분을 확
인하고서야 길을 터 준다. 중동학교에 진지를 구축하고, 중동으로
접근하는 사람들은 모두 철저히 통제된다. 중동 지역은 혁명군들과
남로당원들에 의하여 수백 명이 운집하여 아무나 접근할 수 없는
지역이 되었다. 학교 운동장에는 물건들이 산더미처럼 쌓여 있다.
쌀가마니를 비롯하여 산에서 필요한 모든 물품들을 조달하는 집결
지인 셈이다. 수집해 온 물품들을 여러 사람들과 짊어지고 산으로
계속 옮겨야 한다. 중동학교에 다다른 김정욱은 사람들을 진두지휘
한다. 운동장 국기 게양대에는 인공기가 펄럭이고 있다. 주민들도
혁명군과 남로당원들의 지시에 따라 일사불란하게 협조하고 있다.
총과 죽창이 무서워 무조건 복종하고 있는 것이다. 산동 면사무소
에 포박된 채 끌려온 사람들도 산으로 끌려가고 있다. 반항하는 사
람들은 그 자리에서 총살하기 때문에 겁에 질린 채 감시를 받으며
산으로 끌려간다. 중동에서 성삼재와 요봉재는 바로 코앞일 정도로

가까운 거리다. 성삼재와 요봉재를 넘어선다. 심원계곡으로 짐을 짊어 나른다.

상관마을에도 반란군들이 들이닥친다. 마을 이장과 한청단원을 했던 사람들은 이미 잡혀서 산으로 끌려간 후다. 마을 젊은 남자들이 동각 앞에 집합하였다. 박민수와 박민국 형제도 주민들 틈에 끼였다. 집집마다 돌아다니면서 젊은 남자들을 동원하는데, 지시를 어길 수가 없다. 지시를 어겼다가는 반동분자로 총살을 당할 수도 있다. 모두가 지게를 지었다. 반란군들이 총을 들이댄다. 영문도 모르는 마을 사람들은 반란군들의 눈치를 살핀다.

"동무들! 자 주목하시오!"

총을 겨눈 군인이 큰 소리를 내자 모두 군인을 쳐다본다.

"이제 혁명군들이 더 좋은 세상을 만들어 갈 것입니다. 남로당원으로 아직 가입하지 않은 사람들은 빨리빨리 신청서를 작성해 주시던지, 인적 사항을 말해 주셔요. 명단이 빨리 작성되어서 상부에 보고되도록 하기 바랍니다. 알겠습니까?"

군인의 소리를 듣고 사람들이 서로를 쳐다보면서 수군거린다.

"남로당이 뭐여?"

마을 사람들끼리 수군거린다. 남로당에 대해 뭔지도 모르는 상황에서 가입하라고 하니까 그저 궁금할 따름이다. 토지의 무상몰수, 무상분배란 말을 들으면서도 그런 일이 가능한 일인지 의심하는 사람들이 많다. 이름 석 자도 쓸 수 없어서 대부분 구두로만 의사 표시를 할 수밖에 없다. 소문에 의하면, 이번 기회에 남로당에 가입하지 않으면, 농지의 무상몰수, 무상분배 혜택을 받을 수 없다고 한다. 관심을 안 가질 수가 없는 일이다. 마을 사람 중에는 대부분 관심이 없지만, 그 와중에도 관심을 가진 사람들이 궁금한 사항에 대해 서로 얘기를 나누는 중이다. 박민수와 박민국은 관심이 없다. 그저 반란군들이 하는 소리려니 하고 그냥 흘려듣는다. 시키는 일이나 빨리 끝냈으면 하는 바람뿐이다.

"자, 오늘은 먼저 해야 할 일이 있습니다. 여러 동무들을 모이게 한 것은 여러분들의 도움이 필요해서입니다. 중동학교로 이동해서 짐을 옮겨야 합니다."

완장을 찬 청년이 큰소리를 지른다. 그 옆에는 총을 든 군인이 서 있다.

"자, 학교로 이동합니다. 빨리 서두르십시오."

청년의 지시에 따라 지게를 진 마을 남자들이 중동학교를 향하여 움직인다. 마을 사람 앞과 뒤에는 총을 든 군인들이 동행한다. 그 대열에서 빠져나갈 수 없는 분위기다. 중동학교 입구에서부터 총과 죽창을 든 사람들이 군데군데 보초를 서고 있다. 사람들은 총을 든 군인들이 무서워 지나가면서 힐끗힐끗 쳐다본다. 총을 든 군인들만 보면 겁이 덜컥 난다. 중동학교에 도착하자마자 운동장에 쌓여 있는 식량을 짊어지고 산으로 향한다. 박민수와 박민국도 지게에 짐을 잔뜩 짊어졌다. 지게 부대가 줄을 맞추어 위안리마을을 지난다. 요봉재를 향하여 땀을 뻘뻘 흘리면서 오른다. 확보한 물자를 중동학교에서 산속으로 지어 나르느라 중동 지역의 여러 마을 남자들이 동원되었다. 식량과 산속에서 필요한 물품들이 중동학교에 확보되자마자 산속으로 짐을 나르는 일은 며칠째 계속된다. 짐을 나르고 내려오면, 깜깜한 밤이 되기 일쑤다.

원촌댁과 정숙이 골목길을 쳐다본다. 산동 곳곳에서 총소리가 날 때마다 깜짝깜짝 놀란다. 반란군들의 지시에 의해 집을 나간 두 아들 걱정뿐이다. 산으로 짐을 지고 올라갔다는 두 아들이 밤이 되어도 돌아오지 않자 걱정이 이만저만이 아니다. 깜깜한 밤이 되어 박민수와 박민국이 빈 지게를 지고 터벅터벅 집으로 돌아온다. 원촌댁과 정숙이 달려나간다. 두 아들이 집으로 돌아온 것만으로도 다행이라 여긴다. 저녁상을 서둘러 챙긴다. 저녁밥을 먹자마자 온몸이 뻐근하여 민수와 민국은 쓰러져 잠이 든다.

구례를 큰 저항 없이 손쉽게 장악한 장기만 일행은 마산면에 있는 청내과수원으로 향한다. 주력부대가 주둔하고 있는 곳이다. 장기만 부대가 각 면을 점령하고 있는 동안에 남로당 구례 지역 대표들이 청내과수원으로 속속 모여든다. 장기만이 반갑게 악수를 나눈다.

"어서 오십시오. 수고가 많았습니다."

강진태와 박판기, 함동일이 완장을 차고 장기만 일행과 악수를 나눈다.

"동무들도 수고가 많았습니다. 이렇게 수월하게 구례에 입성하게 해 주서서 고맙습니다."

강진태를 비롯한 남로당원들은 사기가 하늘을 찌를 듯이 높다. 강진태는 해방 전후로 남로당의 일을 하면서 이런 날이 오리라는 고

대는 하고 있었지만, 이렇게 많은 수의 군인들이 동조하고 혁명을
일으켜 줄 줄은 꿈에도 생각 못했다. 많은 사람들이 구례로 집결할
수 있고, 청내과수원을 혁명군의 진지로 사용할 수 있게 된 것이 감
개무량할 따름이다. 반쪽짜리 정부가 들어선 데 대하여 울분을 참
을 수가 없었던 터라 늦게나마 혁명을 일으킨 것에 대해 대환영하
는 바다. 강진태는 앞장서서 구례 사람들을 모으고 혁명군을 도우
는 데 팔을 걷어붙였다. 수백 명의 군인들이 계속하여 청내과수원
에 속속 도착한다. 도착한 군인들을 위하여 돼지를 잡고, 밥과 국을
끓여서 허기에 지친 군인들에게, 김이 모락모락 나는 음식을 제공한
다. 청내과수원은 잔칫집 분위기다. 청내마을 사람들 모두가 강제
로 동원되었지만, 군인들에게 음식을 준비하느라 팔을 걷어붙였다.
드넓은 과수원 나무 사이사이에 줄지어 앉아 군인들이 식사를 한
다. 사람들이 음식을 나르느라 분주하다.

"국이랑 밥이랑 많이, 많이 더 드시랑깨요?"

여기저기서 음식 요청이 쇄도한다.

"어이! 여기 국 좀 더 갖다드려!"

"아, 예 예."

음식 나르는 사람들의 발걸음이 빨라지고, 모두가 기분 좋다. 강
진태와 함동일이 과수원 곳곳을 돌면서 군인들의 식사 시중을 든
다. 식사를 더 하라고 권한다.

장기만이 선발대를 앞세우고 강진태, 함동일과 함께 화엄사를 거
쳐 노고단을 오른다. 강진태는 구례가 초행인 장기만의 길 안내자가

된다. 장기만은 말로만 들었던 노고단을 빨리 오르고 싶다. 노고단에 올라가서 상황을 봐 가며 작전을 짜야 한다. 화엄사를 지나고 급경사인 코재를 지난다. 가쁜 숨을 몰아쉬며 무냉기에 올라선다. 몸은 땀으로 범벅이 된다. 철모를 잠시 벗고 크게 심호흡을 한다. 노고단을 바라보니 눈앞에 펼쳐진 건물이 들어온다. 말로만 들어 왔던 노고단 외국인 별장인가?

"와!"

탄성이 저절로 나온다. 노고단 정상에 이렇게 엄청난 건물이 숨어 있었다니? 수십 채나 되는 건물의 숫자에 놀란다. 별장 수준을 넘어, 수십만 평의 광활한 고원 분지에 있는 거대한 마을이다. 진지를 구축하기에 손색이 없다. 병력이 주둔할 진지로 안성맞춤이다. 장기만은 현지를 보고 나서 부대를 노고단 꼭대기에 집결시켜야 할지 말아야 할지 판단하려고 올라온 것이다. 한두 채도 아닌 수십 채의 건물이 노고단 산봉우리에 있다는 것이 놀라울 따름이다. 노고단 정상으로 천천히 향한다. 건물을 하나씩 찬찬히 들여다본다. 견고하고 튼튼한 벽을 보고 놀란다. 건물의 벽은 총알도 뚫을 수 없을 만치 견고하다. 위로 올라가니 정구장도 있고 수영장도 있다. 예배당도 크다. 3층 호텔의 큰 건물에 또 한 번 놀란다. 건물 수가 60여 채의 엄청난 규모여서 수백 명이 숙소로 사용해도 손색이 없을 정도다. 날씨가 점점 추워질 텐데, 야간에 추위를 피할 수 있는 곳으로 적절하다. 별장촌을 지나 조금 더 올라간다. 노고단 정상에 도착한다.

"저, 우뚝 솟은 봉우리가 반야봉입니다. 그 뒤로 높게 솟아올라 있는 봉우리가 천왕봉입니다."

함동일이 손으로 장기만에게 설명한다. 장기만이 고개를 끄덕거린다.

"쩌그, 천왕봉까지는 금방입니다. 노고단에서 천왕봉까지 가는 능선은 임걸령, 토끼봉, 연하천, 형제봉, 벽소령, 세석평전, 장터목, 천왕봉까지 빠른 걸음을 하면, 당일치기로도 도달할 수 있는 곳입니다. 지리산의 능선을 타고 천왕봉까지 종주할 수도 있고, 지리적으로 사방팔방으로 연락과 지휘를 할 수 있는 지역입니다. 우리 동지들이 진지를 구축한 피아골과 문수골, 심원 지역이 가깝습니다."

수많은 계곡과 봉우리가 첩첩 쌓인 지리산의 장대함이 한눈에 펼쳐진다. 말로만 들어 왔던 지리산 천왕봉을 직접 눈으로 바라보는 장기만의 감회는 남다르다. 아스라이 이어지는 수많은 봉우리. 희미하게 끝도 없이 이어지는 저 산맥의 봉우리들. 구름 속에 묻혀 있기도 하고 그 구름과 함께 너울거린다. '천봉만학千峰萬壑 부용芙蓉들은 하늘 위에 솟아 있고'라는 소리가 들려온다. 봉래산(금강산)이 아니라도, 그야말로 노고단에서 보는 지리산의 계곡들은 보면 볼수록 황홀경에 빠져들게 한다. 어느덧 서산으로 해가 뉘엿뉘엿 떨어진다. 용광로처럼 찬란했던 태양이 붉은 덩어리로 변하는 순간이다. 쳐다볼 수도 없을 만큼 눈부신 태양의 열기가 식어 간다. 하루의 온갖 시름을 달래는 시간이다. 붉은 덩어리가 서서히 가라앉는다. 그 순간에도 태양은 주위를 환하게 밝히려고 몸부림친다. 붉은 덩어리는 순간적으로 모든 만물을 온통 불그레한 세계로 몰고 간다. 구름도 하늘도 불그스레한 장관을 연출한다. 붉은 덩어리가 서서히 가라앉는 순간은 아쉬운 작별 인사를 나누는 것처럼 보인다. 내일을 기약이라도 하는 것처럼 부담을 주지 않으려는 모습이다. 서산으로 태양이 모습을 감춘 후에도 붉은 후광은 여전히 주위를 밝게 하고 있다. 구름이 붉은 기운을 받아 시시각각으로 기묘한 모습을 연출한다.

"찌그, 저 멀리, 희미하게 보이는 봉우리가 무등산 봉우리입니다."

함동일이 손을 가리키며 무등산의 위치를 확인시켜 준다. 장기만이 고개를 끄덕이며 지리산이야말로 남도의 모든 산야를 품에 안고도 남을 만큼 큰 산임을 실감하는 순간이다.

섬진강 줄기가 실뱀처럼 남해와 연결되는 모습을 바라본다. 다도해의 섬들이 아스라이 운무 속에 묻혀 가물거린다.

해가 떨어지자마자 운무가 또 하나의 장관을 이루어 낸다. 구름이 산 능선을 타고 흘러 넘어간다. 마치 바다에서 해일이 넘쳐흐르듯, 구름이 능선을 타고 미끄러지듯 넘어간다. 구름이 노고단 봉우리를 향해 서서히 밀려든다. 노고단 정상에 서 있는 기분은 구름 위에 붕 떠 있는 기분이다. 발아래에 운무가 넘실거린다. 순식간에 또 다른 하늘을 만들어 놓는다. 운무가 마치 바다의 수평선처럼 만들어 놓은 황홀한 장관을 연출한다. 산꼭대기에 넓은 바다가 보이는 것이다. 구름바다 위로 뾰족뾰족 산봉우리가 솟아올라 있다. 산이 아니라 바다 위에 서 있는 기분이다. 금방이라도 구름 위를 미끄러지듯 날아갈 것만 같다. 파도에 발을 담그고 싶은 충동이 일게 하는 구름바다다.

노고단의 육십여 채의 튼튼한 건물은 부대 병력들이 쉬고 잘 수 있는 움막으로 안성맞춤이다. 산으로 부대를 이끌고 피해야 하는 상황에서 노고단은 지리산 곳곳과 연결이 쉬운 지역이다. 진압군들이 쉽게 공격해 오기 어려운 산악지대다. 진압군들이 진격해 온다고 해도, 산 위에서 한눈에 적의 동태를 파악하기가 용이하다. 낮에는 적의 비행기가 정찰을 나오리라 예상한다. 낮에 진압군의 비행 정찰에 노출돼서는 안 된다. 낮에는 철저하게 몸을 숨기고 있다가, 노고단 정상을 이용하고자 할 때는 철저하게 밤에 이용해야 한다. 부대 전체를 한꺼번에 집결시킬 수는 없지만, 지휘부는 당분간 노고단 정상을 이용할 것이다. 지리산 계곡 곳곳에 진지를 구축한 부대에서 연락병들이 만나 정보를 주고받을 수 있는 위치로 적격인 셈이다.

달궁계곡, 뱀사골, 문수골, 피아골에 각각 진지를 갖추고 있다는 보고가 올라온다. 노고단 진입로 몇 군데만 보초를 세워 두면 사람이 접근하기 어려운 지역이라서 당분간은 맘 놓고 부대 병력을 쉬게 할 수도 있다. 진지마다 경계를 잘 갖추고 노고단에 병력을 집합시킨다. 병력과 물자가 계속 올라온다. 군인과 주민 중에서 남로당원들도 수백 명이 혁명군의 대열에 합류했다. 해가 기울자 지리산 계곡에 몸을 숨겼던 군인들과 남로당원들이 노고단으로 모여든다. 정구장에 부대 전원을 모이게 했다. 보초를 서는 몇몇 부대원을 제외하고 모두 집합시켰다. 노고단에 수백 명이 집결했다. 진압군은 구례에 아직 코빼기도 보이지 않는다는 보고가 전달된다. 여수, 순천을 점령하느라 병력들이 그곳에 아직 머물고 있는 상태다.

탕 탕 탕!

"와!"

총소리와 함성이 하늘을 찌를 듯하다. 장기만이 집결한 군인들과 남로당원들 앞에 선다.

"혁명 동지 여러분! 우리가 드디어 지리산에 대부대를 이루어 입성하였습니다. 민족의 성산이요, 지리산 산신제를 지내 왔던 노고단에 일제는 우리 민족을 말살하기 위하여, 제단도 없애고, 외국인 선교사 별장 터를 내주었습니다. 참으로 안타까운 일이 아닐 수 없습니다. 이 억울한 과거의 역사 앞에서 해방이 되었어도 완전한 해방이 아닙니다. 일제의 잔재는 그대로 미군정이 이어받아서 갈등만 부추기고 있습니다. 불행하게도 민족의 염원인 하나의 통일 정부가 들어서지 못했습니다. 하나의 민족이 두 갈래로 나누어졌습니다. 이제 우리는 이 모든 불행의 역사를 종식시켜야 합니다."

"옳소! 옳소! 옳소!"

"와!"

수백 명의 군인과 남로당원들의 함성에 노고단이 떠나갈 듯하다. 그 함성은 지리산 봉우리에 메아리친다.

"이제 우리는 이승만 일당을 타도하여 인민공화국 정부를 만들어야 합니다."

"인민공화국 만세!"

"만세!"

"와! 와! 와!"

예배당이 지휘 본부로 정해졌다. 장기만이 지휘 막사로 들어선다. 뒤이어 함동일, 강진태, 이명일, 김정욱, 송진혁, 박판기… 등 줄줄이 막사 안으로 들어선다.

"진압군들은 아직도 여수와 순천을 진격하고 있겠죠?"

"예. 아직 여수와 순천을 향하고 있는 듯합니다. 여수와 순천에 남아 있는 동지들이 치열한 전투를 하고 있을 겁니다."

"여수, 순천에 있는 진압군들의 병력이 지리산 쪽으로 이동하려면 시간이 걸릴 겁니다."

"진압군들이 아직까지는 구례에 보이지 않는 것 같습니다."

"구례에 도착한 우리 대원들은 모두 무사한가요?"

"예. 경찰들이 모두 도망간 상태라서 아직까지 큰 불상사는 없는 것 같습니다."

"지리산으로 들어온 우리 병력들은 진지를 잘 구축했나요?"

"예. 워낙 대원들이 많아서 피아골, 문수골, 뱀사골, 달궁계곡에 각각 진지를 구축하였다는 보고입니다."

"식량 조달은 잘되었나요?"

"각 마을의 지주들 창고에 있던 쌀을 확보한 것은 물론이고, 읍내 조합창고에 있던 쌀을 많이 확보했습니다."

"봉화 준비는 되어 가나요?"

"예! 각 봉우리마다 대원들이 준비를 잘하고 있습니다."

"구례에 진압군이 들어오는 대로 신속하게 보고하여 주시기 바랍니다."

"예."

"노고단은 낮에는 사용을 하지 말아야 합니다. 낮에는 각 진지나 계곡으로 몸을 피하고 있다가, 밤에만 사용하여야 할 것 같습니다. 우리가 구례에 들어오기 전에도, 순천, 광양 지역에서 수시로 비행기가 정찰을 계속하고 있습니다. 진압군이 구례에 도착하면 비행기로 지리산 정찰이 빈번해질 것입니다. 노고단에 병력이 집결되어 있다는 것을 절대로 들켜서는 안 됩니다. 적군들은 우리를 발견하면, 공중폭격을 할 수도 있습니다. 이 점 명심해서 진압군이 들어오면 각 계곡에 있는 진지로 흩어져서 숨어 있다가, 노고단을 중심으로 연락을 취해야 합니다."

"예."

막사에 모인 지휘관들이 장기만의 지시에 고개를 끄덕인다.

"우리 부대원들이 지리산으로 속속 들어올 텐데 각 계곡마다 진지는 잘 갖추었나요?"

"예"

"서둘러 봉화를 올립시다. 지리산 노고단에 입성하였다는 봉화를 올리면 백운산이나 각 사방에 흩어져 있는 동지들도 사기가 충천하여 곧바로 봉화가 올라올 것입니다."

"예!"

여수, 순천에서는 진압군들의 공격을 피해 각지로 흩어졌다. 일부 부대는 호남 지역 일대 여러 곳으로 나누어졌지만, 그래도 지리산에 제일 많은 병력이 주둔한 셈이다. 노고단은 부대원들을 한곳에 모이게 할 수도 있는 운동장도 있어서 작전기지로서는 더없이 좋은 셈이다. 노고단을 중심으로 작전을 짜야 한다. 수많은 혁명 동지들의 은신처를 확보해야 한다.

피아골, 문수골, 뱀사골, 달궁계곡에 식량에서부터 각종 물품들이 속속 도착한다. 아직은 가을이지만 높은 산에는 겨울이 빨리 찾아올 것이다. 아직은 여수, 순천 탈환에 혈안이 된 진압군은 지리산 쪽에 관심이 없다. 구례에 진압군이 입성하면 즉시 타격을 가해야 한다.

"정규야!"

"예, 엄마."

"느그 성은 왜 안 들어온다냐?"

"걱정하지 마시고 일찍 주무셔요."

"밤이 늦었는디, 아직까정 안 들어오니까 걱정돼서 그런다."

총소리가 나고 산동에 반란군들이 들어왔다는 소문에 이평댁은 불안하다. 작은아들 정규는 보이는데, 큰아들 정욱은 밤이 깊었는 데도 집에 들어오지 않으니 걱정이다. 이 난리통에 집에 빨리 들어 와야 안심이 되는데, 들어오지 않으니 불안할 따름이다.

정규는 형이 산으로 올라갔다고, 부모님에게 사실대로 알리고 싶 지만, 걱정하실까 봐 제대로 말을 하지 못한다. 형을 찾는 어머니에 게, 일이 있어서 늦는 것일 거라며 안심시킨다. 정규도 부모님들처럼 형이 걱정된다. 이 난리통에 혁명군을 따라간다며 산으로 올라가 버 린 형을 이해할 수가 없다.

민수와 민국이 지게를 지고 터덜터덜 집 안으로 들어선다. 기운이 쭉 빠진 모습이다. 이를 발견한 원촌댁과 정숙이 달려나간다.

"오빠! 괜찮아?"

"어서 오니라! 힘들었나 보구나? 고상했다."

“응.”

민수가 힘없이 대답한다.

“민국이는?”

원촌댁이 아무 대답이 없는 민국에게 걱정이 되어 묻는다.

“어디 다친 데는 없나?”

“예.”

“어딜 갔다 온 거여?”

“산에 갔다 왔구먼요.”

“산, 어디?”

“나도 어딘지 모르고 따라 올라갔는디, 사람들이 나중에 내려오면서 하는 얘기가 요봉재라고 하더만요. 지게에 짐을 너무 많이 짊어진 바람에 힘이 부쳐서 죽을 뻔했당께라.”

민국이 하소연을 한다.

“아이고, 내 새끼. 우리 민국이는 지게질도 심하게 안 해 봤는데, 그나저나 애 많이 썼다.”

산 중턱까지 짐을 짊어지고 다녀온 후라 많이 지쳐 있는 상태다. 지게를 내려놓자마자 마루에 털썩 주저앉는다. 마루에 그대로 누워 버린다. 갑자기 이게 무슨 난리인지? 몸이 천근만근이어서 쉬고 싶은 마음뿐이다.

“정숙아, 얼릉 밥상 차려라. 오빠들 시장하겠다. 얼릉!”

“예, 엄마.”

정숙이 후다닥 부엌으로 들어가 밥상을 들고 방으로 들어온다. 식구들이 밥상에 둘러앉았다. 민수와 민국이 허겁지겁 밥을 먹는다. 이를 바라보는 원촌댁이 본인 밥그릇의 밥을 푹 떠서 민수와 민국 밥그릇에 올려 준다.

"많이 묵어라. 정숙아 오빠들 밥 좀 더 갖다줘라."

"예. 오빠야! 밥 많이 있응깨로 더 묵어라."

정숙의 밥그릇에 있는 잡곡밥을 푹 떠서 민수와 민국의 밥그릇에 퍼담아 올려 준다. 민수와 민국이 산에 올라갔다 오는 동안 한 끼도 못 먹었던 터라 허겁지겁 밥을 먹는다.

"오빠, 천천히 묵어라. 그러다 체한다."

오빠들이 힘들었을 것을 생각하면 밥이라도 많이 챙겨 주고 싶다.

"너랑, 엄마도 먹어야지."

"나는 괜찮다. 느그들이나 많이 묵어라. 내가 느그들이 산으로 짐을 지고 갔다는 얘길 듣고, 얼마나 걱정을 했는지 모른다. 아무 탈 없이 돌아왔으니 그만이다. 반란군들에게 잡혀가지 않은 것만도 다행이다. 반란군들이 지역 유지들을 원촌에서 총으로 쏴 죽였다는 소문이 나돌던데… 산으로 반란군들이 가자고 하면, 절대로 따라가지 말아야 헌다. 알겠냐?"

"예. 어무이."

원촌댁은 두 아들이 반란군들을 따라갈까 봐 걱정이다. 다른 집 아들들이 반란군들을 따라 산으로 가 버렸다는 소문이 자자하다.

"난리가 났은깨로, 어디 돌아댕기지 말고 집에 잠자코 있어야 화를 면한다. 알겠냐?"

"참 어무이도… 내가 한두 살 먹은 애기도 아니고… 내 일은 내가 알아서 할 텡깨로 걱정하지 마셔요."

"사람들이 총에 맞아 죽어 나가는 판국이라 걱정이 돼서 그런다. 원촌에서는 반란군들이 총으로 쏴서 사람들이 많이 죽었다더라."

"예. 어무이."

민수가 건성으로 대답한다. 원촌댁은 이 난리통에 민수라도 빨리 장가를 보내지 않은 게 안타까울 뿐이다.

"우리 민수도 얼릉 장개를 보내야 할 텐데…"

"참, 어무이도… 이, 난리통에 무슨 장개여요?"

"느그 성도 일본 놈들에게 잡혀서 징용으로 끌려가 아직도 안 온 것 보면… 어디 살아 있으면 편지라도 했을 텐데… 아직 소식이 없는 것 봉깨로… 아이고 내 팔자야…. 흑흑흑."

원촌댁이 밥을 먹다 말고 큰아들을 들먹거리며 눈물을 찍어 댄다. 큰아들 민호만 생각하면, 당장에라도 "어무이!" 하면서 집 안으로 달려 들어올 것만 같다.

"아이고, 불쌍한 것…. 그놈이 우리 집 장손인디… 느그 성이 살아 있었으면 장가를 가서 떡두꺼비 같은 손주를 봤을 텐데… 느그 아부지도 돌아가시고 없는디. 빨리 이 집안의 대를 이어야 할 텐데…."

원촌댁이 눈물을 훔치며 하소연을 한다.

"아이, 참, 어무이도. 이제 민호 성은 죽었다 치셔요. 잊어버리랑께요."

밥을 먹다 말고 민수가 짜증 섞인 투로 말을 내뱉는다.

"살았으면 벌써 연락이 왔고도 남을 사람이여요. 일본에 징용을 간 사람들이 어디 한둘이여요? 산동면만 해도 수백 명이 넘을 텐데, 살아 돌아온 사람이 손에 꼽을 정도잖아요. 지금까지 연락이 없고 돌아오지 못한 사람들은 모두 죽었다고 봐야 돼요. 원자폭탄인가 뭔가에 폭격을 당해서 일본 사람들도 몽땅 몰살을 당했다는 소문이 있더라고요. 민호 성도 일본으로 끌려갔는데 같이 죽었으니까 아직 소식이 없는 거겠죠…."

왜놈들에게 징병과 징용으로 끌려갔던 젊은 사람들이 해방된 후에 거의 돌아오지 못하였다. 원촌댁은 이제나저제나 매일매일 민호가 집으로 돌아오기만을 학수고대하고 있었다. 징용이나 징병으로 끌려갔던 사람들은 돌아온 사람이 거의 없다. 전쟁터에서 대부분 죽었으리라 본다. 간혹 징용으로 끌려갔던 사람들은 탄광촌에서 일을 하다가 해방이 되어 집으로 돌아왔다. 그럴 때마다 그 집에까지 걸어가서 그 사람들을 만나 보고, 일본 어디에 있다가 왔는지 묻고, 또 묻고… 해방이 된 후, 오늘까지도 큰아들 민호가 돌아오기만을 기다리고 있는 것이다. 원촌댁이 눈을 감기 전에는 큰아들 민호를 포기할 수가 없다. 평생 한이 되어 아들이 돌아오기만을 기다리는 일이 어미의 심정이다.

"아이고, 불쌍헌 우리 큰아들…."

"죽었는지 살았는지도 모르는 사람을 자꾸 들먹거리면, 죽은 사람이 돌아오기라도 하나요?"

민수는 짜증을 내면서 말한다. 해방 후 3년 동안 원촌댁의 하소연이 이제는 점점 듣기 싫어졌다. 밥상 앞에서 갑자기 신세타령의 자리가 되어 간다.

"그나이나, 민수를 빨리 장개를 보내야 이 집안의 대를 이을 손주를 볼 텐데…."

원촌댁이 큰아들 대신 작은아들 민수 장가를 빨리 보냈으면 하는 하소연이다.

"또, 그 소리…"

민수는 밥을 먹자마자 일어선다. 원촌댁의 장가 타령, 손주 타령에 방을 나가 버린다. 민국도 민수를 따라 밖으로 나온다. 정숙도 안타까워 오빠들이 밥을 먹자마자 일어서는 모습을 보고 안쓰러워한다.

4권에서 계속